谨以此书

向三十年来为浙江建德抽水蓄能电站

项目发展做出卓越贡献的人们致敬

巍巍乌龙山　洪樟潮摄

乌龙
腾飞终有时

浙江建德
抽水蓄能电站筹建工作实录

政协建德市委员会 编

团结出版社

图书在版编目（CIP）数据

乌龙腾飞终有时 ：浙江建德抽水蓄能电站筹建工作实录／政协建德市委员会编. -- 北京：团结出版社，2023.12

ISBN 978-7-5234-0761-5

Ⅰ.①乌… Ⅱ.①政… Ⅲ.①报告文学-作品集-中国-当代 Ⅳ.①I25

中国国家版本馆 CIP 数据核字（2024）第 001174 号

出　　版：团结出版社

（北京市东城区东皇城根南街 84 号 邮编：100006）

电　　话：（010）65228880 65244790

网　　址：www. tjpress. com

E - mail：65244790@ 163. com

出版策划：力扬文化

经　　销：全国新华书店

印　　刷：四川科德彩色数码科技有限公司

开　　本：170mm×240mm　　1/16

印　　张：23.5

字　　数：312 千字

版　　次：2024 年 1 月第 1 版

印　　次：2024 年 1 月第 1 次印刷

书　　号：ISBN 978-7-5234-0761-5

定　　价：68.00 元

序

◇ 俞伟

为时代发声，为发展助力。值此浙江建德抽水蓄能电站工程建设犹酣之际，历时一年编纂的《乌龙腾飞终有时——浙江建德抽水蓄能电站筹建工作实录》一书，即将付梓印行，可喜可贺！

浙江建德抽水蓄能电站项目是建德市历史上投资最大的项目之一，是华东地区目前体量第一的抽水蓄能电站，同时也是浙江省重大能源项目、被列入国家能源局发布的《抽水蓄能中长期发展规划（2021—2035年）》、"十四五"重点实施项目。党的二十大报告提出"积极稳妥推进碳达峰碳中和""加快规划建设新型能源体系"，在此背景之下，建德积极发展抽水蓄能电站建设，对于能源清洁低碳转型、实现碳达峰碳中和目标，显然具有特别重要的意义。

追溯这一项目的前世今生，时间要一直上溯到20世纪的90年代初。那时候，抽水蓄能电站项目就已经在建德孕育初生。当时，华东勘测设计院提出在建德市梅城镇乌龙山有适宜建设40万千瓦抽水蓄能电站的站址，并对乌龙山站址开展规划选点勘测设计和实地复查，启动可行性研究报告的编制，提出可行性研究报告，并获电力工业部审查通过，可惜在1998年国家计委拟批复该项目建议书时，省政府及省电力公司基于秦山核电站二、三期工程的配套需要，决定先行建设装机容量更大的桐柏120万千瓦抽水蓄能项目，因此乌龙山40万千瓦项目未获批准建设。所以，从20世纪90年代初到1998年，这一阶段可以称之为"项目初生阶段"。随后，项目进入了"暂时搁置阶段"（1999—2001年）。一直到了2001年，华东院再次对浙江省抽水蓄能电站资源进行普查，发现乌龙山具备建设240万千瓦抽水蓄能电站的新站址，并出具选点查勘报告，使这一项目再度复活。随后这一阶段，可以说是"艰难推进阶段"（2002—2012年）。在这一阶段，市政府曾先后与宁波双林集团、中国华能集团签订开发协议，也曾经与国网新源公司签订合作意向书，只是由于种种原因，合作一直未见成果。时间进入2013年，国家制定出台一系列扶持抽水蓄能电站的新政策。当年4月，国家能源局下发《关于浙江省抽水蓄能电站选点规划的批复》，将建德抽水蓄能电站作为浙江省抽水蓄能电站储备站点。以此为标志，这一项目到了"加速发展阶段"（2013—2016年）。在这一阶段，建德市抢抓国家战略机遇期，加快新能源产业发展的步伐，攻坚克难、激昂奋进。2014年10月30日，国务院把抽水蓄能电站核准权下放到省一级政府。建德随即向省发改委提交了希望继续开展乌龙山抽水蓄能电站项目的请示，在获得同意后，很快在前期筹备组工作基础上，我市调整建立了乌龙山抽水蓄能电站项目推进工作小组，具体负责该项目的整体推进工作。2015年，协鑫集团开始进入市政府合作开发视野，并开展密集的洽谈。2016年1月24日，建德市政府与协鑫能科、华东勘测设计研究院正式签署合作协议。自此以后该项目进入"审查核准阶段"（2016—2022年）。在这一阶段，相关审查核准事项开始有序推进。因为随着经济社会发展变化，设计规程、规范也有很多更新，早年编制的报告已经不适用，需要在原来的基础上重做一轮。工作小组在签约项目后，便立即启动了20余项专题报告的编制工作。指挥部成员频繁奔波在杭州、上海、北京等地，往返于省市政府相关部门、设计单位和审查单位之间，协调着工程建设技术问题、移民、环保、投资等涉及项目的方方面面工作。同时，一个由"业主＋市发改局＋条线主管部门"组成的项目审批申报小组顺利组建，全面梳理项目选址、土地预审、环评等审批任务，市级主管部门全程贴心服务，实现与省级对口部门无缝对接。最终，各项核准前置工作于2022年9月前全部完成，勘探、征迁等工作快速推进。而华东勘测设计研究院作为项目设计单位，项目启动后从全院各专业、各项目抽调人员，全力投入勘测设计，创造了该院可研勘测设计的最快速度。2022年9月15日，浙江建德抽水蓄能电站项目正式开工，51万建德人民翘首以盼的"大喜事"终于尘埃落定。

从开始选点到开工建设，浙江建德抽水蓄能电站项目整整历时三十年！回顾三十年的矢志不渝，饱含着各级领导、社会各界的心血和汗水，承载着建德人民不轻言放弃、追求卓越的心路历程，几届市委、市政府励精图治，梦想终于成真。正如在项目开工建设大会上市委书记富永伟所说，浙江建德抽水蓄能电站是建德人民的一个世纪之梦，这个项目的每一点进展、每一次突破，凝聚了各级领导的心血和汗水，省委、省政府和杭州市委、市政府高位推动，国家电网、省电力公司、华东勘测设计院等倾力支持，社会各界真情关怀，建德市委、市政府和建德人民对此表示衷心感谢。

习近平总书记说："我们要认真回顾走过的路，不能忘记来时的路，继续走好前行的路。"唯有不忘来时之路，方知寻路之难，方知探路之苦，方知闯路之险，方能在前行之路上行稳致远。时至今日，所有经历过乌龙山抽水蓄能电站项目筹建工作的人们谈及这一路过来的艰辛，无不唏嘘慨叹。几乎所有人都认为，对于这段过程应该做好记载，对于建德来说，它是一段建德人难忘的奋斗史，是一种"建功立德"德文化的生动诠释，是一代建德人民巨大的精神财富，它对当前、对未来都具有积极的借鉴和启迪意义。从一个想法到一张规划到一锹泥土到一座电站，三十年的筹建过程蕴藏着的奋斗故事，我觉得理应被感知、被彰显、被旌扬。于是，我们有了编著这样一本集子的想法。

现在，这本书呈现给了读者。我们看到，有那么多有心人用文字和图片真实再现了乌龙山抽水蓄能电站项目筹建的方方面面。翻阅这本很有史料价值的纪实作品集，从项目概况、各级领导的关怀、参与者的口述故事、组织架构的变迁等诸方面记载了浙江建德抽水蓄能电站项目的昨天与今天。每当我翻看这些画面、阅读这些文字时，那些不同的场景、熟悉的身影，一再使我感慨万千。在本书的编著过程中，主创团队成员们披星戴月不辞劳苦奔波于江苏、宁波、杭州等地，笔耕不辍，凭借雄健笔触将乌龙山蓄能电站项目筹建引领者的前行印记描绘于一帙卷册。而全书的鲜活生动更离不开各位亲历者对这一项目的深刻洞察和在访谈中的知无不言，在此深表谢忱。

我们完全有理由相信，随着时间的推移，这些文字和内容将会越来越显示出它的价值，对参与抽水蓄能电站建设事业的后来者们也会从中感受到光荣与骄傲。

鉴于此，我很乐意为这本集子写下上述几段话。

是为序。

2023 年 11 月 30 日

（序者系建德市政协党组书记、主席）

目 录 Contents

第三章　口述

第四章　观察

第五章　纪事

后　记

概述

浙江建德电站位于浙江省建德市境内，电站总装机容量 2400MW，是国家抽水蓄能中长期发展规划（2021—2035 年）"十四五"重点实施项目，也是华东最大的抽水蓄能电站。从 20 世纪 90 年代初华东勘测设计研究院发现建德乌龙山有适宜建设抽水蓄能电站的站址，到 2022 年工程开工，建德抽水蓄能电站项目生成至今整整 30 年。项目于 2022 年 9 月 6 日取得浙江省发展和改革委员会核准批复。

乌龙腾飞终有时

云山苍苍　洪樟潮摄

▌浙江建德抽水蓄能电站筹建始末

浙江建德抽水蓄能电站（即原乌龙山抽水蓄能电站）位于建德市梅城镇北侧乌龙山，项目占地面积约 161.44 公顷，总投资约 140.5 亿元，由浙江建德协鑫抽水蓄能有限公司投资建设，规划建设 6 台 40 万千瓦抽水蓄能机组，总装机容量 240 万千瓦，设计年发电量预计 24 亿千瓦时，装机规模为华东地区最大，同时也是建德市历史上单体投资最大的项目，被列入国家能源局《抽水蓄能中长期发展规划（2021—2035）》"十四五"重点实施项目，计划 2029 年投产发电。

从 1992 年华东勘测设计研究院发现建德县乌龙山有适宜建设抽水蓄能电站的站址，至 2022 年 9 月建德乌龙山抽水蓄能电站项目筹备工程开工，历时整整 30 年，其过程一波三折，异常艰难。但建德市委、市政府为了本市经济发展，不畏烦琐，锲而不舍，以诚恳的合作态度赢得国家有关部委、省政府以及各级主管部门与有关投资方的肯定，最终使得该项目落地建德市，为今后较长一段时期内经济的绿色发展和持续发展打下基础。

整个筹建始末，轨迹清晰，依时序专记如下：

1989 年 11 月，华东勘测设计研究院（简称华东院）受国家电力部委托，对华东三省抽水蓄能电站项目进行资源普查，1990 年 3 月完成《浙江省抽水蓄能电站普查报告》，提出建德县梅城镇乌龙山有适宜建设 40 万千瓦抽水蓄能电站的站址。经能源部、水利部水电规划设计总院（以下简称水规总院）同意，对乌龙山站址开展规划选点勘测设计，并于 1990 年 8 月对电站站址、坝址、地质条件进行实地复查。

1991 年 11 月，水规总院会同浙江省电力开发公司（简称省电力公司）、建德县政府与华东院签订协议，启动乌龙山抽水蓄能电站可行性研究报告的编制。

1993 年 8 月，华东院完成可行性研究报告编制；9 月，完成 40 万千瓦乌龙山抽水蓄能电站项目选址。同年，建德市政府组建建德乌龙山抽水蓄能电站建设筹备领导小组。次年 2 月，市政府对小组成员进行调整，谢康春任组长、穆先堂任副组长；领导小组下设办公室，穆先堂兼任办公室主任，李建新、叶刚优任办公室副主任。

1994 年 6 月 28 日，乌龙山抽水蓄能电站可行性研究报告获电力工业部审查通过。项目利用富春江电站水库为下水库，在库左岸乌龙山顶的支沟盆地上建坝形成上水库，上下库间平均落差约 260 米，装机容量为 40 万千瓦，总投资额 20.31 亿元。同月，浙江省计划与经济委员会（简称浙江省计经委）将该项目上报国家计划委员会（简称国家计委）审批。1998 年国家计委拟批复该项目建议书时，浙江省政府及省电力公司基于秦山核电站二、三期工程配套需要，决定先行建设装机容量更大的桐柏 120 万千瓦抽水蓄能项目；同时，国家计委认为建德抽水蓄能电站项目规模太小，项目应暂时搁置。建德乌龙山 40 万千瓦抽水蓄能电站项目遂未获批准建设。

项目筹建之初，建德市即积极寻求项目合作投资企业，配合省电力局先后与瑞士、瑞典、西班牙、法国等境外有关公司及中国香港有关公司洽谈引进外资，与香港奔龙投资有限公司、香港宏大行达成合资意向，并于 1994 年 8 月与瑞士苏尔寿公司签订引进 6000 万美元意向书。

2001 年，华东院受华东电管局委托，再次对浙江省抽水蓄能电站资源进行普查，在与原 40 万千瓦站址距离 6 千米处发现具备建设 240 万千瓦抽水蓄能电站的新站址，并出具了选点查勘报告。

2002 年 2 月，建德市政府委托华东院进行乌龙山 240 万千瓦抽水蓄能电站项目的选点规划勘测设计工作。8月，华东院完成并提交《乌龙山抽水蓄能电站选点规划勘察设计报告》。项目初选装机容量 240 万千瓦，单机发电容量为 40 万千瓦，装机 6 台。工程施工总工期 6.5 年，第一台机组投产发电工期 5 年。按 2002 年价格水平估算，工程总投资约 100 亿元，其中静态投资 96 亿元，单位千瓦投资为 4000 元。

为落实 240 万千瓦项目投资主体，建德市政府积极寻求合作伙伴。2003 年 7 月 7 日，宁波双林集团股份有限公司（以下简称双林集团）董事长邬永林应邀到建德洽谈合作，表达投资意向。同年 7 月 15 日，建德市政府组团赴宁海考察，洽谈合作开发乌龙山抽水蓄能电站项目。8 月 14 日，建德市政府与宁波双林集团签订《乌龙山抽水蓄能电站项目开发协议》。随后，双林集团成立浙江建德乌龙山资源开发有限公司，委托西北勘察设计研究院（以下简称西北院）对项目进行预可行性研究和可行性研究勘测设计。同年 12 月 2—5 日，水规总院在建德市主持召开会议，对西北院编制的《浙江省乌龙山抽水蓄能电站选点规划报告》进行审查，原则同意乌龙山抽水蓄能电站作为华东地区近期后备开发项目。

同年 9 月 15 日，建德市政府调整乌龙山抽水蓄能电站建设筹备领导小组成员，穆先堂任顾问，时任常务副市长任组长，吴铁民、童文扬任副组长；领导小组下设办公室（设在移民局），程社生兼任办公室主任。

2004 年 4 月 27—29 日，水规总院和浙江省发展改革委员会（简称浙江省发改委）在杭州市共同主持召开《浙江省乌龙山抽水蓄能电站预可行性研究报告》审查会议，认为"建德乌龙山抽水蓄能电站是华东电网建设条件较好的优良站点之一"，并基本同意预可行性研究报告设计内容。同年 5 月，西北院编制完成《浙江省乌龙山抽水蓄能电站预可行性研究勘测设计可研大纲》。8 月 9—11 日，中国水利水电建设工程咨询公司在陕西省西安市召开咨询会议，原则通过该大纲。2005 年 6 月，国家环境保护总局环境工程评估中心签发《关于浙江省乌龙山抽水蓄能电站环境影响评价大纲的评估意见》。

其间，该项目推进遇阻。2004 年 1 月 12 日，国家发改委下发《国家发展改革委关于抽水蓄能电站建设管理有关问题的通知》，明确抽水蓄能电站要统一纳入电力中长期发展规划。2005年1月5日，浙江省发改委印发《浙江省2010年抽水蓄能电站布局规划及2020年展望》通知，根据浙江电网和华东电网发展规划，提出浙江省抽水蓄能电站"推二备三"布局规划，乌龙山抽水蓄能电站列为备选项目。

随着国家对抽水蓄能电站项目建设政策的变化，建德市政府与双林集团协议无法继续履行。为了推进项目开展，加快列入华东片区电网发展建设规划，建德市政府积极寻求与中国华东电网合作，邀请中国华能集团公司参与项目开发。2005年8月3日，建德市政府与中国华能集团公司在北京签订《乌龙山抽水蓄能电站合作框架协议》，商定由华能集团控股、建德市政府参股，共同开发乌龙山抽水蓄能电站。

在明确引进华能集团参与项目开发后，建德市政府与宁波双林集团多次协商协议中止事宜，因双方对中止协议的部分条款无法达成共识，谈判陷入僵局，致使与中国华能集团合作未果。

2005年12月，项目完成选址初审、地质灾害评估、地下厂房位置选择、水土保持方案等专题报告，中国水利水电建设工程咨询公司陆续对可行性研究阶段的相关专题报告成果进行咨询，但限于国家政策调整等因素，项目可行性研究工作又告暂停。

2007年7月31日，建德市政府成立浙西核电项目和乌龙山抽水蓄能电站项目前期工作领导小组，吴铁民任组长，方建铃、祝昌国任副组长；领导小组下设办公室（设在市发改局），祝昌国兼任办公室主任；原乌龙山抽水蓄能电站建设筹备领导小组及其下设办公室撤销。为寻求项目推进，浙西核电项目和乌龙山抽水蓄能电站前期工作领导小组办公室积极与杭州市政府、省发改委沟通，争取获得帮助与支持；同时，一方面继续与双林集团协商，希望对方同意引进国家电网新源控股有限公司（简称国网新源公司），妥善处理前期投入；另一方面主动与国网新源公司对接，寻求支持与合作。

经不懈努力，项目得以重启。2009年8月初，水规总院、浙江省发改委、国网新源公司共同委托华东院开展浙江省抽水蓄能电站新一轮选点规划工作，规划水平年为2020年。8月31日，建德市政府与国网新源公司签订抽蓄电站合作意向书。

2012年5月，华东院编制完成《浙江省抽水蓄能电站选点规划报告（2012年版）》，并通过水规总院、浙江省发改委等部门审查。

2013年4月，国家能源局下发《关于浙江省抽水蓄能电站选点规划的批复》，将建德抽水蓄能电站作为浙江省抽水蓄能电站储备站点。

2015年10月20日，建德市成立乌龙山抽水蓄能电站项目推进工作领导小组，市长童定干兼任组长，市政协主席吴铁民兼任常务副组长，市委常委、常务副市长周友红兼任副组长。领导小组下设办公室（设在市发改局），负责日常工作，许维元兼任办公室主任，程霄任副主任。

2016年1月24日，建德市政府与协鑫（集团）控股有限公司（简称协鑫集团）就乌龙山抽水蓄能电站项目正式签约，双方约定：由协鑫集团投资开发乌龙山抽水蓄能电站；为加快完成项目前期报批工作，尽快开工，早日建成投产，建德市政府在项目报批、建设、运行等方面给予全力支持。3月，协鑫集团在建德注册成立浙江建德协鑫抽水蓄能有限公司（简称建德协鑫公司）。7月，建德协鑫公司与华东院签订建德抽水蓄能电站《可行性研究阶段勘察设计合同》，项目可行性研究工作重新启动。8月4日，华东勘察设计研究院可研勘探正式进场。

与此同时，实施并推进建德抽水蓄能电站项目配套工程——乌龙山上山道路工程建设。2016年3月10日，建德市新安旅游投资有限公司（简称新安旅投公司）立项建设乌龙山抽水蓄能电站配套道路工程，工程采用三级道路标准设计，总里程约16千米，设计路面宽度7.5米，总投资26977万元。项目采取EPC总承包模式。8月10日，发布EPC总承包招标公告。8月30日开标，华东院中标（EPC总承包合同于11月15日正式签订）。10月27日，配套道路一期工程举行开工仪式。华东勘测设计研究院院长张春生，建德市委书记戴建平，市长童定干，市政协主席、市乌龙山抽水蓄能电站项目建设指挥部总指挥吴铁民，市委常委、常务副市长周友红，市委常委、市委办主任尤荣福，市人大副主任赵志荣，浙江建德协鑫公司总经理、市乌龙山抽水蓄能电站项目建设指挥部副总指挥刘宝玉，华东勘测设计研究院交通院副院长韦华，及相关部门及乡镇（街道）领导、有关村两委负责人、项目业主单位代表、施工方及监理方代表参加仪式。至 2019 年 8 月 30 日，该道路工程毛路全线贯通；2020 年 10 月 16 日，完成工程验收。

鉴于项目规划位于富春江国家森林公园及建德市东线重要旅游风景区内，建德市紧锣密鼓地做好有关同步协调工作，努力争取项目选址在富春江—新安江风景名胜区范围内。2016 年 4 月 1 日，浙江省城乡规划设计研究院（简称省城乡规划设计院）受建德市委托编制《富春江—新安江风景名胜区严东关景区详细规划》（简称《详细规划》）。8 月，建德乌龙山抽水蓄能电站项目列入《浙江省重大建设项目"十三五"规划》（预备类）；9 月，列入《浙江省能源发展"十三五"规划》（前期类）。

同年 5 月 9 日，建德市成立乌龙山抽水蓄能电站项目建设指挥部，市政协主席吴铁民任总指挥，市委常委、常务副市长周友红，协鑫集团黄岳元、刘宝玉任副总指挥，指挥部下设办公室，许维元兼任办公室主任，陈伟宏（协鑫集团）、熊兴、叶建新任办公室副主任。

2017 年 1 月 10 日，国家能源局签发《关于同意浙江抽水蓄能电站选点规划调整工作有关事项的复函》，同意开展浙江抽水蓄能电站选点规划调整工作。

同年 3 月 20 日，根据《详细规划》要求，建德协鑫公司委托省城乡规划设计院编制《项目选址论证报告》，详细论证建德抽水蓄能电站下库工程项目在《富春江—新安江风景名胜区严东关景区详细规划》中选址的合理性。4 月 26 日，浙江省建设厅在建德组织召开由部、省和杭州市三级专家参加的《富春江—新安江风景名胜区建德分区严东关景区详细规划（2017—2025）》部门与专家审查会。专家认为：该《详细规划》规划范围合理，资源评价客观，规划思路清晰，功能定位、结构布局等基本符合《富春江—新安江风景名胜区建德分区严东关景区总体规划（2017—2025）》和《富春江—新安江风景名胜区建德分区规划》相关内容，在根据审查意见完成修改完善后可以依法报批。6 月 16 日，在完成审查意见落实工作后，浙江省建设厅上报城乡建设部《关于要求审批富春江—新安江风景名胜区建德分区严东关景区详细规划的请示》。11月24日，省住房和城乡建设厅（简称省住建厅）会同建德市政府在建德市组织召开浙江建德抽水蓄能电站下库工程项目选址咨询会。12月1日，浙江省向国家环境保护部、国家发改委提交《关于审核浙江省生态红线划定方案的函》。

因2015年编制《建德富春江国家森林公园总体规划》时，抽水蓄能电站项目未达到开工技术深度要求而无法在《规划》中完整体现，虽保留了上水库的点位，但部分项目用地约180公顷（含林地约160公顷）、保育区范围内用地约40公顷林地划入森林公园生态保育区，针对该遗留情况，2017年，根据《浙江省环境保护厅关于明确生态保护红线划定工作有关要求的通知》和《浙江省环境保护厅关于印发生态保护红线划定方案技术审查意见的通知》文件要求，位于国家森林公园生态保育区的乌龙山抽水蓄能电站项目，必须划入生态保护红线范围。为此，建德市政府努力争取项目用地从生态红线和国家森林公园中调出。同年11月30日，浙江省向环境保护部、国家发改委提交《关于审核浙江省生态红线划定方案的函》。在该函中，乌龙山抽水蓄能电站项目用地未划入浙江省生态红线范围之内。

2017年8月24日，住房和城乡建设部（简称住建部）城建司在《关于反馈对富春江—新安江风景名胜区千岛湖分区中心湖景区排岭半岛区块等5处详细规划审查意见函》中，提出"关于抽水蓄能电站下库，应当提供影响论证和批复文件，如尚未批复，建议不在文本中体现"。30日，省城乡规划设计院根据住建部反馈的审查意见，遵循"满足必要、符合规划、减少影响、规模适度、风貌适宜"原则，对《项目选址论证报告》修编完善，特别是针对项目永久设施和临时设施场地，进一步从风景名胜区资源保护角度作了影响分析。并提出多方案比选，推荐将项目下库工程区移出核心景区为优选方案，从而为风景名胜区主管部门的项目审批和规划设计条件提供参考。11月24日，省住建厅在建德市组织召开由部、省和杭州市三级专家参加的"浙江建德抽水蓄能电站下库工程项目选址咨询会"，确认"项目选址方案基本符合《富春江—新安江风景名胜区严东关景区详细规划》，同意上报审批"。

2018年1月2日，富春江—新安江风景名胜区管委会向杭州市建委提交

《关于要求转报〈富春江—新安江风景名胜区严东关景区详细规划（修改稿）〉的请示》。4日，杭州市建委向省住建厅上报《关于要求审批"富春江—新安江风景名胜区严东关景区详细规划"的请示》。9日，建德市政府向浙江省水利厅上报《关于恳请同意建德乌龙山抽水蓄能电站利用富春江水库部分库容的请示》。18日，浙江省林业厅在杭州组织召开《建德乌龙山抽水蓄能电站项目选址对富春江国家森林公园影响评估报告》专家论证会。19日，省林业厅向国家林业局森林公园管理办公室上报《浙江省林业厅关于建德乌龙山抽水蓄能电站项目选址涉及富春江国家森林公园的函》。23日，浙江省水利厅在杭州组织召开《建德市乌龙山抽水蓄能电站对富春江水库影响分析报告》审查会。杭州市林业水利局、建德市政府代表和特邀专家参加会议。会议原则同意该《报告》中关于建德抽水蓄能电站运行对流域防洪、枯水期农田灌溉、通航以及江堤安全等影响分析。24日，省住建厅批复同意《富春江—新安江风景名胜区严东关景区详细规划》和《建德抽水蓄能电站下库工程区项目选址论证报告》，并向住建部城建司上报《关于报送富春江—新安江风景名胜区严东关景区详细规划修改稿的函》。25日，《浙江省水利厅关于建德市乌龙山抽水蓄能电站利用富春江水库部分库容意见的复函》，原则同意建德乌龙山抽水蓄能电站利用富春江水库作为抽水蓄能电站下水库使用的方案。25—26日，受国家能源局委托，国家水电水利规划设计总院、国家电网公司华东分部和浙江省能源局在北京召开浙江省抽水蓄能电站站点规划调整报告（2025）审查会。

　　同年2月14日，环境保护部、国家发改委发布关于北京等15省（自治区、直辖市）生态保护红线划定方案的复函（环生态函〔2018〕24号），明确认定乌龙山抽水蓄能电站项目符合生态红线划定要求，项目用地未划入浙江省生态红线范围之内。同月28日，浙江省环境保护厅就"建德市乌龙山抽水蓄能电站项目与生态保护红线的相关情况"出具说明，电站项目所涉区域不在《方案》中划定的生态保护红线范围内。

　　3月12日，建德市政府致函国网新源公司《关于恳请支持建德乌龙山抽水蓄能电站利用富春江水库部分库容的函》，提请该公司同意建德乌龙山抽水蓄能电站从富春江水库——建德境内富春江七里泷峡谷出口处取水。23日，国家森林和草原局下发《关于准予浙江富春江国家森林公园改变经营范围的行政许可决定》。4月10日，国网新源公司《关于建德乌龙山抽水蓄能电站利用富春江水库部分库容复函》，表示对项目规划建设积极配合与支持，提出项目对富春江水库可调库容减少、水位波动等涉及富春江电站安全效益、经济效益影响的考虑，要求组织科学论证，并向国家电网公司汇报请示后落实。

8月28日，浙江省能源局上报浙江省蓄能电站规划调整方案至国家能源局，待审批。9月28日，国家能源局《关于浙江抽水蓄能电站选点规划调整有管事项的复函》原则同意建德站点作为推荐站点，在相关环境问题协调落实后，根据华东电网电力系统发展需要适时开发建设。

2019年3月21日，项目建设指挥部总指挥吴铁民带队赴省林业厅对接自然保护地调整方案；同年12月2—6日，吴铁民再次带队与建德协鑫公司赴北京国家林业局自然保护地管理司、国网新源公司、水规总院等单位，咨询自然保护地方案整合、列入《长江三角洲区域一体化发展纲要》重大项目审批等事宜，寻求项目推进突破口。

2021年5月，建德乌龙山抽水蓄能电站项目列入《浙江省可再生能源发展"十四五"规划》（计划开工项目）和《浙江省可再生能源发展"十四五"规划》；8月，列入国家《抽水蓄能中长期发展规划（2021—2035年）》（实施类）。

8月16日，建德市林业局向杭州市林水局上报《关于上报富春江—新安江风景名胜区严东关景区详细规划的函》；23日，杭州市林水局向省林业局上报《关于转报〈富春江—新安江风景名胜区严东关景区详细规划〉的请示》；9月2日，省林业局行文将《严东关景区详细规划》修改稿上报至国家森林和草原局；9月26日，国家森林和草局下发《关于支持浙江共建林业践行绿水青山就是金山银山理念先行省、推动共同富裕示范区建设的若干措施的函》，同意《严东关景区详细规划》继续由该局审批。11月13日，详规完成省级公示。

同年9月9日，建德市调整乌龙山抽水蓄能电站项目推进工作领导小组和指挥部成员，市委书记朱欢、市长富永伟任组长，市政协主席吴铁民任常务副组长，常务副市长俞伟任副组长；领导小组下设指挥部，由吴铁民任总指挥，俞伟、刘宝玉任副总指挥，许维元为办公室主任，施树康、姚钟书、陈益群为办公室副主任。

2022年1月17日，浙江省住建厅城乡规划设计院完成专家函询意见修改，浙江省林业局正式行文国家森林和草原局，上报《严东关景区详细规划（修改稿）》。2月24—25日，国家森林和草原局组织《严东关景区详细规划》线上专家评审会并原则通过。4月18日，《富春江—新安江风景名胜区严东关景区详细规划》获国家森林和草原局批复。4月25日，浙江建德抽水蓄能电站下库工程区项目涉及富春江—新安江风景名胜区重大建设项目活动选址获省林业局批复。是月，建德乌龙山抽水蓄能电站项目列入国家能源局2022年内核准计划。

3月3日，建德市调整乌龙山抽水蓄能电站项目推进工作领导小组和指挥部成员，市委书记富永伟、市长王新锋任组长，市政协二级巡视员吴铁民任常务副组长，常务副市长陈文岳、市人大常委会副主任姜建生任副组长；领导小组下设指挥部，吴铁民任总指挥，陈文岳、姜建生任副总指挥，许维元为办公室主任，施树康、姚钟书、陈益群为办公室副主任。

4月11—15日，中国水利水电建设工程咨询公司和水电水利规划设计总院分别组织浙江建德抽水蓄能电站可行性研究阶段正常蓄水位选择、施工总布置规划、枢纽总布置等三大专题报告审查（咨询）会议。该三大专题报告分别于5月5日、5月26日、6月1日获批。

4月26日，完成省发改委项目赋码，项目赋码名称为"浙江建德抽水蓄能电站"。

6月20日，建德市规划和自然资源局出具电站拟选址地块压覆矿产资源证明（2022—004）。23日，完成项目重大决策社会风险评估备案。24日，浙江省水库移民安置办公室在丽水市召开会议，初步评审浙江建德抽水蓄能电站建设征地实物指标调查工作大纲。7月8日，杭州市规划与自然资源局审核批准项目用地预审与选址意见书。7月28日，浙江省政府下发《关于浙江建德抽水蓄能电站工程占地和淹没区实物指标调查有关问题的批复》，同意浙江建德抽水蓄能电站可行性研究报告阶段确定的工程占地和淹没区控制范围。该批复以文件附件形式下达封库令。全文如下：

浙江省人民政府关于禁止在浙江建德抽水蓄能电站工程占地和淹没区新增建设项目和迁入人口的通告：

为确保浙江建德抽水蓄能电站建设顺利进行，全面准确做好工程占地和淹没区实物指标调查工作，根据《大中型水利水电工程建设征地补偿和移民安置条例》有关规定，通告如下：

一、浙江建德抽水蓄能电站工程占地和淹没区控制范围。

（一）工程占地区。分为工程永久占地和临时用地。主要涉及乾潭镇大畈村、万龙村和建德林场。

（二）水库淹没区。包括水库正常蓄水位以下的区域和水库正常蓄水位以上因水库洪水回水、风浪和船行波、冰塞壅水等临时受淹没的区域。上水库的正常蓄水位为高程 738.00 米。其中：

1. 林地、草地和未利用地：高程 738.00 米以下；

2. 耕地、园地：高程 738.50 米以下；

3. 人口、房屋：高程 739.00 米以下；

4. 专业项目：按照《防洪标准》（GB50201-2014）和相关技术标准确定。主要涉及建德林场。

工程占地和水库淹没区范围详见浙江建德抽水蓄能电站建设征地处理范围示意图。

二、自本通告发布之日起，禁止在工程占地和淹没区内新增建设项目（含扩建、改建及房屋装修等），停止办理相关审批手续，停止各类在建项目建设。违反规定继续进行建设的，按违法建设行为处理，不予补偿。

三、自本通告发布之日起，除新生儿、婚嫁人口和户口临时转出的义务兵、在校大中专学生、服刑等人员外，禁止其他人口迁入工程占地和淹没区。违反本通告规定擅自迁入的人口，不作移民安置。

四、本通告发布后，由项目业主会同所在地政府根据《浙江建德抽水蓄能电站建设征地实物指标调查工作大纲（报批稿）》，组织开展实物指标调查工作。

五、工程占地和淹没区内的所有单位、组织和个人要严格执行本通告的规定，积极支持配合所在地政府及有关部门开展工作。对违反法律法规规定，干扰实物指标调查和工程建设、移民安置工作的，依法追究责任。

8月4—10日，完成浙江建德抽水蓄能电站建设征地影响实物指标调查成果公示。8月8日，完成项目地质灾害危险性评估。8月25日—26日，浙江省水库移民安置办公室会同水规总院在建德市召开会议，对浙江建德抽水蓄能电站建设征地移民安置规划大纲进行审查并原则通过。是月，建德乌龙山抽水蓄能电站项目列入2022年浙江省重点建设项目。

9月6日，浙江省发改委签发《关于浙江建德抽水蓄能电站项目核准的批复》，同意建设浙江建德抽水蓄能电站项目（项目代码：2204-330000-04-01-493521），项目单位为浙江建德协鑫抽水蓄能有限公司。同时对建设地点、内容及规模、投资估算、资金来源、项目管理和建设条件等予以明确。20日，完成项目工程安全预评价。

经浙江省能源局同意，2022年9月15日，项目筹备工程开工仪式在乌龙山东南侧、富春江北岸方门举行，项目开工建设。至2022年底，完成交通洞探硐1350米。

▍机构沿革

1.1993 年，建德市政府组建建德乌龙山抽水蓄能电站建设筹备领导小组，因小组部分成员工作变动，1994 年 2 月 28 日，市政府下文对小组成员进行调整，谢康春任组长、穆先堂任副组长；领导小组下设办公室，穆先堂兼任办公室主任，李建新、叶刚优任办公室副主任（建政发〔94〕25 号）。

2.2003 年 9 月 15 日，市政府调整乌龙山抽水蓄能电站建设筹备领导小组成员，穆先堂任顾问，常务副市长任组长，吴铁民、童文扬任副组长；领导小组下设办公室（设在移民局），程社生兼任办公室主任（建政函〔2003〕134 号）。

3.2007 年 7 月 31 日，市政府成立浙西核电项目和乌龙山抽水蓄能电站项目前期工作领导小组，吴铁民任组长，方建铃、祝昌国任副组长；领导小组下设办公室（设在发改局），祝昌国兼任办公室主任；原乌龙山抽水蓄能电站建设筹备领导小组及其下设办公室同时撤销（建政办函〔2007〕156 号）。

4.2015 年 10 月 20 日，市委、市政府成立乌龙山抽水蓄能电站项目推进工作领导小组，市长童定干任组长，政协主席吴铁民任常务副组长，常务副市长周友红任副组长。领导小组下设办公室（设在发改局），许维元兼任办公室主任，程霄任副主任（市委办发〔2015〕55号）。

5.2016年5月9日，市委、市政府成立乌龙山抽水蓄能电站项目建设指挥部，政协主席吴铁民任总指挥，常务副市长周友红、黄岳元（协鑫集团）、刘宝玉（协鑫集团）任副总指挥，指挥部下设办公室，许维元兼任办公室主任，陈伟宏（协鑫集团）、熊兴、叶建新任办公室副主任（市委办发〔2016〕21号）。

6.2021年9月9日，市委、市政府调整乌龙山抽水蓄能电站项目推进工作领导小组和指挥部成员，市委书记朱欢、市长富永伟任组长，政协主席吴铁民任常务副组长，常务副市长俞伟任副组长；领导小组下设指挥部，由吴铁民任总指挥，俞伟、刘宝玉任副总指挥，许维元为办公室主任，施树康、姚钟书、陈益群为办公室副主任（市委办发〔2021〕55号）。

7.2022年3月3日，市委、市政府调整乌龙山抽水蓄能电站项目推进工作领导小组和指挥部成员，市委书记富永伟、市长王新锋任组长，政协二级巡视员吴铁民任常务副组长，常务副市长陈文岳、人大副主任姜建生任副组长；领导小组下设指挥部，吴铁民任总指挥，陈文岳、姜建生任副总指挥，许维元为办公室主任，施树康、姚钟书、陈益群为办公室副主任（市委办发〔2022〕10号）。

8.2023年9月26日，市委、市政府调整乌龙山抽水蓄能电站项目推进工作领导小组和指挥部成员，更名为建德抽水蓄能电站项目推进工作领导小组，市委书记富永伟、市长王新锋任组长，市政协主席俞伟任常务副组长，常务副市长程星火任副组长。领导小组下设指挥部，俞伟任总指挥，程星火任副总指挥，姚钟书为办公室主任（市委办发〔2023〕29号）。

建德市人民政府 （通知）

建政发（94）25号

关于调整乌龙山抽水蓄能电站建设筹备领导小组成员的通知

各镇、乡人民政府，市府直属各部门：

鉴于乌龙山抽水蓄能电站建设筹备领导小组部分成员工作经变动，市政府研究决定，调整乌龙山抽水蓄能电站建设筹备领导小组成员，现将调整后的成员名单公布如下：

组　长：谢康春

副组长：穆先堂（项目负责人）

成　员：李建新　杨安　叶雨优　苏强　余新华　洪水标
　　　　　陆卫屋　叶万生　汪志根

领导小组下设办公室（地点另人员另定），由穆先堂同志兼任办公室主任，李建新、叶刚优任办公室副主任。

一九九四年二月十八日

主题词：调整　机构　通知

抄报：省计经委、省电力局、杭州市人民政府、杭州市计委。

抄送：市委各部门、市人大、政协、纪委、人武部、法院、检察院

建德市人民政府

建政函〔2003〕134号

关于调整乌龙山抽水蓄能电站建设筹备
领导小组成员的通知

各镇、乡人民政府，各街道办事处，市政府各部门、单位：

鉴于人事变动和工作需要，市政府决定对乌龙山抽水蓄能电站建设筹备领导小组部分成员进行调整。现将调整后的组成人员名单通知如下：

顾　问：穆先堂

组　长：程茂红

副组长：吴铁民

　　　　童文扬

成　员：唐利光（市府办）

　　　　方树生（市发展计划局）

　　　　李明扬（市财政局）

　　　　叶万生（市交通局）

　　　　崔杭勇（市公安局）

米永辉（市国土局）

徐惠文（市环保局）

邹志勋（市林业局）

江建树（市水电局）

田间乐（市外经贸局）

程社生（市移民局）

毕建华（市风景旅游局）

汪建国（市供电局）

马燕子（梅城镇）

赖新林（乾潭镇）

陈庆福（梅城林场）

领导小组下设办公室（设在市移民局），由程社生同志兼任办公室主任。

二○○三年九月十五日

主题词：机构 调整 通知

抄送：市委各部门，市纪委，市人武部，市各群众团体。

市人大常委会办公室，市政协办公室，市法院，市检察院。

市各民主党派。

建德市人民政府办公室

建政办函〔2007〕156号

关于成立浙西核电项目和乌龙山抽水蓄能电站
项目前期工作领导小组的通知

各镇、乡人民政府,各街道办事处,市政府各部门、单位:

根据工作需要,经市政府研究,决定成立浙西核电项目和乌龙山抽水蓄能电站项目前期工作领导小组。现将成员名单公布如下:

组　　长:吴铁民

副组长:方建铃(市府办)

祝昌国(市发展和改革局)

成　　员:滕明湘(市财政局)

赵志荣(市交通局)

崔杭勇(市公安局)

郑建国(市建设局)

米永辉(市国土局)

洪国根(市环保局)

邓景祥(市林业局)

江建树(市水电局)

范天顺（市安监局）

钱　新（市教育局）

陈　勇（市移民局）

郑　钧（市旅游商贸局）

方　勇（市供电局）

王来生（梅城镇）

赖新林（乾潭镇）

唐永强（梅城林场）

领导小组下设办公室（设在市发展和改革局），祝昌国同志兼任办公室主任。原乌龙山抽水蓄能电站建设筹备领导小组及其下设办公室同时撤销。

二〇〇七年七月三十一日

主题词： 机构　设置　通知

抄送： 市委各部门，市纪委，市人武部，市各群众团体。
市人大常委会办公室，市政协办公室，市法院，市检察院。
市各民主党派。

中共建德市委办公室文件

市委办发〔2015〕55 号

──────────── ★ ────────────

市委办公室 市政府办公室
关于成立乌龙山抽水蓄能电站项目
推进工作领导小组的通知

各乡镇（街道）党（工）委、政府（办事处），市级机关各单位：

为切实加快推进乌龙山抽水蓄能电站项目，促进我市产业转型升级，经市委、市政府研究，决定成立乌龙山抽水蓄能电站项目推进工作领导小组。现将领导小组成员名单通知如下：

　　组　　长：童定干

常务副组长：吴铁民

　　副组长：周友红

　　成　　员：王　田（市府办）

许维元（发改局）

高建军（财政局）

钱晓华（国土资源局）

周献锦（住建局）

徐　俊（林业局）

金　斌（水利水产局）

章　明（旅游商务局）

项智东（旅投公司）

钱建明（水力发电厂）

操吴兵（供电公司）

傅定辉（梅城镇）

方建铃（乾潭镇）

程　霄（发改局）

领导小组下设办公室（设在发改局），负责日常工作，由许维元兼任办公室主任，程霄任副主任。

中共建德市委办公室
建德市人民政府办公室
2015 年 10 月 20 日

抄送：市委常委，市人大、市政府、市政协领导

中共建德市委办公室　　　　　　　　　2015 年 10 月 21 日印发

中共建德市委办公室文件

市委办发〔2016〕21号

★

中共建德市委办公室 建德市人民政府办公室
关于成立乌龙山抽水蓄能电站项目
建设指挥部的通知

各乡镇（街道）党（工）委、政府（办事处），市级机关各单位：

为认真落实市政府与江苏协鑫电力有限公司签订的《乌龙山抽水蓄能电站及乌龙山旅游开发合作协议》所明确的各项义务，加快推进乌龙山抽水蓄能项目建设的各项前期工作，确保项目尽早开工，经市委、市政府与协鑫公司共同研究，决定成立乌龙山抽水蓄能电站项目建设指挥部。现将指挥部组成人员公布如下：

  总 指 挥：吴铁民

  副总指挥：周友红

　　　　　　黄岳元（协鑫公司）

　　　　　　刘宝玉（协鑫公司）

　　成　　员：许维元（市政协提案委）

　　　　　　蔡新春（市府办）

　　　　　　徐　俊（发改局）

　　　　　　蒋智鸿（林业局）

　　　　　　项智东（旅投公司）

　　　　　　操吴兵（供电公司）

　　　　　　傅定辉（梅城镇）

　　　　　　王百金（乾潭镇）

　　　　　　程　霄（发改局）

　　指挥部下设办公室，许维元兼任办公室主任，陈伟宏（协鑫公司）、熊兴、叶建新任办公室副主任。办公室其他成员视工作需要从市级单位和乡镇（街道）临时抽调，集中办公。办公室主要职责是负责项目的全程服务和统筹协调，包括项目规划、项目用地报批与征收、配套设施建设等各项前期工作，并协助协鑫公司尽早完成项目核准工作。

　　　　　　　　　　　　　　　中共建德市委办公室
　　　　　　　　　　　　　　　建德市人民政府办公室
　　　　　　　　　　　　　　　2016 年 5 月 9 日

抄送：市委常委，市人大、市政府、市政协领导

中共建德市委办公室　　　　　　　　　2016 年 5 月 10 日印发

中共建德市委办公室文件

市委办发〔2021〕55号

★

中共建德市委办公室　建德市人民政府办公室关于调整乌龙山抽水蓄能电站项目推进工作领导小组和指挥部成员的通知

各乡镇（街道）党（工）委、政府（办事处）、市级机关各单位：

为抢抓机遇，克难攻坚，加快推进乌龙山抽水蓄能电站项目前期工作，争取项目早日落地、早日开工，经市委、市政府研究，决定对乌龙山抽水蓄能电站项目推进工作领导小组和指挥部成员进行调整。现将调整后的领导小组和指挥部成员名单通知如下：

组　　长：　朱　欢　富永伟

常务副组长：吴铁民

副 组 长：　俞　伟

成　　员：　黄朝光（市委办）

程星火（市府办）

舒志强（市委政法委）

羊樟金（市府办）

徐　俊（发改局）

傅定辉（林业局）

金　斌（水利局）

姜建生（规划资源局）

娄樟锡（民政局）

陈　刚（财政局）

周献锦（住建局）

赵　斌（交通运输局）

王　田（卫生健康局）

蔡新春（应急管理局）

巫海武（司法局）

谢照昌（商务局）

谢丽琴（文广旅体局）

占志忠（生态环境建德分局）

郑希平（旅投公司）

李建华（新安江水力发电厂）

朱卫东（供电公司）

　　龚　鑫（梅城镇）

　　李　俊（乾潭镇）

　　领导小组下设指挥部，负责日常工作，由吴铁民任总指挥，俞伟、刘宝玉任副总指挥，许维元为办公室主任，施树康、姚钟书、陈益群为办公室副主任，唐永强为办公室成员，其他成员根据工作需要临时抽调。

中共建德市委办公室

建德市人民政府办公室

2021 年 9 月 9 日

中共建德市委办公室文件

市委办发〔2022〕10 号

━━━━━━━━━━━━━ ★ ━━━━━━━━━━━━━

中共建德市委办公室 建德市人民政府办公室 关于调整乌龙山抽水蓄能电站项目推进 工作领导小组和指挥部成员的通知

各乡镇（街道）党（工）委、政府（办事处），市级机关各单位：

为抢抓机遇，克难攻坚，加快推进乌龙山抽水蓄能电站项目前期工作，争取项目早日落地、早日开工，经市委、市政府研究，决定对乌龙山抽水蓄能电站项目推进工作领导小组和指挥部成员进行调整。现将调整后的领导小组和指挥部成员名单通知如下：

　　组　　长：　富永伟　王新锋
　　常务副组长：吴铁民

副 组 长： 陈文岳　姜建生

成 　员： 黄朝光（市委办）

龚　鑫（市府办）

舒志强（市委政法委）

羊樟金（市府办）

蒋建成（发改局）

陈建平（公安局）

蔡爱珍（民政局）

周伟清（司法局）

陈　刚（财政局）

黄　炜（规划资源局）

倪国芳（住建局）

赵　斌（交通运输局）

金　斌（水利局）

傅定辉（林业局）

叶　鹃（商务局）

谢黎琴（文广旅体局）

王　田（卫生健康局）

郑子清（应急管理局）

占志忠（生态环境建德分局）

郑希平（旅投公司）

李建华（新安江水力发电厂）

安晓军（供电公司）

邹　　泉（梅城镇）

王一叶（乾潭镇）

领导小组下设指挥部，负责日常工作，由吴铁民任总指挥，陈文岳、姜建生任副总指挥，许维元为办公室主任，施树康、姚钟书、陈益群为办公室副主任，唐永强为办公室成员，其他成员根据工作需要临时抽调。

中共建德市委办公室

建德市人民政府办公室

2022 年 3 月 3 日

中共建德市委办公室文件

市委办发〔2023〕29号

★

中共建德市委办公室　建德市人民政府办公室关于更名并调整乌龙山抽水蓄能电站项目推进工作领导小组和指挥部成员的通知

各乡镇（街道）党（工）委、政府（办事处）、市级机关各单位：

为加快推进乌龙山抽水蓄能电站项目开工建设阶段各项工作，争取项目早日全面开工、早日建成投产。按照省发改委核准文件精神，经市委、市政府研究，决定对乌龙山抽水蓄能电站项目推进工作领导小组进行更名，更名为建德抽水蓄能电站项目推进工作领导小组，并对指挥部成员进行调整。现将调整后的领导小组和指挥部成员名单通知如下：

组　　长：　富永伟　王新锋

常务副组长：俞　伟

副 组 长：程星火

成　员：　黄朝光（市委办）

　　　　　龚　鑫（市府办）

　　　　　舒志强（市委政法委）

　　　　　羊樟金（市府办）

　　　　　蒋建成（发改局）

　　　　　汪永刚（公安局）

　　　　　蔡爱珍（民政局）

　　　　　黄卫平（司法局）

　　　　　陈　刚（财政局）

　　　　　章　明（人社局）

　　　　　黄　炜（规划资源局）

　　　　　倪国芳（住建局）

　　　　　赵　斌（交通运输局）

　　　　　徐　诤（水利局）

　　　　　沈小来（农业农村局）

　　　　　傅定辉（林业局）

　　　　　谢黎琴（文广旅体局）

　　　　　王　田（卫生健康局）

　　　　　徐卫军（应急管理局）

　　　　　郑建霞（统计局）

　　　　　郑子清（城管执法局）

占志忠（生态环境建德分局）

张奕涛（国资服务中心）

安晓军（供电公司）

翁献忠（港航执法队建德执法大队）

杜　彪（消防救援大队）

郑希平（旅投公司）

甘　伟（两山公司）

邹　泉（梅城镇）

王一叶（乾潭镇）

方　睿（三都镇）

领导小组下设指挥部，负责日常工作，由俞伟任总指挥，程星火任副总指挥，姚钟书为办公室主任，施树康、宁卫珍为办公室副主任，辛晓霜为办公室成员，其他成员根据工作需要临时抽调。

中共建德市委办公室

建德市人民政府办公室

2023 年 9 月 26 日

中共建德市委办公室　　　　　　2023 年 9 月 26 日印发

支持材料

一、浙江建德抽水蓄能电站装机容量（240万千瓦）相关支撑材料表

序号	时间	牵头制定或审查（批准）的上级主管部门	事件	相关内容（容量）	参加审查的电力部门
1	2002.8	华东勘测设计研究院有限公司	受建德市政府委托，完成并提交《乌龙山抽水蓄能电站选点规划勘测设计报告》	乌龙山抽水蓄能电站新站址选点十分理想，最大装机容量可达3200MW，综合多方面因素，初拟电站装机容量2400MW	—
2	2004.1.6	水电水利规划设计总院	关于印发《浙江省乌龙山抽水蓄能电站选点规划报告审查意见》的函	乌龙山（2400MW）	省电力公司新安江水力发电厂富春江水力发电厂

序号	时间	牵头制定或审查（批准）的上级主管部门	事　件	相关内容（容量）	参加审查的电力部门
3	2004.4.27—4.29	水电水利规划设计总院	在杭州联合召开审查会，同年6月10日总院下达"关于印发《浙江省乌龙山抽水蓄能电站预可行性研究报告审查意见》的函"	初拟电站装机容量2400MW	浙江省电力公司 华东电力设计院 浙江省电力设计院 新安江水力发电厂 富春江水力发电厂 浙江省金华电力公司
4	2005.1	省发展和改革委员会	《浙江省2010年抽水蓄能电站布局规划及2020年展望》——第一轮规划	"推二备三"——建德乌龙山	—
5	2013.4.22	省发展和改革委员会	国家能源局批复《浙江省抽水蓄能电站选点规划报告》（2012年）——第二轮规划	"推五备四"——建德初拟电站装机容量2400MW	—
6	2016.8.1	国家能源局	《关于印发浙江省重大建设项目"十三五"规划的通知》	建德乌龙山抽水蓄能电站项目装机容量240万千瓦，单机发电容量40万千瓦，装机6台	—
7	2018.1.25	水电水利规划设计总院	浙江省抽水蓄能电站选点规划调整报告审查会在北京召开	建德（2400MW）	国家电网有限公司 国网新源控股有限公司 国网浙江省电力有限公司

序号	时间	牵头制定或审查（批准）的上级主管部门	事 件	相关内容（容量）	参加审查的电力部门
8	2018.9.28	省政府办公厅	同年6.29下发《关于批准浙江省抽水蓄能电站选点规划调整报告的请示》	全省9个站点：同意建德（240万千瓦）作为推荐站点	——
9	2019.10	电水利规划设计总院	《关于浙江抽水蓄能电站选点规划调整有关事项的复函》——第三轮规划	为建德抽水蓄能电站就近接入创造条件	——
10	2019.12.17	浙江省能源局	浙江杭州建德500KV输变电工程可行性研究总报告	建德抽水蓄能电站：2400MW（6×400）	——
11	2021.8	国家电网公司华东分部	《关于印发我省推进长三角一体化发展标示性工程建设方案和重大事项、重大平台、重大改革性举措、重大项目四张清单的通知》	浙江建德（240万千瓦）	——
12	2021.5.7	国家能源局	《抽水蓄能中长期发展规划》（2021—2035年）	抽水蓄能电站建设重点	——
13	2021.5.7	杭州市电力设计院有限公司	《浙江省能源发展"十四五"规划》	建德（240万千瓦）	——
14	2022.4.13-4.15	浙江省推进长三角一体发展工作领导小组办公室	《浙江省可再生能源发展"十四五"规划》	"十四五"抽水蓄能重点项目：建德装机容量240万千瓦	国网杭州供电公司 国网新源富春江发电厂

序号	时间	牵头制定或审查（批准）的上级主管部门	事　件	相关内容（容量）	参加审查的电力部门
15	2022.4.15	浙江省发展和改革委员会	专家评审《浙江建德抽水蓄能电站可行性研究阶段枢纽布置比选专题咨询报告》等三大专题；同年5月下发三个专题咨询（审查）意见	装机容量2400MW、安装6台机组	—
16	2022.4.26	国家能源局	项目"赋码"	总装机容量2400MW	—
17	2022.8.31	浙江省发展和改革委员会	关于印发2022年省重点建设项目增补调整名单的通知	浙江建德抽水蓄能电站项目	—

二、2022 年建德抽水蓄能电站项目批复文件目录

序号	批复单位	批复日期	文件名
1	国家林草局	2022.4.18	国家林业和草原局关于浣江—五泄风景名胜区五泄景区（南片区）和富春江—新安江风景名胜区严东关景区详细规划的批复
2	省林业局	2022.4.25	浙江省林业局关于浙江建德抽水蓄能电站下库工程区项目涉及富春江—新安江风景名胜区的审批意见
3	水利水电部	2022.5.05	关于印送《浙江建德抽水蓄能电站可行性研究阶段枢纽布置比选专题咨询报告》的函
4	水规总院	2022.5.26	关于印发《浙江建德抽水蓄能电站可行性研究阶段施工总布置规划专题报告审查意见》的函
5	水规总院	2022.6.01	关于印送《浙江建德抽水蓄能电站可行性研究阶段正常蓄水位选择专题报告审查意见》的函
6	省文物局	2022.7.14	浙江省文物局准予行政许可决定书
7	省人民政府	2022.7.28	浙江省人民政府关于浙江建德抽水蓄能电站工程占地和淹没区实物指标调查有关问题的批复
8	省发改委	2022.9.06	关于浙江建德抽水蓄能电站项目核准的批复

关怀

浙江建德抽水蓄能电站项目的每一点进展、每一次突破，凝聚了各级领导的心血和汗水，省委、省政府和杭州市委、市政府高位推动，国家电网、省电力公司、华东勘测设计院等倾力支持，社会各界真情关怀。国家电监委原主席柴松岳，华东电管局原副总叶肇基，省委原常委、杭州市委原书记王国平，省电力局原局长陈积民，省计委原主任毛光烈，等等，始终关注关心这一项目的进展。建德市委、市政府和建德人民对此表示衷心感谢。

乌龙腾飞终有时

潇洒溪山 洪樟潮摄

省发改委主任孙景淼来我市调研

本报讯 2012 年 11 月 27 日，省发展和改革委员会主任孙景淼率领省发改委投资处、交通处、农经处等主要职能处室负责人来我市调研扩大有效投资和重点项目建设情况，了解我市今年以来经济社会发展情况，为我市发展中遇到的问题和困难建言献策。市领导董悦、陈震山、郭坚、叶万生陪同调研。

在工作汇报会上，市委书记董悦向孙景淼一行汇报介绍了市第十三次党代会确立的工作目标任务和今年以来我市经济社会发展情况，市长陈震山汇报了今年以来我市扩大有效投资和重点项目建设有关情况，并提出了发展中遇到的问题和困难等。

据悉，今年以来，面对严峻的宏观经济形势与区域经济明显下行的压力，我市紧紧围绕市第十三次党代会确定的"全面建设幸福美丽和谐新建德"的奋斗目标，狠抓各项工作的推进落实。1—10 月，全市实现工业销售产值 517.99 亿元，增长 7.2%；完成全社会固定资产投资 70.3 亿元，增长 18.2%。在推进产业发展、做大做强实体经济方面，我市着力化解企业风险，着力整合国有资产，着力打造工业平台，着力发展新兴产业，着力振兴旅游三产，着力强化招商引资，着力推进项目建设。下一步，我市将认真学习贯彻十八大精神，全力抓好年初既定各项目标任务的落实，认真开展明年的工作思路调研和项目包装等。

在听取我市各方情况的汇报后，孙景淼对我市今年以来的经济社会发展情况给予了充分肯定。他说，建德市第十三次党代会提出的奋斗目标任务符合建德客观实际。未来五年，建德一定会有新的变化、新的发展，社会各项事业会有新的进步，老百姓能够享受到幸福美丽和谐新建德建设的良好成果。孙景淼还就我市提出的支持马南高新技术产业园申报国家项目、支持建德产业转型发展、帮助推进乌龙山抽水蓄能电站建设等需要省发改委支持帮助解决的问题进行了答复，提出了解决对策，并表示省发改委将全力支持建德扩大有效投资、推进重点项目建设。

（记者 郑伟林）

乌龙山抽水蓄能电站项目正式签约

2016年1月24日，注定是难忘的一天，也是被载入建德史册的一天。当天，浙江建德市与协鑫（集团）控股有限公司和华东勘测设计研究院，三方正式签订了乌龙山抽水蓄能电站项目战略合作协议。这标志着建德人民盼望已久、寄予梦想的项目正式启动了，以乌龙山抽水蓄能电站为起点，三方在新能源、电力、旅游等领域的全方位合作拉开了序幕。

华东勘测设计研究院院长张春生，协鑫集团副董事长兼执行总裁、协鑫电力集团董事长沙宏秋等华东院、协鑫集团高层领导和我市领导戴建平、童定干、吴铁民、周友红、叶万生、尤荣福、童文扬、徐建华、张早林出席了签约仪式。

乌龙山抽水蓄能电站项目是由华东勘测设计研究院于1992年在对华东三省抽水蓄能电站项目进行资源普查时发现的。由于种种原因，该项目历经了20多年未能启动。2015年，市委、市政府专门成立了乌龙山抽水蓄能电站项目推进工作小组，具体负责该项目的整体推进工作，在市四套班子领导以及有关部门、乡镇的共同努力下，项目启动的条件逐步成熟。

根据2004年国家水规总院和省发改委共同主持的预可研审查会议意见：乌龙山抽水蓄能电站站址具有独特的优势，是华东电网建设条件不可多得的优良站点之一。该项目地形地质好、站址天然成库条件好、自然落差大、投

资成本低。项目开发实施，不但能对华东电网的安全运行起到强大的稳定作用，还将对乌龙山及富春江景区的开发带来深远影响。

市委常委、常务副市长周友红主持签约仪式。仪式上，市政协主席吴铁民介绍了项目基本情况。市长童定干与协鑫集团副董事长沙宏秋签订战略合作协议和乌龙山抽水蓄能电站及旅游开发合作协议，与华东勘测设计研究院院长张春生签订战略合作协议；华东勘测设计研究院总工程师与协鑫电力集团副总裁签订乌龙山抽水蓄能电站合作备忘录。

戴建平对协鑫集团和华东院到建德合作投资表示热烈的欢迎和衷心的感谢，对项目成功签约表示祝贺。他说，乌龙山抽水蓄能电站项目是建德干部群众的一个共同情结，启动乌龙山抽水蓄能电站项目，是建德招商引资的重大突破，是建德产业转型升级的重大突破，也是东线旅游发展的重大突破。建德有最好的抽水蓄能电站资源，协鑫集团是中国最大的混合所有制电力企业，华东勘测设计研究院是实力雄厚的电力勘测设计院，三方的合作，可以说是强强联手、优势互补、前景广阔。我们坚信，这必将是一次多赢的合作，也将为协鑫集团、华东院的发展再添浓墨重彩的一笔。

戴建平指出，签约是银，履约是金。建德市委、市政府对这次合作高度重视，将成立专门工作班子，以最大的诚意坚守承诺，扎实做好各项服务工作。全市各级各部门要心往一处想，劲往一处使，拧成一股绳，为项目提供全天候、全方位、店小二式的服务，争取项目早开工、早投产、早见效。

沙宏秋表示，协鑫集团对乌龙山抽水蓄能电站项目战略明确、决心坚定、计划周密。今天的签约，不仅仅是一个仪式，而是实质工作的开始。希望三方下一步在人、财、物和沟通机制上进一步完善，希望建德和华东院对项目给予支持和帮助，祝愿项目取得圆满成功，能够了却建德人民期盼20多年的心愿。

张春生说，华东院对建德有着特殊的感情，期待与建德有全方位、更高层次的合作，在建德把根扎下去。他们将按照协议的要求，全力以赴开展工作，义不容辞地把项目勘测设计好，抓紧时间，抓住机遇，让20多年的愿望早日成为现实。

（资料来源：建德新闻网　记者 郑伟林 范胜利）

登顶乌龙山　实地谋项目
——市领导考察乌龙山抽水蓄能电站项目

本报讯 2016 年 2 月 26 日，市领导戴建平、童定干、吴铁民、周徐胤、周友红、尤荣福带领相关部门、乡镇负责人，利用一天的时间，登顶乌龙山，实地踏勘乌龙山抽水蓄能电站项目。市领导强调，要实事求是，科学规划，坚持大手笔谋划、大手笔开发，做实做好项目前期，让乌龙山抽水蓄能电站及旅游开发项目成为推动建德加快发展的重大引擎。

2016 年 1 月 24 日，我市与协鑫（集团）控股有限公司和华东勘测设计研究院，签订了乌龙山抽水蓄能电站项目战略投资和合作协议，正式拉开了乌龙山抽水蓄能电站及旅游开发的序幕。

乌龙山在古镇梅城以北，地处新安江、兰江、富春江三江交汇处，乌龙山的主体成扇形，最高处海拔 916.6 米。乌龙山抽水蓄水能电站选址于此，正处于华东地区经济和电网用电负荷中心，具有独特的优势，是华东电网建设不可多得的优良站点之一。该项目地形地质好、站址天然成库条件好、自然落差大、投资成本低，是浙江省甚至全国开发条件较好的抽水蓄水能电站之一。项目实施后，不但能对华东电网的安全运行起到强大的稳定作用，还将对乌龙山及富春江景区的开发带来深远影响。目前，该项目已启动了上山道路规划建设等前期设计工作。

今日建德

新闻热线：0575·64711111

本报报销邮箱：2306041616@qq.com

登顶乌龙山　实地谋项目

市领导考察乌龙山抽水蓄能电站项目

江东村橘农库存 2000 吨椪柑急找卖家

新安水暖鸭先知

当天，市领导从梅城林场管理处出发，沿着崎岖的山路，徒步登上乌龙山顶，实地踏勘研究上山道路规划建设问题，查看了上山公路线位方案图。尔后，又从乌龙山顶下山，途经强盗坪、野猪坪等，直至梅城方门，沿途查看了乌龙山的地形地势、自然风貌、山体落差等，并重点查看研究了乌龙山抽水蓄能电站上水库筑坝成库条件、旅游开发资源等。

考察中，戴建平强调，乌龙山抽水蓄能电站及旅游开发项目，对于建德发展来说，是一个重大的引擎，我们一定要有战略眼光，科学谋划，大手笔开发。尤其是上山道路建设，一定要根据地形山势、景观视野等进行合理的论证规划。先把上山道路规划建设好，再把项目主体及旅游开发规划好，为项目正式动工建设奠定坚实的基础。

（来源：《今日建德》2016 年 2 月 29 日　记者 郑伟林）

浙江乌龙山抽水蓄能电站项目持续推进

本报讯 2016年5月17日，建德市委书记戴建平专题听取乌龙山抽水蓄能电站项目推进情况。他肯定了项目签约以来前期工作开展情况，要求抓紧完成项目规划设计方案，只争朝夕加快推进项目建设。市领导吴铁民、周友红、尤荣福参加了汇报会。

今年1月24日，我市与协鑫（集团）控股有限公司和华东勘测设计研究院正式签订乌龙山抽水蓄能电站项目战略合作协议。目前，协鑫公司已进驻建德，注册成立了浙江建德协鑫抽水蓄能有限公司，首批资金2100万元已到位。我市组建了工作班子，成立了项目建设指挥部，由市政协主席吴铁民任总指挥，开展了一系列对接沟通和考察学习工作，启动了乌龙山上山道路项目前期工作，一些历史遗留问题得到妥善解决。

在听取了项目指挥部、协鑫公司、华东院就项目前期工作推进情况的介绍汇报后，戴建平指出，乌龙山抽水蓄能电站项目是建德迄今为止投资规模最大的产业项目之一，对建德今后发展将起到举足轻重的作用。杭州市委、市政府对该项目高度关注，建德市委、市政府高度重视，把该项目视为建德产业转型升级、变绿水青山为金山银山的龙头项目。项目签约以来，建德方、协鑫方、华东院等做了大量工作，各方面关系得到有效处理，取得了成效，形成了工作氛围，前期工作应给予肯定。下一步关键是要把协议当中明确的内容变为现实。

戴建平要求，只争朝夕，加快推进乌龙山抽水蓄能电站项目建设。1月24日三方协议签订只是一个起点，关键是要把项目做起来，要按照签订协议的条文来推进下一步工作，12个月完成项目可研，18个月完成科研核准，18月后开工建设，我们一定要抢抓机遇，倒排时间，加快推进。要加快完成规划设计方案，这是当前的头等大事，是制约整个项目的瓶颈；加快完成上山道路设计方案，上山道路不仅事关乌龙山抽水蓄能电站项目，还事关整个乌龙山的旅游项目，要对建设的承包模式进行分析论证，方案出来后要多方听取意见，让方案具有前瞻性，发挥出最大的效益；建德与协鑫等要加强对接，未雨绸缪，推进项目如期顺利进行。

市领导吴铁民、周友红、尤荣福也对项目推进中的有关问题提出了意见和要求。

（资料来源：《今日建德》 记者 郑伟林）

专家现场勘测乌龙山抽水蓄能电站项目

　　本报讯　2016 年 7 月 14 日，来自华东勘测设计研究院的 20 余名专家来到我市，就乌龙山抽水蓄能电站的资料收集工作组织了培训会，并于 7 月 15 日到乌龙山进行实地勘测和资料收集。市政协主席吴铁民出席了会议，并参加了实地勘测。

2016 年 7 月 14 日，乌龙山抽水蓄能电站项目资料收集培训会在建德召开

乌龙山抽水蓄能电站项目是由华东勘测设计研究院于 1992 年在对华东三省抽水蓄能电站项目进行资源普查时发现的，该处地形地质好、站址天然成库条件好、自然落差大、投资成本低。项目开发实施后，不但能对华东电网的安全运行起到强大的稳定作用，还将对乌龙山及富春江景区的开发带来深远影响，具有独特的优势，是华东电网建设不可多得的优良站点之一。市委、市政府专门成立了乌龙山抽水蓄能电站项目推进工作小组，具体负责该项目的整体推进工作。今年 1 月 24 日，该项目正式签约启动。

在资料收集培训会上，专家们表示，此次实地勘测主要是为了与各部门进行对接，打好基础，进行相关资料、数据的收集，从而推进项目可研阶段的工作，力争在 11 个月内完成可研阶段的设计工作。

吴铁民说，乌龙山抽水蓄能电站项目对下一代的发展将有历史性的作用。他强调，各部门要认真准备，按照要求准备好相应材料数据，及时提供、不拖拉，在工作中要加强沟通对接，及时解决出现的问题，做好配合工作，确保项目的顺利进行。

（资料来源：《今日建德》 记者 许崔喆仁）

乌龙山抽水蓄能电站项目建设指挥部
召开指挥部成员（扩大）会议

本报讯 2016 年 9 月 7 日上午，乌龙山抽水蓄能电站项目建设指挥部召开指挥部成员（扩大）会议，听取乌龙山上山道路（一期工程）项目推进情况及下一步工作安排。市政协主席吴铁民，市委常委、常务副市长周友红，浙江建德协鑫抽水

2016 年 9 月 7 日，指挥部成员在上山道路建设现场

蓄能有限公司总经理刘宝玉等参加会议。

与会人员会前踏看了乌龙山上山道路（一期工程）项目乾潭镇万龙村、杨村桥镇岭源村两个标段，项目指挥部办公室、建德协鑫抽水蓄能有限公司、华东勘测设计研究院和市旅投公司、梅城镇、乾潭镇、杨村桥镇等部门分别汇报了有关工作。

据介绍，经过各方共同努力，乌龙山上山道路（一期工程）项目EPC总承包招投标工作已经结束，工程初步设计和施工图设计工作即将完成，林地批文近期可审批完成。乌龙山上山道路的功能定位为乌龙山区域旅游交通道路（贯通乾潭至梅城），计划近期实施一期工程，作为电站上水库施工便道。

吴铁民强调，项目指挥部各成员单位要掌握情况，深刻认识项目建设的紧迫性和极端重要性，切实从认识上、思想上进一步重视；要围绕项目开工，落实专人负责，集中时间精力，切实做好项目审批和征迁工作；要统筹谋划，优化施工组织，深化设计方案，谨慎招商引资，确保整个项目进展顺利。

周友红要求，项目指挥部各成员单位围绕项目近期开工要求，明确任务分工，按照时间节点，倒排工作计划，及时做好项目审批、政策处理、项目EPC总承包协议起草等工作，同时做到协调衔接有效畅通。

（资料来源：《今日建德》 记者 宋胜清）

乌龙山抽水蓄能电站上山道路开工

　　本报讯　2016 年 10 月 27 日上午，在乾潭镇万龙村乌龙山脚下，我市隆重举行乌龙山抽水蓄能电站上山道路开工仪式。这意味着总投资 100 亿元的乌龙山抽水蓄能电站项目建设拉开了序幕，建德人民期盼 20 多年的项目有了实质性启动。华东勘测设计研究院院长张春生和我市四套班子领导戴建平、童定干、吴铁民、周友红、尤荣福、赵志荣以及浙江建德协鑫公司总经理刘宝玉，相关乡镇、部门领导等出席了开工仪式。

乌龙山上山道路开工仪式（一）

乌龙山上山道路开工仪式（二）

据了解，乌龙山上山道路是乌龙山抽水蓄能电站的配套施工道路工程，也是乌龙山区域旅游开发的重要项目之一，是市政府2016年重点实施类项目。该工程起点位于乾潭镇万龙村，终点位于规划建设的乌龙山抽水蓄能电站上水库，全长15.585公里，范围涉及乾潭、杨村桥、梅城三个镇，道路按三级公路标准建设，设计时速30公里。项目总用地562.36亩，投资估算2.7亿元。项目采用EPC办法实施，由华东勘测设计研究院有限公司中标承建、杭州交通工程监理咨询有限公司承担项目监理，项目建设工期18个月。

市委书记戴建平宣布工程正式开工，市长童定干致词，市委常委、常务副市长周友红主持开工仪式。张春生、戴建平、童定干、吴铁民共同为工程开工按下启动球。

童定干代表市四套班子，对乌龙山上山道路的正式开工表示祝贺，向对项目顺利推进付出巨大努力的相关单位表示感谢。童定干说，乌龙山上山道路项目是乌龙山抽水蓄能电站项目配套工程，也是乾潭镇和梅城古镇及周边区域互联互通的连接道路，更是未来乌龙山区域的一条重要旅游交通道路。道路建成后，对于加快乌龙山抽水蓄能电站项目建设、促进乌龙山区域旅游开发，加快我市全域旅游打造等，都具有极其重要的作用。

童定干希望设计、施工、监理等单位，始终坚持大景区、大规划、大旅游的理念，严格按照景区化道路施工和抽水蓄能电站建设的实际需求，密切配合、严格管理、精心组织，确保项目的高安全、高质量、高效率、无障碍施工。同时，希望项目指挥部发挥牵头抓总作用，旅投公司发挥业主主体作用，乾潭镇、杨村桥镇、梅城镇、林业局等相关单位要全力配合，在林地报批、政策处理等方面全力以赴，为项目建设提供全天候、全方位、"店小二"式的服务，做好全方位、无死角的保障，从而为乌龙山抽水蓄能电站项目的早日开工奠定坚实基础。

仪式上，市旅投公司总经理介绍了项目情况，项目总承包单位、监理单位以及乾潭镇负责人先后就确保项目如期顺利推进作了发言。

（资料来源：《今日建德》 记者 郑伟林 朱永标）

童定干现场督察
重点（大）项目进展情况

本报讯 2017 年 2 月 20 日上午，市委书记、市人大常委会主任童定干带领相关部门负责人，专题督察我市部分重点（大）项目建设进展情况，并现场协调解决项目推进中存在的问题。市政协主席吴铁民，市委常委、常务副市长吕平和副市长何亦星参加督察。

童定干一行首先实地踏看了乌龙山上山道路项目，了解项目施工进度。据了解，乌龙山上山道路项目是乌龙山抽水蓄能电站的配套道路工程，也是乌龙山区域旅游开发的重要项目之一。项目全长约 16 公里，按三级公路标准建设，设计时速 30 公里，总投资估算 2.7 亿元，计划于 2018 年建成通车。该项目自去年 10 月底正式开工建设以来，目前已完成 3.8 公里毛坯路基，各项配套工程也正在施工。童定干表示，要按照旅游精品线路的设计标准全力推进项目建设，通过设置观景台等旅游配套设施，使其具备更多旅游休闲功能，将乌龙山上山道路打造成为一条旅游景观线路。

随后，童定干一行又前往乾潭镇现场督察东线旅游基础设施提升项目，在详细听取项目汇报并查看规划设计方案后，童定干要求乾潭镇和旅投公司切实加大项目推进力度，严格按照时间节点要求完成建设目标。在位于梅城镇乌石滩的开元芳草地乡村度假酒店项目施工现场，童定干指出，要在施工

过程中实现保护与开发同步推进，将酒店与自然生态充分融合，并积极打造各类旅游休闲配套设施，进一步提升酒店的吸引力。

童定干在督察时强调，各相关责任单位要抓住当前施工的黄金季节，根据项目整体计划，把握时间节点，细化工作责任，全力加快项目工程建设进度。同时，各相关乡镇和部门要加大对重点项目的跟踪监管力度，严格落实设计要求，严把施工安全质量关，确保各项目顺利推进。

（资料来源：《今日建德》 记者 龚一桦）

朱欢调研乌龙山抽水蓄能电站项目

本报讯　2017 年 2 月 22 日上午，市委副书记、市长朱欢调研乌龙山抽水蓄能电站项目时要求，明确目标、加强力量、优化机制，全力以赴确保项目快速优质推进。市领导吴铁民、吕平、何亦星、夏喜生、钱晓华参加调研。

朱欢一行专题听取了浙江建德协鑫抽水蓄能有限公司及项目建设指挥部负责人有关项目基本情况、当前工作进度、存在问题和下一步工作目标的汇报。据悉，去年 1 月底，我市与协鑫集团和华东勘测设计研究院正式签订乌龙山抽水蓄能电站项目战略合作协议，随后浙江建德协鑫抽水蓄能有限公司在我市注册运行，项目建设指挥部也组建完成并开展集中办公。目前，该项目已列入浙江省"十三五"重大建设项目和省能源发展"十三五"规划。项目现场勘测工作已全面铺开，项目配套道路工程乌龙山上山道路项目预计在今年年底前完成主体工程，各项前期工作稳步有序推进。

朱欢在调研中指出，乌龙山抽水蓄能电站项目是建德人民期盼 20 多年的重大项目，是建德迄今为止投资规模最大的产业项目之一，将对发挥我市产业优势和区位特点带来前所未有的机遇，我们只有紧紧抓住这一机遇，才能实现市第十四次党代会提出"坚持开放融入、谋求跨越赶超，实现建德新崛起"的奋斗目标。因此，我们要拿出破釜沉舟的勇气，齐心协力、克难攻坚，加速推进项目各项工作。

朱欢要求，只争朝夕，全力以赴推进乌龙山抽水蓄能电站项目建设。要以项目核准和开工为目标，集中人力、物力、财力，抢抓机遇、倒排时间、加快推进；要配强配足专职队伍，建德协鑫公司、指挥部和各有关部门都要派出精干力量，齐心协力共同推进项目建设；要优化机制，加强对接和协调沟通，以更大力量、更快速度、更优效率确保项目如期顺利进行；要以"调规"工作为重中之重，做到充分谋划、注重细节，同时为企业提供"店小二"式服务，推动项目顺利开工，从而确保项目发挥应有的效益并造福全市人民。

市领导吴铁民、吕平、何亦星、夏喜生、钱晓华也对项目推进中的有关问题提出了意见和要求。

（资料来源：《今日建德》 记者 胡燕群）

协鑫智慧能源费智一行来我市考察

2017 年 3 月 31 日至 4 月 1 日，协鑫智慧能源总裁费智、协鑫智慧能源执行总裁王世宏一行来我市考察，商议促进乌龙山抽水蓄能电站项目落地进度，在更广领域以更大规模促进与我市的战略合作。市领导童定干、朱欢、吴铁民、吕平参加会见或陪同考察。

　　在 31 日的会见中，市委书记、市人大常委会主任童定干对费智一行到来表示欢迎，并简要介绍了我市经济社会发展情况。他说，建德历史悠久、文化底蕴深厚、生态环境优美，特别是随着杭黄、金建、金衢三条铁路的规划建设，建德作为浙西交通枢纽的区位优势进一步凸显，为协鑫智慧能源等大企业来建德投资创造更加便利的条件。我市将与协鑫智慧能源及各参建单位一道，全力以赴加快推进乌龙山抽水蓄能电站项目各项工作。同时，希望发挥我市生态资源、交通区位等综合优势，与协鑫智慧能源在旅游、大健康产业等其他领域开展广泛合作，实现双方互惠共赢。我市将全力支持协鑫智慧能源在建德投资兴业，为企业发展创造良好环境。

　　市委副书记、市长朱欢在 4 月 1 日的座谈会上向费智一行介绍了建德在人文底蕴、自然资源、交通区位、产业特点上的优势。朱欢表示，乌龙山抽水蓄能电站项目是建德迄今为止投资规模最大的产业项目之一，对建德今后发展将起到举足轻重的作用。杭州市委、市政府对该项目高度关注，建德市委、市政府高度重视，把该项目视为建德产业转型升级、变绿水青山为金山银山的龙头项目。项目签约以来，建德方、协鑫方、华东院等做了大量工作。接下来建德将以铁的决心、更优服务、更大力度，和协鑫方共同全力推进项目。会中，朱欢还对项目涉及的具体工作作出部署。

费智在实地考察和认真听取了相关情况介绍后，对乌龙山抽水蓄能电站项目发展前景充满信心，并介绍了协鑫集团电力、太阳能、油气、金融、智慧城市等方面的基本情况和今后电力发展趋势。费智表示，乌龙山抽水蓄能电站项目进展比预想中要好，希望与建德市委、市政府继续共同努力，利用各自的优势和渠道，早日推进项目建成生效。集团愿意发挥自身优势，与建德在其他领域开展合作，为推动建德经济社会发展贡献力量。

在我市期间，费智一行实地考察了乌龙山上山道路建设、乌龙山抽水蓄能电站站址、项目前方营地、项目后方基地选址，以及三江两岸绿道、梅城镇城镇建设、草莓小镇，对乌龙山抽水蓄能电站项目各项工作进展表示满意，对我市生态优美的人居环境大加称赞。

（资料来源：《今日建德》 记者 胡燕群 宋胜清）

前有铁人王进喜　今有华建勘探人

——乌龙山抽水蓄能电站可研阶段勘察 200m 水平深孔作业纪实

随着 381.58m 处最后一块凝灰岩岩芯的取出，在长达 1250m 的探洞深处传来了一阵欢呼——梅城乌龙山抽水蓄能电站可研阶段勘察 200m 水平深孔项目宣告顺利完工。此次 381.58m 的水平孔孔深更是创造了历史，一举创

　　造了全国水平孔孔深最新纪录！经过整整53个日夜的艰苦奋战，华东建设勘探战士们早已疲惫不堪，然而此时此刻，洞深处狭小的工作面里却洋溢着激动与喜悦，以及更多的是骄傲与自豪！

　　浙江乌龙山抽水蓄能电站位于建德市梅城镇。电站总装机容量为2400MW（6×400MW），最大毛水头716.5m，最小毛水头667m，枢纽建筑物由上水库（坝）、输水系统、地下厂房及地面开关站等组成。上水库（坝）位于乌龙山最高峰北坡的山顶谷地。大坝拟采用钢筋混凝土面板堆石坝，最大坝高131.80m，坝顶长约380.3m。库盆拟采用垂直防渗型式。输水系统从乌龙山主峰北坡（上库右岸）开始，经栖笼庵附近山体至下水库进/出水口（方门自然村），沿线地形高程15~804m，隧洞最大埋深590m，其中引水道长1859.32~1833.89m。地下厂房采用中部开发方式。地面开关站布置于富春江左岸山坡上，场地高程120.00~125.000m，场地尺寸为100m×40m。下水库利用已建并运行近五十年的富春江水库，正常蓄水位高程23m，死水位高程21.5m。此次200m深孔项目是建德抽水蓄能项目的前期可研阶段勘察的重要组成部分，也是前期可研及前期勘察难度最大的一只钻孔。一方面从历史经验来说，我院勘察水平孔最深只打过160m，此次200m可以说是前所未有的挑战（后因设计要求，地下厂房位置可能后移，水平孔目标深度改为380m）；另一方面，此次钻孔位于1250m探洞深处，工作面小、洞内空气循环差且洞内存在漏水现象，工作环境较为恶劣。针对这一情况，公司相关领导及项目现场技术人员在施工作业前期进行了充分的策划，落实了详尽的部署。作业期间，公司分管领导曾多次前往现场查勘，并根据现场查勘结果组织开会讨论研究，针对施工、现场安全制定了详细的方案。

探洞内部越往里温度越高，湿度越大，工作面温度能达到近 40 摄氏度的高温，这对现场作业人员的体力是一大考验。一方面工作面狭小，作业人员需耐得住枯燥的上班时间；另一方面机器噪音非常大，工人们说话基本靠"喊"，一天工作下来，往往会产生耳鸣的症状。而公司的勘探人员在这样恶劣的工作环境下，发扬"不怕苦，不怕累，众志成城"的勘探精神，坚持战斗了 53 个日夜，实实在在书写了一个大写的"赞"！

由于施工面空间狭小，在施工后期，作业人员起下钻作业十分辛苦，需要弯腰作业，120 余根钻杆需要连续工作至少 90 分钟，加上洞内温度湿度较高，一套起下钻作业完成，大家早已是汗流浃背。虽然如此，大家依然毫无怨言地坚守着自己的岗位，勇于争锋，不怕苦、不怕累，没有一个人因为个人原因退缩不前。4 月 2 日，水平深孔完成终孔，浙江乌龙山抽水蓄能电站可研阶段勘察 200m 水平深孔作业圆满完成。在项目作业过程中，华东建设勘探人不仅发扬了"不怕苦，不怕累，众志成城"的勘探精神，团结协作、艰苦奋斗、敢于创新，圆满完成了任务。展望未来，前路漫漫，一路上还有很多艰难与险阻，但相信我们华建勘探人在进取的路上，定能克服万难，勇攀高峰，取得一个接一个的成功！

（资料来源：2017 年 4 月 17 日浙江华东岩土勘察设计研究院）

童定干赴沪与国家电网公司华东分部对接交流

　　本报讯 2017 年 11 月 15 日，建德市委书记、市人大常委会主任童定干与副市长张早林带领相关人员，赴上海与国家电网公司华东分部进行对接座谈，就保障新安江下泄生态流量、提升新安江沿线生态环境等内容进行交流。

　　作为我国第一座自行设计、自制设备、自行施工的大型水力发电站，新安江水力发电厂自 20 世纪 50 年代建成以来，担负着国内最大电网——华东电网的调频、调峰、事故备用重任，在科学调度、防洪灌溉、改善保护生态环境等方面发挥着积极作用，并造就了水清、雾奇、风凉的新安江。而由于新安江水量主要由水电厂发电量决定，直接关系到新安江生态流量、沿线生态环境以及建德城乡供水水质，对建德未来发展具有重要影响。

　　童定干在座谈交流时，对国家电网华东分部和新安江电厂长期以来为建德经济发展和民生事业作出的突出贡献表示感谢。他说，当前建德紧紧围绕杭州拥江发展战略，全力实施全域旅游，加快美丽建德建设，而常年保持 17 摄氏度的新安江水带来的良好生态环境无疑是其中的关键。希望国家电网公司华东分部继续关心支持建德发展的实际需求，更好地发挥新安江水力发电厂"三调功能"，努力保障新安江尤其是枯水期相对均衡的发电和生态流量。

　　国家电网公司华东分部副主任王路和国家电网华东电力调控分中心主任

励刚均表示，将立足自身职能，加强统筹协调，全力保障新安江的下泄水量，为提升建德生态环境作出应有贡献。座谈中，双方还就建立完善长期合作机制以及统筹推动乌龙山抽水蓄能电站建设等内容进行了深入交流。

（资料来源：《今日建德》　记者 龚一桦）

童定干到省林业局汇报自然保护地整合优化工作情况

为进一步扎实推进自然保护地整合优化工作，高质量按期完成整合优化方案编制，2020 年 5 月 11 日上午，建德市委书记童定干一行到省林业局汇报自然保护地整合优化工作情况。省林业局局长胡侠主持召开座谈汇报会，副局长王章明及相关处室负责人参加座谈。

会上，童定干汇报了建德市自然保护地整合优化方案编制、矛盾冲突以及调入调出情况，并详细汇报了乌龙山蓄能电站拟调出风景区、新安江景区中部景群详细规划报批及黄饶半岛区块部分项目落地事宜以及国家森林城市创建工作等。

胡侠在听取汇报后，对建德市政府高度重视自然保护地整合优化工作表示感谢，并充分肯定建德市在新增百万亩国土绿化行动等林业发展工作中取得的成绩。同时，对建德市下一步自然保护地整合优化工作提出 4 点建议：一是要注重生态优先，充分考虑资源的完整性和敏感性，保护好新安江两岸清幽秀丽的山水画廊景观。二是注重工作灵活性，统筹处理好保护地整合优化与生态红线划定的关系，重大事项和重大项目应得到重点支持。三是推进《新安江中部景群详细规划》的上报审批工作，局自然保护地处将协同做好规划审查。四是希望建德市以创建国家森林城市为载体，不断提升城乡环境与生态品质，争取在 2021 年创建国家森林城市。

（来源：省林业局自然保护地管理处）

杭州市委常委、常务副市长戴建平赴乌龙山项目视察

2020 年 8 月 6 日下午，杭州市委常委、常务副市长戴建平一行赴乌龙山上山道路项目视察，建德市委书记童定干、乌龙山抽水蓄能电站指挥部副总指挥许维元等相关人员陪同。

　　许维元副总指挥详细介绍了乌龙山上山道路建设情况及乌龙山抽水蓄能电站库区的建设规划情况。乌龙山上山道路项目是乌龙山抽水蓄能电站项目配套工程，也是乾潭镇和梅城古镇及周边区域互联互通的连接道路，更是未来乌龙山区域振兴乡村旅游的重要旅游景观道路。

　　道路工程由杭交工等施工单位承建，克服了在百米深的沟堑中建设高挡墙、数十米高的悬崖上削边坡等诸多困难，终于成功把一条盘山公路轻轻地放在了青山绿树中。

　　戴建平副市长详细听取汇报后，对乌龙山上山道路的建成表示肯定，高度赞扬了建设者们的奉献担当精神，他认为，乌龙山上山道路的建成是乌龙山抽水蓄能电站建成的基础设施保障，是未来整个乌龙山旅游开发的交通保障，上山道路的建成，使建德市人民在实现"青山绿水，旅游致富"的愿望路上又跨出了坚实的一大步，真正是实现全面小康的惠民工程。

（资料来源：杭州交工集团）

▌朱欢赴乌龙山抽水蓄能电站指挥部调研

本报讯　2021年8月2日下午，市委书记朱欢带领相关部门负责人赴乌龙山抽水蓄能电站指挥部调研。市领导吴铁民、俞伟、袁思明参加调研。

调研座谈会上，乌龙山抽水蓄能电站指挥部、浙江建德协鑫抽水蓄能有限公司、市林业局、市规划资源局汇报了乌龙山抽水蓄能电站项目有关情况。

朱欢在听取汇报后指出，各有关部门要抢抓机遇、乘势而上，牢牢把责任扛在肩上，进一步加强统筹协调，各司其职、形成合力，全力推进乌龙山抽水蓄能电站项目，努力让项目尽早落地、尽早开工。

朱欢强调，要将项目审批作为当前工作的重中之重，紧盯项目审批中的关键节点，集中精力克难攻坚，以最快速度推进项目审批工作，为项目落地开工打好基础。要加强领导，强化组织保障，发挥牵头抓总作用，定期分析研判解决项目推进过程中存在的问题和困难，紧抓项目推进；要加强队伍人员保障，进一步充实队伍力量，为项目推进夯实基础；指挥部要紧盯重点环节，定期汇报工作进度，进一步强化责任落实；相关承办单位要强化责任，进入战时状态，与相关部门合力推进，努力让项目尽早落地。要未雨绸缪做好后续准备工作，做到心中有数，目标清晰，确保今后一个时期项目有序推进。

（资料来源：《今日建德》 记者 方滋）

王新锋对乌龙山抽水蓄能电站项目建设提出要求

本报讯 2022 年 3 月 14 日上午，我市召开乌龙山抽水蓄能电站项目领导小组会议。市委副书记、市长王新锋在会上强调，乌龙山抽水蓄能电站指挥部及相关部门要拿出冲刺状态，咬定任务目标，倒排节点计划，加大协作配合，集中力量攻坚，全力加快项目前期工作，力争尽快取得项目核准、尽早开工建设。市委常委、常务副市长陈文岳主持会议，市政协二级巡视员、乌龙山抽水蓄能电站指挥部总指挥吴铁民出席会议。

会上，乌龙山抽水蓄能电站指挥部部署了项目推进工作任务，进一步统筹细化任务目标，明确时间节点和责任清单。与会相关部门以及项目实施单位提出了意见建议。

听取相关发言后，王新锋对乌龙山抽水蓄能电站项目前期工作给予充分肯定。他指出，目前正处在项目开工前期的关键阶段，各项任务紧密关联、环环相扣。乌龙山抽水蓄能电站指挥部和相关部门单位要拿出冲刺的状态，集中精力、集中智慧、集中力量，全力以赴、按时序节点推进工作。

王新锋强调，要加强领导，指挥部统一指挥协调，部门全力配合，相关部门单位"一把手"要亲自抓、分管领导具体抓，落实月例会、周例会制度；要咬定目标、倒排节点、挂图作战、压实责任，实行项目化、清单化、流程化推进，坚持结果导向，强化考核督察；要加强工作统筹谋划，加大对上汇报衔接，积极争取支持，加快组件上报核准；相关部门在项目推进中要认真思考溢出的效益，对"三江口"文旅资源、交通配套、共富产业进行串联，对电站项目配套产业链招商进行谋划，进一步深化"政企"合作，为项目顺利开工建设做好各项准备工作。

会上，陈文岳、吴铁民也分别提出了相关要求。

（资料来源：《今日建德》 记者 别阳军）

省民政厅移民安置处来我市调研乌龙山
抽水蓄能电站建设工作

2022 年 4 月 7 日上午，省民政厅移民安置处处长王辉带队来我市调研乌龙山抽水蓄能电站建设情况。杭州市民政局一级调研员朱庭安，市政协二级巡视员、乌龙山抽水蓄能电站指挥部总指挥吴铁民陪同调研。

调研组一行到乌龙山山顶对抽水蓄能电站上水库、下水库点位进行了考察。

在随后召开的座谈会上，乌龙山抽水蓄能电站指挥部就该工程移民安置前期工作情况进行了介绍。目前，乌龙山抽水蓄能电站前期工作已取得阶段性成果，工程建设征地范围已基本确定，待"封库令"发布后，工程建设征地移民安置实物调查、移民安置规划大纲编制等工作即可正式启动。

王辉表示，该抽水蓄能电站装机容量大、单体投资大，是一个好项目。他强调，在推进移民安置各项工作中，一是要依法依规，各项工作均要符合相关法律法规规定。二是要优化程序，加快审批。三是要加强沟通，加快推进乌龙山抽水蓄能电站工程移民安置前期工作。

据了解，建德乌龙山抽水蓄能电站项目位于建德市梅城镇，电站距建德市、杭州市和上海市分别为 28 公里、100 公里和 260 公里，是华东电网建设条件不可多得的优良站点之一。主要承担华东电网的调频、调峰功能，也是目前全省谋划最早、前期准备最深入、装机容量最大的抽水蓄能电站项目。电站装机容量 240 万千瓦，平均年发电量 24 亿千瓦时。工程总工期 78 个月（不含筹建期），动态投资超 120 亿元。

建德抽水蓄能电站可研阶段三大专题报告审查（咨询）会议召开

本报讯 2022 年 4 月 12 日至 15 日，中国水利水电建设工程咨询公司和水电水利规划设计总院分别组织的浙江建德抽水蓄能电站可行性研究阶段正常蓄水位选择、施工总布置规划、枢纽总布置等三大专题报告审查（咨询）会议召开。审查（咨询）会议由中国水利水电建设工程咨询公司总工赵全胜和水电水利规划设计总院副总工钱钢粮、常作维主持，来自全国各地的 60 余位专家参加了各专题审查（咨询）。浙江省能源局副局长金毅，市委书记富永伟，市委副书记、市长王新锋，市委常委、常务副市长陈文岳，建德抽水蓄能电站项目总指挥吴铁民等出席会议。省发改委、省自然资源厅、省农业农村厅、省水利厅、省民政局、省林业局、省移民局及杭州市相关部门单位相关负责人应邀参加会议。

建德抽水蓄能电站项目位于梅城镇，是华东电网建设条件相对优良的站点之一。富永伟在欢迎辞中指出，自 1992 年华东勘测设计院首次提出在乌龙山选址建设抽水蓄能电站项目以来，建德历届市委、市政府经过不懈努力、全力争取，建德抽水蓄能电站项目终于走到了"三大专题"审查这一重要节点。三十年的风雨兼程，始终伴随着国家、省和杭州市主管部门始终如一的鼓励和支持，始终伴随着来自全国各地抽水蓄能专家对该项目的特别关爱和感情，衷心感谢有关各方一直以来的关心。

富永伟同时指出，"三大专题"审查和咨询，是建德抽水蓄能电站项目可研阶段一项十分重要的工作，也是开展项目可研阶段其他专题研究、审查的重要基础。建德市将以本次"三大专题"审查（咨询）为新起点，继续举全市之力，克难攻坚，全力以赴配合项目业主和设计单位做好各专题审查，争取早日核准、早日开工建设。

会议期间，部分专家和代表赴建德抽水蓄能电站项目现场进行了查勘，会议听取了中国电建集团华东勘测设计研究院关于报告主要勘测设计成果的汇报，并分专业组进行了认真讨论和审议。会议认为，报告编制符合《水利水电工程可行性研究报告编制规程》，原则同意各专题报告所提出的技术参数及施工方案，并提出部分修改意见及建议。

此次审查（咨询）会议的顺利召开，为建德抽水蓄能电站项目下一步工作的开展奠定了基础，项目朝着早核准、早开工、早建成、早见效迈出了实质性的一步。

（资料来源：《今日建德》 记者 仰武）

省委组织部部长王成来建调研

2022 年 8 月 1 1 日，省委常委、组织部部长王成来我市调研，强调要深入贯彻习近平总书记重要指示批示和省第十五次党代会精神，持续放大党建统领优势，推动各级党组织和广大党员干部敢于担当、锐意改革、勇毅前行，奋力推进"两个先行"县域生动实践，以优异成绩迎接党的二十大胜利召开。杭州市委常委、组织部部长马小秋，市委书记富永伟，市委常委、组织部部长方飞燕等陪同调研。

实现共同富裕，乡村振兴是必由之路。梅城镇历史底蕴深厚，王成认真听取党建统领古城产业振兴、打造新时代美丽城镇情况。王成指出，要牢记嘱托、感恩奋进，坚定不移沿着总书记指引的路子走下去，创造性抓好贯彻落实。要总结深化乡村振兴联合体和党建联盟建设实践经验，以产业发展为核心、以组织引领为纽带、以整体规划为前提，科学把握好统筹推进与整合资源、强化党建统领与发挥各方作用、发展增收与民生服务等关系，深入研究乡村振兴联合体和党建联盟的定位内涵、职能作用、运行机制，打造形成具有普遍意义的共富品牌和实践模式，不断拓展"两山"转化通道。要坚持先富带后富，聚焦缩小"三大差距"、解决"一老一小"问题，创新深化村企共建"共富工坊"，扎实推进党建统领"浙里康养"，让群众的日子越过越美好。

重大项目建设是经济稳进提质的重要支撑。王成实地调研新安江水力发电站和乌龙山蓄能电站项目，强调要弘扬"三自"精神，持续推进水能资源保护开发的技术革新。各级组织部门要落实落细服务保障稳经济"十大举措"，大力加强项目党建，不断提升党员干部抓项目的能力和水平，更好保障重大项目建设落地，有力支撑经济稳进提质。

（资料来源：《浙江组工》）

总投资 140.5 亿元　总装机容量 2400 兆瓦 建德抽水蓄能电站项目获省发改委核准

　　2022 年 9 月 7 日，浙江建德抽水蓄能电站项目获浙江省发改委核准，批复总投资 140.5 亿元，是建德历史上投资最大的项目，由浙江建德协鑫抽水蓄能有限公司投资建设，施工总工期 78 个月，首台机组发电工期 60 个月。

　　建德抽水蓄能电站位于建德林场，距建德市主城区、杭州、上海的直线距离分别为 28 公里、100 公里、260 公里。建德抽水蓄能电站总装机容量为 2400 兆瓦，为日调节纯抽水蓄能电站，共安装 6 台单机 400 兆瓦可逆式水泵水轮发电机组，年发电量 24 亿千瓦时。项目主要由上水库、输水系统、地下厂房及地面开关站组成，下水库利用已建成的富春江水库。上水库位于富春江上游左岸、乌龙山最高峰北坡的山顶谷地，正常蓄水位 738 米，调节库容 1042 万立方米。上水库主要建筑物包括上水库大坝、环库公路及库岸防护等。上水库大坝采用混凝土面板堆石坝，坝顶长度 380.4 米，最大坝高（趾板处）117 米。输水系统采用三洞六机布置，上、下库进 / 出水口之间输水系统总长 3061 米，其中引水系统长 1456.8 米，尾水系统长 1604.2 米，输水系统水平投影距离 2694.1 米，距高比（L/H）为 3.9，地下厂房采用中部开发方式，并设置尾水调压室。

　　建德抽水蓄能电站项目已列入今年省重点工程，计划年内正式开工建设。

项目建成后，主要承担浙江及华东电网调峰、填谷、储能、调频、调相和紧急事故备用等任务，将成为目前华东区域第一大抽水蓄能电站，有力支撑电网安全稳定运行，促进新能源消纳、改善电网结构，同时每年可节省电网电力系统的燃煤消耗量约 48 万吨，减少排放二氧化碳约 96 万吨、氮氧化合物约 0.24 万吨、二氧化硫约 0.64 万吨，对全省实现"双碳"目标具有重要意义，将有力推动我市打造"浙西储能中心"，加快推进经济社会高质量发展。

（资料来源：建德新闻网　通讯员 胡敏）

总投资140.5亿元 装机规模华东最大全国第二 建德抽水蓄能电站筹备工程开工

本报讯 2022年9月15日上午，浙江建德抽水蓄能电站筹备工程开工仪式在梅城镇举行。该电站占地面积约161.44公顷，总投资达140.5亿元，由浙江建德协鑫抽水蓄能有限公司投建，规划建设6台400兆瓦抽水蓄能机组，总装机容量2400兆瓦，相当于3个新安江水电站，装机规模为华东地区最大，并列全国第二。该电站是我市历史上投资规模最大的项目，计划2029年全面建成、投产发电。

仪式现场，杭州市政协主席马卫光宣布开工，协鑫集团副董事长、总裁朱钰峰，杭州市人大常委会副主任戴建平，杭州市副市长刘嫔珺，省林业局党组成员、总工程师李荣勋，省能源局总工程师俞奉庆，以及杭州市有关部门负责人等出席。市委书记富永伟致辞，市委副书记、市长王新锋主持仪式，市人大常委会主任吕平，市委副书记、市政协主席俞伟等出席。

富永伟在致辞中向大家表示由衷的感谢，同时介绍了建德牢固树立"绿水青山就是金山银山"理念，全力做好产业升级文章的基本情况。他说，建德不负绿水青山，青山绿水定不负建德，抽水蓄能电站项目的开工，为建德新能源产业的发展添上了浓墨重彩的一笔，是建德立足生态优势推动"两山"转化的又一次生动实践，我们将以最强的决心、最大的努力、最优的服务，为项目建设提供全天候、全方位、全过程的保障，确保项目顺利、高效、有序推进。

仪式上，市政协二级巡视员、建德抽水蓄能电站项目建设指挥部总指挥吴铁民介绍了项目情况，项目业主单位和勘察设计单位先后发言，朱钰峰和俞奉庆致辞，向工程开工表示热烈祝贺。

随着启动按钮按下，浙江建德抽水蓄能电站筹备工程正式开工，继新安江水电站之后，我市又迎来一个新的重大发展机遇。

　　据了解，该电站是国家抽水蓄能"十四五"规划的重点实施项目，也是浙江省可再生能源发展"十四五"规划的开工项目。项目建成后将主要承担华东电网调峰、填谷、储能、调频、调相和紧急事故备用等任务，促进供电和受电地区经济的可持续发展，有力引领我市打造"浙西储能中心"的蓝图变为现实，对我市进一步优化产业结构、促进转型升级、推动三产服务业和全域旅游快速发展等都具有十分重要的意义。

　　从1992年华东勘测设计研究院发现建德乌龙山有适宜建设抽水蓄能电站的站址，到2022年筹备工程开工，"建德乌龙山抽水蓄能电站项目"生成至今已整整 30 年，历经波折。1993 年 9 月，华东勘测设计研究院完成了 40 万千瓦乌龙山抽水蓄能电站项目选址。1998 年，国家计委认为该项目规模太小，项目暂时搁置。2001 年，项目再次选址，建德抽水蓄能电站项目条件华东最优、规模最大。直到 2014 年，得益于国家宏观政策的重大调整和投资主体的确定，项目才再度重启。2016 年 1 月，协鑫集团与建德市政府签署战略合作框架协议，共同推动建德抽水蓄能电站项目发展。就在各方以为"天时地利人和"之时，"环保风暴"的刚性制约接踵而至，为此，我市及时向国家和省有关审查部门提供了各类支撑性材料，并相继取得准入许可批文。2022 年 9 月 6 日，项目取得省发改委核准批复。

（资料来源：《今日建德》 记者 江涛 苏少华）

正式开工！建德这个省重点工程将为乌龙山抽水蓄能提供送出通道

为建德乌龙山抽水蓄能提供送出通道，提升杭州西部整体供电能力。2022 年 9 月 19 日，由国网浙江电力建设的建德 500 千伏变电站正式开工。

杭州第 10 座超高压变电站　建德 500 千伏变电站预计 2024 年投产

旋挖钻机轰鸣声阵阵、工程建设者推进桩基施工……9 月 19 日，乾潭镇牌楼村，国网浙江电力建设的建德 500 千伏输变电工程正式开工，工程预计于 2024 年 1 月投产，届时将成为杭州第 10 座超高压变电站。

据悉，此工程主体位于建德市"新安江—富春江—千岛湖"两江一湖生态经济圈，地跨杭州建德、金华兰溪两地，先后跨越杭黄高铁、新安江。

工程将新建一座容量 2000 兆伏安变电站、105 公里（双回）输电线路，接入兰江 1000 千伏变电站与金华芝堰 500 千伏变电站，工程动态总投资超过 14 亿元。

有效解决乌龙山抽水蓄能电站接入问题 助力"双碳"目标落地实施

推进建德 500 千伏输变电工程绿色低碳发展，是贯彻国家生态文明建设理念，推动浙江清洁能源示范省建设的必然要求，对加快生态文明建设理念在电力行业落地转化具有重要意义。该变电站站址充分利用当地废弃水库，紧凑规整布置，有效节约土地资源 5.7 公顷。

作为杭州西部三县市唯一的 500 千伏电源，项目的建设不仅可以有效解决乌龙山抽水蓄能电站接入问题，还可以提高送电可靠性并大幅度降低线路损耗，助力"双碳"目标落地实施。项目落成后，将进一步提升浙福特高压、浙西南清洁能源外送消纳能力，并为建德乌龙山抽水蓄能提供送出通道，提升杭州西部整体供电能力。

　　"后续我们还将从三维设计、优化设备选型、预制装配、新型配电装置应用等角度全面推动工程绿色低碳建设，助力杭州西部跨越式高质量发展。"该工程项目经理高可为表示。

（资料来源：市发改局、市供电公司、浙江之声、《杭州日报》）

省民政厅副厅长陈平调研我市抽水蓄能电站建设工作

2023 年 3 月 10 日上午，省民政厅党组成员、副厅长陈平一行到我市调研抽水蓄能电站建设工作，并召开座谈会。杭州市民政局党组成员、市水库移民安置办公室主任郑颖，我市领导李俊、周伟清、吴铁民等陪同调研。

　　调研组一行先后到位于乌龙山山顶的上水库点位和梅城姚坞点位察看相关建设情况，随后召开了座谈会。

　　座谈会上，我市汇报了抽水蓄能电站移民安置前期工作情况，并提出在移民安置工作中存在的问题及需要省民政厅支持的事项。

　　陈平对我市抽水蓄能电站建设前期工作给予了充分肯定。他提出，要依法依规、优化程序，加快推进建德抽水蓄能电站工程移民安置前期工作。同时，他对我市水库移民后期扶持工作也提出具体要求：一是要规范移民资金使用，严把项目申报关；二是优化竞争机制，提高资金使用效益；三是要加大宣传力度，提升影响力。

　　目前，在省民政厅、省移民办的大力支持下，我市抽水蓄能电站已取得封库令，获得建设核准，并于 2022 年 9 月 15 日筹备工程开工建设，待完成移民安置规划大纲批复等工作即可正式启动。

　　　　　　　　　　　　　　　　　　　（资料来源：建德民政在线）

重要进展！建德抽水蓄能电站可行性研究暨初步设计报告审查通过

2023 年 8 月 23 日至 25 日，浙江建德抽水蓄能电站可行性研究暨初步设计报告审查会在我市召开，经专家组充分讨论和审议，一致同意报告通过审查。水电水利规划设计总院总工程师、审查会专家组组长赵全胜主持会议。市领导富永伟、王新锋、俞伟、程星火分别参加会议。

市委书记富永伟在会议开幕式上表示，浙江建德抽水蓄能电站项目是我市打造浙西储能中心的标志性、带动性工程，对我市深化绿色低碳转型发展，打造现代化产业体系具有重要意义，对支撑全省乃至华东电网的安全稳定运行，促进电网结构改善、能源产业发展，推动我省实现"双碳"目标具有积极作用。希望各位专家为项目建设多提宝贵意见、多献指导良策，让项目研究更深入、更精准，项目设计更科学、更合理。建德将认真听取、充分吸纳各位专家的真知灼见，与各相关单位通力协作、密切配合，以最大决心、最强举措、最优服务，全力以赴做好报告查漏补缺、优化提升，推动项目早日全面开工建设、如期建成投用，努力把项目打造成生态精品工程、产业示范工程，为经济社会高质量发展"蓄能发电"。

会议闭幕式上，市委副书记、市长王新锋对省、杭州市相关部门和专家团队的精心指导、关心支持、密切配合表示衷心感谢。他说，建德将根据会

议提出的意见建议，配合华东勘测设计研究院，把先进的理念、专业的要求、严格的标准进一步融合到可研设计文本中，为项目建设提供更加科学可行的建设蓝图；继续紧盯关键环节，高频高效互动对接，全力完成后续工作，争取项目早日全面开工建设、如期建成投用；举全市之力、聚各方之智，为项目建设营造更好的投资环境、施工环境和社会环境，以最优服务保障项目无障碍推进，努力打造群众满意、社会认可、效益凸显的示范工程和民心工程。

会前，与会领导和专家们实地勘查了浙江建德抽水蓄能电站项目现场。会上，与会专家和代表听取了华东勘测设计研究院关于浙江建德抽水蓄能电站可行性阶段成果的汇报，分为规划、地质、水工、机电、施工、环保、概算等 10 个小组分别进行讨论和研究，并最终审议通过了《浙江建德抽水蓄能电站可行性研究报告审查意见》。

根据审查，浙江建德抽水蓄能电站项目总投资约 134 亿元，施工总工期 75 个月，是建德历史上投资总额最大、建设时间最长的单体项目。项目选址位于建德林场，距杭州、上海的直线距离分别为 100 千米、260 千米，地处

2023 年 8 月 23 日，水电总院受浙江省发改委委托，在建德半岛凯豪大酒店主持召开浙江建德抽水蓄能电站可行性研究暨初步设计报告审查会议

华东电网和浙江省负荷中心附近，上网条件较便利。电站安装 6 台单机容量 400 兆瓦的可逆式水轮发电机组，总装机容量 2400 兆瓦，为日调节纯抽水蓄能电站，额定水头 684 米，电站年平均发电量 25.2 亿千瓦时、年抽水电量 33.6 亿千瓦时。电站建成后主要承担华东电网调峰、填谷、储能、调频、调相和紧急事故备用等任务，提高电力系统调峰能力，促进电网内风电光伏等新能源消纳，改善电网供电质量。

　　水电水利规划设计总院、省发改委等省市有关部门、华东勘测设计研究院、协鑫集团等单位的有关领导、专家和代表参加会议。

（记者 江涛 苏少华）

口述

宝剑锋从磨砺出，梅花香自苦寒来。了解浙江建德抽水蓄能电站项目前世今生的人，都会情不自禁地发出"事非经过不知难"的感慨。历史使人铭记。对于建德抽水蓄能电站项目而言，那些见证者真实的记忆汇聚成一个个关键符号，这些关键符号记录成文，这就是三十年历史的口述史。每一个符号都是一段简史，每一个符号背后都有历史故事，不同时间节点的二十余位见证者解读关键符号，本篇通过二十余篇口述文章一起探寻建德抽水蓄能项目发展历程。

乌龙腾飞终有时

乌龙山上山道路　仇裕平摄

乌龙腾飞终有时

穆先堂

真是喜事好事连连!

我于 2022 年 9 月 6 日得知,建德乌龙山抽水蓄能电站项目获得浙江省发展改革委的正式核准,不到十天于 9 月 15 日就被特邀参加在梅城方门举行的乌龙山抽水蓄能电站筹备工程的开工仪式。事情来得这么快,使人非常振奋。激动万分,心情久久不能平静。我们几位曾经参与过该项目前期工作的同志,无不欢欣鼓舞,个个兴高采烈谈笑风生,感叹不已!这可是许多人长期不懈为此努力奋斗的结果,不觉弹指一挥已是三十余年了,人生有几个三十余年啊!现在可好终于盼来了这一天,盼来了一个很好的结果。这怎么不使人庆幸高兴呢?光明就在前面,我们为此而欢呼!祝贺!这一工程是我市历史上前期工作做得最长的,同时也是投资规模最大的项目,将对建德市具有重大而深远的意义。但是,该项目确实来之不易,走过一段漫长而曲折的道路,可谓是一波三折。回忆起来应该说确实感慨万分。

——

该项目起始于 20 世纪的 90 年代初,我在建德县政府转岗到县委统战部、县政协工作时期。当时我国第一座抽水蓄能电站浙江安吉天荒坪抽水蓄能电

本文作者（中）在浙江建德抽水蓄能电站筹备工程开工仪式现场

站开工建设多年尚未完全建成投产时，华东水电勘测设计院对华东浙江等区域又进行了一次抽水蓄能电站资源全面普查，得知我县乌龙山山脉东段、胥溪畈山的背后、离子胥野渡口上游1.5公里的富春江七里扬帆风景区核心区北岸，有一个叫林山顶的地方是一个很好的地形站址。在一条小山沟峡谷海拔400余米的高坡上，有一块较平坦的山垄盆地，内有耕地水田四五十亩，四周山峰环绕，竹木树林茂密，只南面向富春江方向有一很窄的垭口，此处在"文化大革命"运动初期曾是县机关单位干部"五七"干校的一个连队驻地，尚留有一幢破败的房屋。从最高山沟流下的地表山泉水都汇聚到房屋旁边的水沟向垭口流下去，形成一个小小的瀑布，在垭口处筑坝形成上水库，蓄水量可达200多万立方米，再利用现成的富春江水电站水库为下水库构成抽水蓄能电站的水循环条件，是一个很理想的站址。

　　老实说，当时对什么是抽水蓄能电站都还没有什么概念，主要是通过收看中央电视台的有关宣传报道才得知抽水蓄能电站对稳定大电网系统调峰填谷、调频调相、应急电网事故等安全运行具有重要的作用，很有前景。我是搞工业经济的，对电网的安全综合运行的重要性是有所认识，这引起了我强烈的兴趣和关注，刚好华东电力勘测设计院的华东地质勘测队的驻地就在我们梅城镇上，多有人来往，于是我就和他们取得联系，得以能了解更多情况，然后我专门向当时的县（市）主要领导汇报并建议设法能争取落实到我们建德，也能建一座抽水蓄能电站那该有多好，当时的市领导也就顺水推舟，要我负责先牵头去跑，我也乐意愿意去做，于是就此开头起步。

要搞一个抽水蓄能电站项目，是属大型基础设施项目，需要走许多程序，按原国家计划委员会的规定，普查选点后，要正式选点规划勘测设计。选

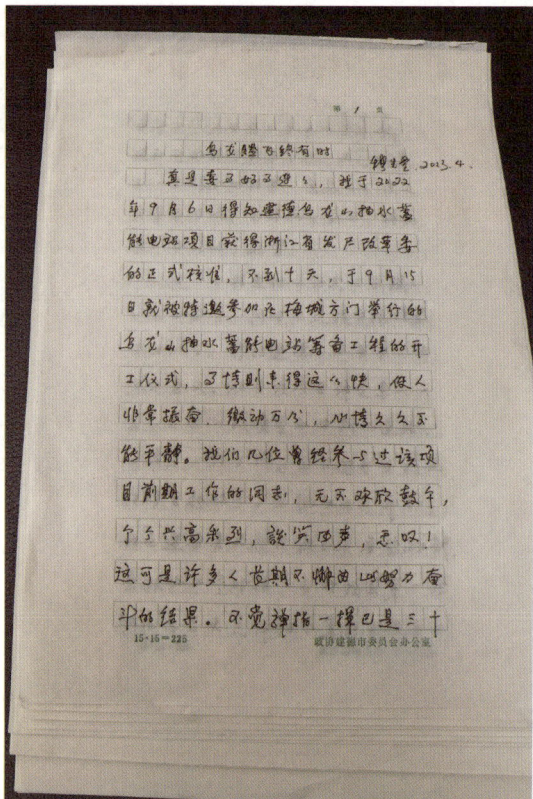

本文作者手写稿，共 41 页

点定了再搞初步勘测设计，经审查批准后才能正式施工，一般都要好多年。林山顶抽水储能电站规模并不大，确定装机容量为 40 万千瓦。其前期工作总的来说还是比较快和顺利的，这主要是得到了省电力局和华东电管局的支持。特别是当时的省电力局局长、后担任了浙江省政协副主席的张蔚文同志的大力支持和热情关心，他亲自过问并把该项目直接列为省电力局的短平快项目。连续几年都列入省电力局计划预算，安排好资金。先后共下拨支付了近 1000 万元。委托华东勘测设计院对站址进行开发选点规划勘测设计和初步勘测设计工作，于 1993 年先后完成了项目的环境影响报告的评审及初步勘测设计报告的审查。1996 年 6 月即将项目建议书上报国家计划委员会审批，拟批复项目建议书时，形势发生了很大变化，基于华东电管局、省人民政府计划要上

秦山核电二期、三期工程的配套及西电东送工程的需要，电网规划要求要建更大型的120万千瓦以上的抽水蓄能电站，我们的规模太小，显然是不适宜再建，因此乌龙山林山顶的40万千瓦的项目只好停摆，就此结束。项目前期尚有120余万元结余资金及一辆桑塔纳轿车也留给了我们，后经杭州市审计局审计，我都移交给后续新成立的筹建班子使用。

二

到了2001年，由于经济和社会的快速发展，大电网对蓄能调峰的紧缺需要，华东电管局及中国水利水电规划勘测设计总院再一次委托华东勘测设计院对华东地区及浙江省区域内的抽水蓄能电站资源进行普查，在我市乌龙山山脉的更高处，乌龙山主峰的北侧偏东山沟一个叫野猪坪旁侧的冷水塘（潭）的地方，

发现了一个可装机容量达240万千瓦的抽水蓄能电站站址，提供了普查选点报告，这又是一个鼓舞士气的重大信息，把我们已经熄了火的心点燃起新的更大希望，市委、市政府领导非常重视，迅速行动起来，很快组建了新的前期筹备工作领导小组和办公室，把我挂了个顾问的头衔，由市政府常务副市长担任组长，副市长及市政府各相关部门的主要领导为成员。于2002年2月就委托华东勘测设计院进行乌龙山240万千瓦抽水蓄能电站的选点规划勘测设计工作，于当年8月就提交选点规划勘测设计报告，并经水规总院审查。当时华东地区包括江苏和浙江地域就选有可供开发建设的站址有六七个之多，

各地都想能选上早期开发建设。为了有序开发建设，省计划委员会及华东电网和省政府对各地站址进行了排序，就有了前后及备选站址之分，而乌龙山项目则排在备选之前列。但是也曾表示，从实际形势发展出发，也可能不完全按此排序决定哪个站址先开发建设，还要看整个电网配套需要时机以及各站址的前期工作进行的快慢和工作的深度、建设条件成熟程度而会有所变化，所以建德要积极主动设法抢先开展乌龙山抽水蓄能电站项目的预可行性研究和可行性研究的勘测设计工作，争取尽快先于其他站址做好前期工作，提交项目建议书，请国家审核批准。

当时关键问题是资金短缺，需要资金是上亿的，可不是个小数字，市财政只是个吃饭财政，必须另想办法，寻找合资合作对象。我为此曾建议并联系过市新安江化工集团公司的王伟总经理，他也表示同意支持，就在此时，华东勘测设计院的有关同志为我们介绍推荐了宁波市宁海县双林公司的邬永林董事长，讲他有资金并正在寻找投资项目，他特别想要进入发展前景好的

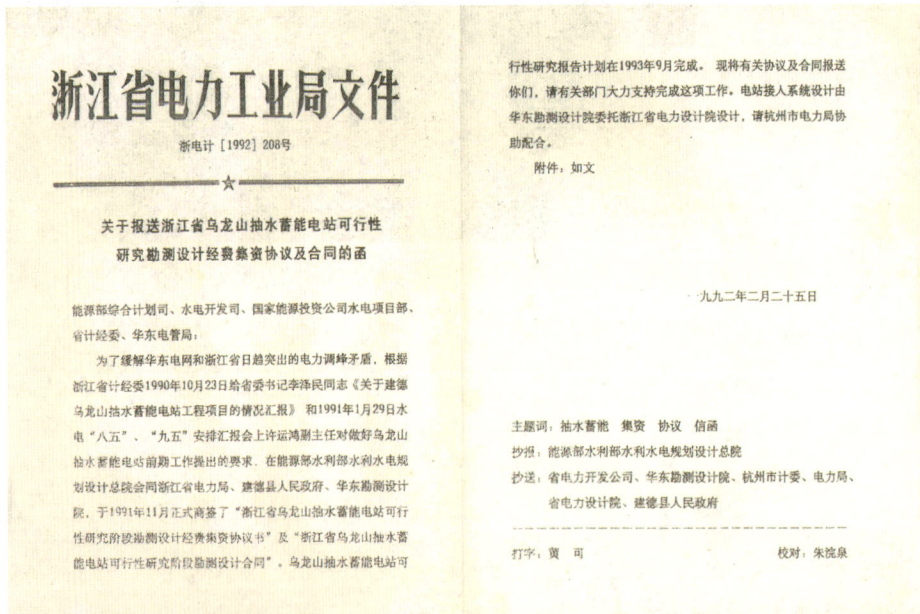

效益高的电力系统，这倒是个好机会，经过接触协商很快就签订了前期工作合作协议。前期工作所需的资金全部由他承担支付，其他相关的事项由建德市政府负责。于是很快就开设了建德市乌龙山资源开发有限公司，他们派人进驻我市一起办公，密切配合。

首要是要去委托华东勘测设计院，按国家新规定的基建项目程序进行预可行性和可行性研究的勘测设计。邬总主动找华勘设计院主要领导具体协商前期勘测设计协议，在商量所需费用时，华东院提出总计要一亿五六千万元。他感到数额太高难以接受，经多次洽谈要华勘院能降低标准，但勘测院的主要领导一点都不松口。邬总脑袋比较灵活，他想是不是中国只有华勘院一家能搞勘测设计，难道就没有第二家了吗？于是他到处打听了解，得知国内还有好多家大的、专业水电勘测设计院。他跑到了北京国家水规总院，不知他找了哪些人，是谁推荐介绍他找到了同属于国家水规总院下面的西安西北水利水电勘测设计院，与他们商谈所需费用只要一亿零几百万元；并愿意承担项目的勘测设计任务，这与华东院开出的要价要省好多，他心里有了底，想要西北院来做，但为了考虑到我们建德与华勘院原有关系，仍最后又一次找了华勘院的主要领导，是否请他们再考虑降低一些要价，但仍未能做通，一点也不能降。于是才下决心与西北院合作，委托西北院做前期勘测设计，最终达到报批项目核准建议书的成果要求，于2003年8月签订了正式委托合同，预可行性研究和可行性研究报告连续做，但报告仍要分两个阶段，总费用为一亿零八百万元，按勘测设计进度要求分期分阶段付款，历时二年半完成，交出成果。

三

西北院十分重视，动作也很快，时间紧迫，不多久就组织了强有力的勘测设计班子，全院总动员抽调人马设备准备进场。华勘院的领导得知情况后非常气愤。他们认为普查选点勘测设计都是他们做的，现在后续更大的业务被远在西安的西北勘测设计院给弄走，认为是兄弟单位西北院给挖了墙脚，于是发生了矛盾。事情很快反映到北京的水规总院，水规总院的李院长也很重视，及时制止了事态的发展，多次出面协调两兄弟的关系，做华勘院领导的思想工作，很快平息了事态。

从协调以后勘测设计就很顺利，没有再发生什么问题。勘测设计的进度也很快。西北院勘测设计院的工程人员长时间地不间断风里来雨里去，酷暑战高温、隆冬高山抗严寒在野外作业，披荆斩棘，吃住条件差，远离家乡和亲人，小孩无法关照，没有节假日，艰苦奋斗的精神、西北战狼的形象给我们留下了深刻的影响。西北院的人员进场，一切都得从头开始，没有原始资料参考，但这难不住他们，他们重新进行选点规划勘测，对整个区域地形地貌全部重新测量，重新全面布置探点钻探，探槽开挖，地下厂房的地质探洞开凿、地质的物探等，经过半年多时间的努力，于 2004 年 4 月准时完成工程预可行性研究报告并通过水规总院和省发改委组织的评审。紧接着进行项目的可行性研究阶段的勘测设计。

在对预可行性研究报告的评审时，与会的专家们对乌龙山抽水蓄能电站站址评价很高，一致认为具有独特的优势，是华东地区最好的站址之一，不可多得，地理位置优越，处于华东地区电网用电负荷中心地带，接入系统方便，地形地质好，工程区地质构造相对较为简单，没有大的断裂分布，稳定性好；上水库利用乌龙山主峰北侧两条山谷冲沟汇合处筑坝而成，成库条件理想，库容可达 1000 多万立方米，库区基岩为坚硬的熔结凝灰岩，岩体完整性较好，库区周边无通向库外大的断层，库岸稳定，地下水位埋藏较浅，大部分地段高于库区水位，库盆防渗处理简单；筑坝材料于库盆内就地取材；下水库利用现成的富春江水电站水库，不需要再建一个投资可观的下水库，节省投资。而且富春江水库的库容大，正常水位库容有 4.4 亿立方米，调节库容达 7000 多万立方米，水源充沛，水质优良，水位稳定效率高；上下水库自然落差大，上水库平均蓄水位达 738 米，输水系统水平长度 2698 米，距高比仅为 3.77，是衡量抽水蓄能电站效率的最好的技术指标参数；而且库区无移民，淹没损失小；工程建设用地均为国有林场，政策处理单一；没有制约工程建设的不利环境因素；施工便利，对外交通方便，施工建设工期短，总工期为 6.5 年，第一台机组投产发电工期只需 5 年，经济效益好，技术参数先进，投资成本低。2004 年测算静态投资约 70 亿元，单位千瓦投资为 4000 元，大大低于国内其他站址的 5000 元到 6000 元单位千瓦投资，建德境内还有新安江水电站和富春江水电站两个水电站的技术支撑，条件十分优越。

与会专家和领导都一致建议要求抓紧开展后续的可行性研究勘测设计，早日提交设计成果，供国家决策投资建议。水规总院还组织所属的全国八大勘测设计院的院长和老专家登到乌龙山 800 多米高的上水库库址现场考察，都一致赞赏和羡慕我们建德有这么一个好的抽水蓄能电站的站址。希望我们抓紧进行前期工作。

四

我们大家也不负众望，紧锣密鼓推进，工作进展也很快，到 2005 年上半年完成了乌龙山抽水蓄能电站项目水土保持大纲经国家水利部部级评审，项目环境影响评价大纲经国家环保局的评审，以及地质灾害危险性专题的省级评估。还通过对电站装机容量、地下厂房位置和轴位专题的咨询认证，使用富春江电站水库为项目下水库的设计技术校核认可，有的专题也都在进行中，例如在风景名胜区域内的项目已联系了国家住建部评估，还有工业卫生和劳动安全专题委托水规总院直接设计审定，一切都围绕可行性研究报告的规范要求、汇总后，对可行性研究报告也已通过了水规总院的总咨询论证，只等经最后补充修改后定稿就可正式提交可行性研究报告进行评审，成果即将出来，桃子即将成熟。

与此同时，在以上工作进行中，也在考虑下步如何投资建设问题，由谁来投资建设提上日程，感到我们前期工作的合作伙伴宁波双林公司是难以承担的，这是一个特大型项目，静态投资就要 70 来个亿，建设期要六七年之久，动态投资估计要近百亿，宁波双林公司是家并不大的私营公司，虽然积累了一些资金，要投资这么大一个基础电力项目是不可能的，注册资金按 20% 到 25% 计，都不能解决，他是一家搞塑料精密模具的企业，隔行如隔山，没有技术和专业人员，从现实计我们必须尽快寻找大的有实力的投资主体，最好是大型国营电力企业，如是先后找了多家国有大发电公司，如国家大唐发电公司、长江三峡电力集团公司、国家华能发电公司等。而华能发电公司的财务总监是新安江水电部十二工程局职工子弟，也算是建德人，他很热心，于是和华能发电公司的主要领导联系洽谈，请他们来投资建设，他们也有意愿，很快就谈好了投资合作意向书，刚好在 2005 年 8 月初，由杭州市委书记王国平同志带队，在北京召开大型招商引资大会上，由刚被宣布不久担任建德市代市长的洪庆华代表建德市政府与华能公司的副总，签订了投资合作建设乌龙山抽水蓄能电站意向书。这是一件振奋人心的大好事。

五

在与华能公司洽谈时必然涉及到如何处理好原来前期合作伙伴宁波双林公司的关系，华能公司态度也较开明开放，表示不排拆原有私营企业参与前期的实际，但由建德方妥善处理好就行。在接着与双林谈判时，我方主张力劝双林公司全部退出，移交"可研"成果，这触及到双林公司参与前期合作主要是想进入电力系统发展的初衷，邬老板坚决不同意，我方说明原因理由，以前期投资费用入股比例太小，没多大意义，他听不进去。我们私下也在不断地做他的工作，在第二天继续谈判中最后总算很不情愿地表示同意完全退出，但是要给予一定的补偿，这也是情理之中的事，应该的。他为了我们项目的前期工作是有很大贡献的，双方合作很好，及时提供资金，从来没有因为双林公司的问题而影响工作进程。要给予多少补偿呢，原则上按照他实际已支用的数字，再适当加一定的百分比。他讲他是风险投资，起码要按照他现在企业产品的年利润率来计算，并能适当再高一点。但要请他先提出一个具体数额。最先他提出总数要 8000 万元。我方认为太多了，经过几轮协商逐步降到 7000 万元、6500 万元、6000 多万元，最后降到 5500 万元就再也不同意降了。而我方要他降到 5000 万元，差距较接近，只差 500 万元，双方都不肯退让。其实双方都不是个精准数字，是估计估计大概的数字，他到底实际已经支出了多少，包括其他特殊额外支出，我们是不清楚的，我们估算大概有二三千万元吧，我方一定要他降到5000万元以下，不能超过5000万元。为此争论不休，散会后我曾向分管副市长建议，是否请市长或市委书记到宾馆来看望接待他一下，出个面客气一下，我估计这500万元的差距也许他会给面子。事后我知道他是不会去叫的。一直谈到第三天仍僵持不下，互不松口弄得很不愉快，发生了争吵，发了脾气，出言不逊，最后我方领导对邬总发出了最后通牒，表示说我们不管了，看你怎么样，让他去。就此谈崩了。不欢而散。事后我认为这是在争吵时气头上讲讲的气话而已，可不料没过多少时间，国庆假期刚过没几天的10月12日将近中午时分接到通知，讲下午上班时，分管副市长要来筹建办公室召集大家开紧急会议，但等来的却是专门来宣布市里决定乌龙山抽水蓄电站筹建工作从即日起全面停止，并要我们抓紧开始整理所有资料，然后移交给市移民局局长集中保管，筹建办停止办公了，各自回去。

就这样散伙了，这一招使我们几位来参与帮助前期工作的所有人员感到十分惊讶，都懵了，来得那么突然，是预计不到的，出乎所料之外，没有思想准备，一时还转不过弯来。等转过神来之后，我当场也不客气地说："你们这样的决定不讲是错误的（我还是客气地留了一点分寸），但也太过轻率了，怎么好这样的，这么大的事，说停就停了，说不干就不干了。"他也不作那么多解释，很快就离开走了。我们有什么办法，只好执行。尽管我们想不通，有意见，既然领导宣布了，我们还想赖着不成？当天下午就开始整理资料，第二天就移交掉，离开了办公室。事后为此我还专门到市委找了当时的市委书记赵纪来，向他提了意见，讲了市里对此事的决定是太过轻率了，这么大的事怎么可以这样做的，前期工作都做得差不多了，完成"可研"报告只差半步之遥，就要出成果了，却停掉不干了。已花了那么多时间和精力、资金人力，是太可惜了，损失是很大的，并将带来严重的后果。至于和宁波双林公司的关系，也还是可以处理好的。赵轻描淡写地对我说，唉！你也年纪那么大了，不要去管了，由他们去弄好啦！我明白原来书记和分管副市长是早已统一了的，我提意见是没有用的，只是有话不说非常憋屈，心里不快，得吐出来，只是出出气而已。当时我已退休三年多了，想想也对，何必多事。深感人微言轻，无能为力，无可奈何，无力回天。

从对这件事的处理看，有的人确实是什么都不顾了，多方面造成了严重后果和恶劣影响：首先对与我们前期工作合作伙伴邬总是个沉重打击，他的好心和愿望全部落空，想不到会落得这么个下场。为此付出的精力代价不知何时能收回。我们确实是不应该在事情将要成功时把他一脚踢开，撒手不管，不讲诚信、友谊、信誉和道德，当初是和他正式签订了合作开发协议的，除不可抗拒的天灾及国家重大政策变化等原因外，如一方中途要退出合作，要承担一切后果和负法律责任，并给对方 10 倍于投资的赔偿。但双林未走法律程序，如走诉讼程序，我方非常被动，信誉扫地不说，赔偿则是个大数字。但天有不测风云，没过多久邬总却生病住院了。在邬总住院期间，吴铁民副市长倒是很好，仍记挂在心，并曾带领我们三位已不管事的老同志一起到上海看望慰问了他。在他医治无效去世时，又专程赶赴宁波宁海县参加了他的追悼会，送了花圈，告别送他一程。那个场面和规模是我们从来未见过的。可见他的为人和受人敬尊，使我们非常感动，但也感到非常内疚，不由自主地流下悲痛的泪水。

六

而给我们建德带来的后果是把前期工作已进行三年多的这么一个大好项目搞停了，工作无法进行下去了，把一个已经红了即将完全成熟可采摘的桃子硬生生地给绞烂、搞砸了，是多么的可惜，损失是太大了。更不可思议的是从那以后，也不给中国华能发电公司一个交代，也没有人继续和华能发电公司去联系、洽谈下步正式合资合作建设的事宜，没有了下文，断了关系，真的把项目完全彻底地给丢掉不管了。因此，我始终无法理解，想不明白，这攸关建德经济社会发展长远利益的大事情、大项目怎么能就那么轻易甩手不管了呢！其中是否还有常人无法理解的隐情，也就不得而知了，也不好妄加猜测。

同时这一结果使承担前期勘测设计的西北院深表无奈，哭笑不得，拿不到剩余的勘测设计费用，责怪建德市怎么会干出这样的事情，怨气也很大，我曾与刚调到国家新能源公司当任副总经理的原西北勘测设计院负责我们乌龙山抽水蓄能电站项目勘测设计任务的张振有副院长通电话时，他就感到很无奈，大失所望，不可思议。幸好西北院还是认真地把所有的资料收集整理汇总好才束之高阁。本来我们的形势很好，将越来越好，即使与双林公司一时谈不拢，只要继续维持把最终可行性研究报告完成审查掉，机会很快会到来。即使不能与国家华能发电公司合资合作建设也无大碍。

就在 2005 年 8 月我们的可行性研究报告即将完成时，西北院的常务副院长、也是主持负责我们乌龙山抽水蓄能电站前期勘测设计的张振有，调到了刚成立不久的国家新能源公司担任常务副总经理，国家决定把全国的抽水蓄能电站都划归国家新能源公司规划投资建设和管理，甚至把原属于华东电网公司的新安江、富春江两家老的常规水电站都划归国家新能源公司领导管理了，这个条件多少好，如果我们不折腾，当时就可直接找他，毫无疑问他肯定会全力支持让我们先上，可由他们直接投资建设归他们管理，情况就大不一样了，乌龙山抽水蓄能电站可能于 2010 年前后就可开工建设并投入运营了，真是一招不慎，处处被动，自己害了自己啊！

七

机遇丢失后由于种种原因，项目一拖就是十年！但庆幸的是到 2014 年戴建平书记调来建德，情况大变，他事业心强，肯干事，敢于碰硬，敢于担当。刚来建德不久得知建德有这么一个好的大项目搁置在那，他慧眼识珠，远见卓识，措施有力，很快就组建起强有力的筹建班子重新开启项目的有关工作，他亲自带队到有关部门联系汇报请求支援，使建德乌龙山抽水蓄能电站起死回生，他是建德项目的大救星、大功臣。为此项目的重新启动他们做了大量艰巨卓绝的工作，突破了重重困难，招来了江苏协鑫集团合资建设，重新请来华勘设计院继续进行前期勘测设计，并妥善处理好与西北院的关系。

其间，国家行政职能部门机构改革变化很大，有关可行性研究报告中要求的事项都要重新联系汇报衔接确定。许多原来想不到的问题，新出台的政策规定，要求更高，办事难度更大，有的职能部门也变了，都得重新再来。迫切处理好原来遗留问题，处理烂摊子，擦屁股的事情其难度是难以想象的，不说别的，与双林公司谈判补偿问题现在是要与邬老板接班的女儿、儿子洽谈，他的儿子是亲自经历过、见识过原先与他父亲谈判时受屈的情景的，可想而知其谈妥是很艰巨的，不容易的，难度是很大的，但他们在困难面前咬定青山不放松，坚持不懈，千方百计，苦口婆心，全身心地扑在事业上，到现在也奋斗了八年多时间才取得现在项目核准。筹建工程开工的可喜成果，确实真是很不容易的，可歌可泣。

我十分赞赏佩服具体负责的吴铁民主席，市发改局原局长、筹建办公室主任许维元同志，他们淡泊名利，舍个人为大家、为事业，为造福全体建德人民做出了巨大奉献，立了大功，应该给他们树碑立传。要很好地感谢戴建平书记、吴铁民主席、许维元局长，要永远不忘他们的功绩。

胜利就在前头，离电站建成投产运行，现在可以说是指日可待，规模240万千瓦、投资140多亿的金山银山即将在建德大放异彩，建德将成为名副其实的水电城、清洁能源蓄能中心。古严州府梅城双塔凌云三江口、新安江富春江五星级风景名胜旅游带核心区的建德乌龙终于将要腾飞了，让我们为此而欢呼高歌，热烈祝贺！

作者简介：穆先堂，曾任建德市政府副市长、政协副主席，时任乌龙山抽水蓄能电站建设筹备领导小组副组长（项目负责人）兼办公室主任。

不负青山不负水

徐志生 口述　赖晓红 整理

偶得消息　迅速行动去争取项目

关于乌龙山抽水蓄能电站这个事情，我还是有比较深刻印象的。

建德市的蓄能电站最早起缘是在九十年代时初期，那时我市就有一个40万千瓦的蓄能电站项目上报国家立项审批。但随着我们国家经济的快速发展，省里认为40万千瓦的项目比较小，满足不了经济发展的需求。经过全省的统一规划平衡后，当时省发改委、省电力局召集建德市领导去省里开会，在充分说明形势和项目分析论证后，说服我们放弃40万千瓦的项目，并允诺以后建德市有了更好的选址，省相关部门将积极支持。

后来我们建德的240万千瓦乌龙山抽水蓄能电站，缘自一个很偶然的机会，我得到的一个信息。

我是2001年2月任建德市政府常务副市长的。5月1日，我在家中接待一位到访的好友，他叫单治刚，是华东勘测设计研究院的副总工程师。那天在与他交谈中，我得到一个消息：在3月份，华东电力局召开了一个规划会议。会议的中心内容是，将在未来的十五至二十年内，华东地区将要建设多个抽水蓄能电站。并从4月开始，由国家电力公司华东勘测设计研究院，承担对

2001年6月1日，240万千瓦抽水蓄能电站华勘正式开始选址，图为勘测乌龙山部分人员合影（前排左一徐志生，左二王建军，左三王达帮，后排右二邹志勋。此合影为单治刚所拍摄）

华东地区（江苏、浙江、安徽三省）符合抽水蓄能电站建设的项目进行普查选址。目前已初步筛选了十几处。但在这次的筛选规划中，建德不在列。

我听后既惊讶又焦急，我立即向单治刚说明，建德是有项目的，原来有一个40万千瓦的蓄能电站项目，也是由华东勘测设计院规划设计的，这次为何没有在列呢。而且我们与华东勘测设计院，一向是有合作的，当时华东勘测设计为新安江水电站、富春江水电站的建设，在我市的梅城镇还设立办事处。同时我明确向单志刚表示，请他一定要帮助我们做些工作，向华东勘测设计院领导提出请求。我们也会去你们华东勘测院作相关情况的汇报，把我们建德列入选址范围，列为本次项目规划普查的重点。建德乌龙山是一个很好的选址，如果40万千瓦项目太小，我们可以上大规模的项目。

"五一"节后，我立即将这个信息与情况向市委书记王金财作了汇报。

市委、市政府对这个事情很重视，王金财书记当即要求我马上着手开展工作，必须抓住这次机遇。当时由我牵头，调整了乌龙山抽水蓄能电站筹备工作班子，我担任组长。

我找来市计经委副主任王建军同志，让他去人武部借份建德市的军用地图。军用地图比较翔实精确，对照地图，我们俩分析研究地形，主要是乌龙山的地形，并精心准备了材料。

很快我们就带着材料，赶赴华东勘测设计院。通过副总工单治刚，找到了负责该项工作的王达帮组长，说明我们此次的来意。然后又拜会了华东勘测设计院张卫民院长，向他们汇报了我市乌龙山抽水蓄能水电站地址的情况，同时提出我们的请求，给建德一个机会，请他们派工作组来建德实地看看。经过热烈而诚恳的交流沟通后，他们表态，待浙皖苏的其他选址看完之后，整个工作班子一定来建德，进行实地考察。

果然，5月31日，工作组王达帮组长就带领了八九个工作组成员来到建德。在我们安排下，6月1日，就上乌龙山进行勘测工作。

跋山涉水　勘测乌龙山站点选址

这天，由我、王建军、邹志勋、陈铮及数名林场工作人员，陪同华东电力局和华东勘测设计院的领导和专家一行，带着地图，去乌龙山实地勘察。

早上8点钟出发，带着干粮和水，来到乌龙山脚，从姚坞上山。山岩峻峭，草林杂生，我们是一路地刀砍斧劈、手脚并用地向上攀爬，还看见毒蛇出没，给我们的路途带来惊险。沿着山弯水沟爬了大约两个小时后，到达瞭望台下的一个山岙，叫冷水塘，取出地图放在地上，大家一起对照地图，观察周边山势，指点分析布局。

专家们在此前已考察过江浙皖的十多处选址，这次来到建德，对照地图，又看到乌龙山实景，进行了分析点评。专家一致认为，建德乌龙山这个选址点非常好，除了天荒坪Ⅱ之外，乌龙山是最好的选址点了。他们表示回去后，一定把这次在建德勘察的情况向院领导汇报。

专家们回去后，把在我们建德乌龙山勘察实况向院长作了详细的汇报，华东勘测设计院领导经过认真分析和讨论，他们肯定了我们建德乌龙山这个选址。据当时我从单治刚透露出来的消息是，华东勘测院领导对建德乌龙山这个点非常感兴趣，有意向邀请我们去华东设计院商讨下一步的深化选址项目工作。

我们在得知这个信息后，立即主动赶往华东测设计院，与张院长和专家们进行了进一步的探讨和协商，达成双方合作意见：华东院和建德市各出资100万元，共同开发规划选址工作。

接着华东勘测设计院派来勘测设计工作人员，到建德开展工作。经过几个月的现场勘测，查阅大量的资料，整理地质水文等方面相关数据，完成了乌龙山抽水蓄能电站选址的规划设计书。

乌龙山抽水蓄能电站选址规划设计书经审定通过。由此，华勘设计院更加重视这个项目，在此基础上，张院长提出了要和我们继续下一步合作计划，开展240万千瓦乌龙山抽水蓄能电站的深化可研工作。

一波三折　种种因素致使项目搁浅

经初步测算，乌龙山的蓄能电站设计装机容量240万千瓦，预估总投资64亿元。投资成本为2622元/千瓦，当时全国平均投资成本为4500元/千瓦，天荒坪是4100元/千瓦。

华东勘测设计院认为，乌龙山的蓄能电站技术经济指标是最优的。于是提出合作来开发乌龙山抽水蓄能电站项目，先做出预可行性设计方案。设计方案资金1800万元，由建德市政府和华东勘测设计院各出资900万元。

由于当时建德财政困难，安排不出来这项资金。我和当时分管工业的副市长商量，一是向本市的大中型企业进行筹资，共同开发抽水蓄能电站项目；二是通过招商引资，利用外来资本开发项目。总之要想方设法把项目前期工作搞下来。

最后决定以该项目招商引资，吸引有资本有实力的民营企业来投资，引入外来资金，共同发展。后经人介绍，与宁波双林集团公司取得了联系。通过多方考察，宁波双林集团公司是一家颇有实力的民营企业，旗下有多项实体产业，准备上市。

2003年1月，建德市委换届。经选举，我当选建德市委常委、副书记。之后我将此项目与当时的建德市政府常务副市长做了衔接交代后，就没有过多地介入。

2003年8月14日，市政府组织有关人员赴与宁波，与双林集团公司洽谈签订项目前期开发协议事宜，并邀请我一同前往。

协议签订后，由宁波双林集团公司完成预可研工作。然而双林集团公司与华东勘测设计院对接时，因双方存在理念问题，引发了矛盾。华东勘测设计院对于民营企业宁波双林集团的接手项目不满意，不愿意与之合作，就提出了过高的要求，将预可研设计费用提高至1.1亿元。这也引起了双林集团公司的不满，于是双林集团公司绕开华东勘测设计院，委托西北勘测设计院为其做预可研设计，谈好价格是6000万元。

图为陪同专家乌龙山现场勘测（右二为王达帮，右三为单治刚）

后来，西北勘测设计院完成了预可研的野外钻探作业任务、环境影响评价、水土保持方案等"预可研"设计，提交项目建议书。只待进行预可研的设计审查，上报国家立项审批。

乌龙山抽水蓄能电站项目前期勘测设计基本完成，前期投资主体也已落实，项目建设资金也没有太大问题。但是项目上报却遇到了阻碍，由于乌龙山抽水蓄能电站项目选择与宁波双林集团公司合作，而不是与华东勘测设计院的合作，使得我们与华东勘测设计院的关系趋冷。我们国家电力管理体系是按区域管理的，我们建德归属华东电网管辖，如果华东电力管理局和华东勘测设计院不支持，项目是很难上的。

根据华东勘测设计院负责编制的项目规划，浙江的抽水蓄能电站资源相当丰富的，不仅有安吉天荒坪、天台桐柏、慈溪溪口、丽水方溪、宁海茶山，还有桐庐以及衢州都有项目进入规划，各有优势，竞争十分激烈。

之后又因受国家对抽水蓄能电站项目投资业主的政策限制，乌龙山项目后续工作无法推进。

峰回路转　多番努力迎来曙光

为了乌龙山抽水蓄能电站能顺利列入电源项目规划布局的选点审查工作，同时想挽回与华东电力勘测设计院的关系，通过新安江水力发电厂厂长钱建明的安排，我和当时的市委书记赵纪来去了新安江水力发电厂，因为华东勘测设计院的院长张卫民正在新安江电厂调研。我们与张院长进行协调和沟通，张院长提出了双方继续合作的意向，但是要建德市政府撤销与宁波双林集团的合作。然而作为招商引资项目，建德市政府已与宁波双林集团签署了协议，宁波双林集团也做了大量的前期工作，投入了资金；而建德市政府又没有实力，承担起乌龙山抽水蓄能电站项目投资。

乌龙山抽水蓄能电站项目一直没有进展，建德市委、市政府非常着急。同时，乌龙山抽水蓄能电站项目推进过程的复杂与艰难，让我们感觉到仅凭建德市一方力量显然有些单薄。

　　为了更好地得到上级领导及部门的重视与支持。2003年12月，建德市委、市政府给当时的省委常委、杭州市委书记王国平写了一个有关于乌龙山抽水蓄能电站项目的汇报材料，汇报了乌龙山抽水蓄能电站项目的进展情况及目前面临的困难，请求上级部门的关心支持，帮助协调各方面的关系，推进项目的顺利实施。

　　王国平书记非常重视乌龙山抽水蓄能电站项目，通过他的过问和关心，以及建德市委、市政府的积极争取，最终，我们建德乌龙山抽水蓄能电站被列入备选项目，即"推二备三"，就是天荒坪Ⅱ排第一，天台的桐柏排第二，我们作为备三，排在了第三的位置。

　　到了2011年，我当时任市人大常委会主任。我们了解到那时候华东勘测设计院领导作了调整。也是通过副总工单治刚的安排，5月31日，我带着市发改局局长祝昌国、副局长熊兴，走访了华东电力勘测设计研究院，与新任院长张春生、副总工单治刚、抽水蓄能设计院副院长赵佩兴等人，就推进乌龙山抽水蓄能电站项目事宜进行了积极的交谈沟通，努力争取。

　　回来后将与华东勘测设计院的交流情况写了个说明报告，向市委、市政府主要领导作了汇报，市委书记董悦对报告作了指示，要求继续对该项目作好前期协调。

　　这么多年来，在市委、市政府及各部门坚持不懈的努力下，2022年，乌龙山抽水蓄能电站终于开工了。上有新安江水电站，下有富春江水电站，中间再有乌龙山抽水蓄能电站，这对建德来说，是新能源产业发展的重要一环。

　　青山绿水的建德，有着丰富的水资源，不可辜负建德的好山好水。应该利用好水资源，做好水资源的文章，来发展壮大建德的经济，促进建德有更好的发展前景。

　　作者简介：口述者徐志生，曾任建德市常务副市长、建德市委副书记、建德市人大常委会主任；整理者赖晓红，杭州市作家协会会员，曾供职于建德市财政局。

三十年磨一剑

吴铁民 口述　沈伟富 整理

1993 年，我们建德就开始谋划，要在乌龙山上建一座蓄能电站。

当时间的脚步走进 2022 年，这项工程终于迎来了重大转变。这一年的 9 月 6 日，经浙江省发改委核准，同意乌龙山蓄能电站开工建设。9 月 15 日，建德市委、市政府在梅城镇隆重举行开工仪式，乌龙山蓄能电站正式进入了实施阶段。

从 1993 年到 2022 年，前后差不多三十年的时间。我经常用"三十年磨一剑"这个说法，来形容乌龙山蓄能电站建设过程的不容易。

一

说起乌龙山抽水蓄能电站，建德人都知道，这真是一个"马拉松"项目。而我与这一项目之间的缘分，也是很深的。

1994 年，我有幸进入审计局工作。当时，乌龙山蓄能电站的筹建办公室（指挥部）设在计经委，我们审计局就在计经委的隔壁。那段时间，市里的几位老领导在推动这项工作的时候，经常会到我的办公室来坐坐。我们之间聊天的话题，自然离不开这个项目。从那时起，我对乌龙山抽水蓄能电站项目，算是有了一个初步的认知。

　　1997 年，组织上安排我到梅城镇工作。那个时候，经常有全国各地对这个项目感兴趣的单位人员，到建德来参观考察。这些参观考察人员，一般都由我们梅城镇负责接待、陪同，在这个过程中，我对乌龙山抽水蓄能电站的认知更加深了。

　　2003 年，乌龙山抽水蓄能电站进入了选址等具体实施阶段，其中一项工作是库区移民问题。虽然我们所选的库区没有移民，但是，移民的相关政策和专项审查工作还是要做的，而且这是一项很重要的工作，所以，市里干脆把乌龙山抽水蓄能电站筹建办公室直接放在了移民局。当时，我已经进入市政府工作，巧的是，我还分管联系移民局。我与另外一位领导配合，共同推动这项工作的实施。2012 年，我由于岗位调整离开市政府到市政协工作，期间这项工作由市里另外领导负责联系。

　　到了 2014 年，戴建平来建德任市委书记。刚一上任，戴书记就深入调研，

2016 年 5 月 6 日，吴铁民（左二）与华东勘测设计院专家研究项目

当他得知我们建德有这么一个项目，便引起了高度重视。他认为，无论从循环经济的角度、绿色经济的角度，还是生态经济的角度来看，这个项目都具有它独特的优势和鲜明的特点。而且，当时总书记"绿水青山就是金山银山"的理论，已经深入人心。戴建平书记认为，乌龙山

2016年7月13日，吴铁民（右一）与指挥部人员研究项目推进工作

抽水蓄能电站项目，很符合总书记的"两山"理论，他要求全市上下共同努力，快速推进。所以，戴书记上任后，对原有的联系模式进行了调整，专门成立了指挥部，设立了机构，建立了组织，抽调人员，落实场所，还专门安排了经费，使得我们这个项目开始在有组织、有场所、有人员、有经费保障的情况下进行运作。

二

这个项目前后持续了三十年，我真正参与其中有将近二十年的时间。由于政策、环境、规划的不断变化，使得这个项目反反复复，作为一直参与其中的一员，其间的甘苦，是局外人难以体会的。

这个项目的投资要100多个亿。为了寻找投资者，当年市里的很多领导，把中国的五大发电厂，包括国家电网，基本上都走了个遍，只要有一点关系，一点资源，我们都不放过，都去想办法去拜访，希望他们来建德投资。

在乌龙山上建抽水蓄能电站，有两个很明显的优势：一是不用建下水库，我们有富春江水库作为下水库，这就意味着投资者能省一大笔建下水库的钱；第二个是，上水库处在国营林场的范围之内，库区没有任何移民，这就意味

着工作难度降低了不少。为了宣传这两个优势，我们不厌其烦地在各种场合进行宣传。

由于我们建德的财政情况不是很好，就连前期的"预可研""可研"基础性工作，都没有足够的资金作支撑。我们拿不出钱，只能寻找合作者，希望通过引进资金，能够帮助我们开展前期工作。我们都知道，向人要钱，这项工作的难度不是一般的大，过程中真的体现了浙江人的"四千精神"：走遍千山万水，吃尽千辛万苦，说尽千言万语，想尽千方百计。持之以恒地努力，如今，终于有了成果，这真是来之不易啊，可以说也是长期坚守的结果。

三

说起这三十年，真是感慨万千。

三十年来，上至国家大事，下至个人小事，都不知发生过多少变化。就算是一个人，也早已从一个毛头小孩，长成了一个成年人，而且都已成家立业了。

别的不说，就单是我们国家在抽水蓄能电站建设方面的政策，也不知道有过多少次的调整。从三十年后的今天，回望三十年政策变化，用一个成语来形容，那真是天翻地覆了。为适应这些变化，我们也不得不不断调整自己的推进方法。

这三十年，是我们国家改革开放进展最为迅速的时光，尤其是民营经济得到了快速的发展，而我们浙江又走在时代的前列。比如宁波的双林集团，就是我们浙江一家实力比较雄厚的民营企业。民营经济作为我国重要的经济组成部分，他们在发展自己的同时，也积极地参与社会各方面的投资和建设，为我们国家的发展作出了重要贡献。建德乌龙山抽水蓄能电站的建设，就得到双林集团的青睐。他们参与到我们乌龙山抽水蓄能电站的建设中来，于2004年投资完成了预可研审查前期工作，后因政策变化一度搁置，但是为我们整个项目的推进奠定了一个良好的基础。

我们这项工作的推进一直缓慢，有一个重要的原因，就是受"三江两湖

2016 年 9 月 19 日，踏勘乌龙山道路开工仪式场地

风景名胜区规划"的影响。我们这个项目的选址，处在富春江风景区。因为有一个"三江两湖风景名胜区规划"，规定在这一区块范围内，不得进行大型工程的开发建设。这个"规划"一直影响着我们推进的步伐。在有关部门，特别是国家林业部门和省林业厅的支持下，我们深入推进可研审查的各项工作，对规划进行了修编调整，才有了继续推进项目的机会。

四

乌龙山抽水蓄能电站的建设规划的审批，也经历了一个漫长的程序。虽然上级各部门对我们这个项目都非常支持，但好事总是多磨的。最早的时候，我们把这个项目提交给有关部门，首先得到省能源局的支持，他们在三次规划修编中，都把我们这个项目列进去了。

2016 年 10 月 21 日，视察乌龙山上山道路一期工程进展情况

当时，浙江总共有五个地方提交了抽水蓄能电站的建设规划，省里对这五个规划采取"推二备三"的方法进行审核。所谓"推二备三"，就是浙江省要推动两个项目进行实施，在实施过程中，还准备了另外三个项目。到了2013 年第二轮抽水蓄能电站规划的时候，修改为"推五备四"，我们建德抽水蓄能电站属于"备四"的范畴。到了 2018 年又进行第三轮抽水蓄能电站规划编修，这一次，我们成功进入了六个项目的推荐站点之一。所以，这个时候，我们才真正进入完全实施阶段。到了 2021 年，国家能源局又实施了一个中长期的发展规划，浙江的抽水蓄能电站也进入到一个中长期的发展规划，我们这个项目是完全进去了。所以在这么多规划的变化过程中，你会感觉到，这个项目一直处在规划之中，如果离开规划，那这个项目也就实现不了。

应该说，在这个项目的推进过程中，是真正汇聚了省、市，包括中央有关部门的关心和支持。这里，特别值得一提的是华东勘测设计院。从原来的第一个选址勘探，到后面的推动过程，包括政策性变化等，华东院一直支持着我们。事实上，这个项目的投资者——江苏协鑫集团的引进，也是华东院为我们推荐的结果。

三十年来，建德市政府也经过多次换届，但每届政府都全力支持这个项目。如果不是历届政府一如既往、一心一意地推动，那么这个项目很可能会流产。所以，我们曾经半开玩笑（其实是真心）地说，建德的历届政府，是真正的不忘初心！

五

前面已经讲过，我是从 2003 年开始真正参与到这项工作中来的。那时，做这项工作，困难重重，经费没有经费，投资主体不明确。在这种情况下，市委、市政府多路出击，寻找合作者，宁波双林集团就是在这样的情况下，进驻建德的，他们给我们带来了前期基础性工作。有他们的参与，我们的整体工作也有了基本的保障。

从 2004 年开始，我有幸参加了关于抽水蓄能电站的相关会议，特别是在江苏召开的全国性的一次会议，我也作了发言介绍。通过学习交流，让我对全国抽水蓄能电站的现状和发展趋势，有了一个比较详细的了解。通过交流互动，也让更多从事这一项工作的同志，认识了建德，认识了我们建德的抽水蓄能电站。这个过程，无形中为我们下一步的工作营造了一个良好的环境，也提升了我们建德抽水蓄能电站的整体影响力。

我记忆比较深的几次会议，一是国家抽水蓄能电站预可研审查会议。这次会议是由省发改局与水规总院牵头在杭州召开的。在这次会议上，省市领导和专家对我们乌龙山抽水蓄能电站的各项工作进行详细的研究、审查，大家一致认为，乌龙山抽水蓄能电站，无论在选址，还是在投资等方面，其优势都是十分明显的。应该说，这次研究、审查的成果是理想的，也是十分满意的。但是，因为后来的政策发生了变化，加上当时个别领导又存偏见，提出了中止可研工作的推进，致使工作不能推动，所以当时的研究、审查结果

2022年9月15日，在浙江建德抽水蓄能电站筹备工程开工仪式上，指挥部部分新老办公室成员合影留念。左起分别是发改局办公室陈则文、原指挥部办公室副主任陈益群、原指挥部办公室副主任熊兴、指挥部办公室主任许维元、原筹备领导小组办公室副主任叶刚优、原筹备领导小组副组长穆先堂、指挥部总指挥吴铁民、原筹备领导小组办公室主任程社生、电视台记者盛国民、原指挥部办公室副主任叶建新、指挥部办公室成员唐永强、指挥部办公室副主任施树康、指挥部办公室成员辛晓霜

都没有了下文。第二次是全国性的抽水蓄能电站相关会议，那是在南京举行的。我在会议上作了发言介绍。通过这次会议，我们建德抽水蓄能电站的知名度有了很大的提升。当时，我们市里还有其他一些领导也参加了这次，他们对这次全国性的会议结果，也是非常满意的。

2014年，市委、市政府本着从高质量发展的角度出发，重新开始启动推进这个项目，首先是组建了一个专门的班子，集中力量，加强对外沟通和联系，争取以招商引资的办法，让这个项目重新动起来、活起来。我们成功引进了江苏协鑫集团，在他们的参与下，使得这个项目完全进入到实质性的阶段。这一路走来，你会发现，无论是部门单位或者投资者，在这个过程中，真的就跟我们一样，那都是全心全意的。

六

我们建德的老百姓对水电是很有感情的。新安江电厂的厂址坐落在建德境内，富春江电厂的库区绝大部分也在我们建德境内。这两个电厂的建设，形成了我们建德现在的格局。可以这么说，新安江城是因水电而生的，所以我们建德人对水电的情结是很深的。同样，水电给我们建德带来的变化也是巨大的。我们有相当一部分城镇的基础建设，都来源于当年新安江电厂的建设，包括现在的市政府大楼、以前的百货公司大楼和邮电大楼等，这些建筑都是当年建设电厂时所建的。我们这个山城之所以这么美丽，江之所以这么漂亮，水之所以这么清澈，那都是建设电厂给我们带来的好处。

另外，就是我们这个项目，因为投资确实巨大，到目前为止，也是我们建德历史上投资规模最大的一个项目，而且这个项目对基础设施的改善，对未来旅游的发展，特别是对乌龙山景区的开发，都会带来深刻的影响。大家都清楚，安吉有个天荒坪，因为上面有座抽水蓄能电站，它的名气就大了，加上环境也美了，近些年来的旅游收入那是相当可观的。我们的乌龙山本来就是建德的一座名山，据说历史上整座乌龙山上有九十九座寺庙，《水浒传》中还有"宋公明大战乌龙岭"等故事。在建德人的心目中，乌龙山简直是一座神山。我相信，随着抽水蓄能电站这个项目的推进，对开发乌龙山的旅游，包括对梅城古城的开发，都将起到很大的作用。

另一方面呢，这个项目的建设，对我们整个基础设施的改善也会带来很大的影响，无论是今后设备的运输、风景名胜区的开发，都要依赖基础设施，所以在蓄能电站的建设过程中，所有的基础设施都将会进一步得到完善。所以，我们说，这不仅仅是一座抽水蓄能电站的事，而是一项综合性的工作。

另外一个呢，我们建德的产业结构先天不足，都是一些高能耗的产业，那么，现在这个抽水蓄能电站投资以后，从绿色能源的角度，从绿色发展的角度和转型发展的角度，都会对我们整个建德的产业结构，产生根本性的变化，

在浙江建德抽水蓄能电站筹备工程开工仪式上，吴铁民作为项目建设总指挥介绍项目情况，与杭州市人大常委会副主任戴建平交流，并与协鑫能科董事长朱钰锋、华东院总经理时雷鸣和建德协鑫抽水蓄能公司总经理刘宝玉合影留念

也有利于我们建德的可持续发展。所以，应该说这个项目，对未来的影响是巨大的、深远的，更是一项革命性的工程。

七

三十年来，市委、市政府一直重视这项工作，只不过受宏观政策的影响，每个时间段所采取的措施和推进力度，都会有所不同。现在机遇来了，重视程度也是前所未有的。正因为有市委、市政府这三十年的关心和重视，加上各部门的密切配合，才有了今天这个项目，包括我前面说到的 2014 年以后，我们重新建立组织，这就是领导关心和重视的结果。尤其是戴建平书记，他曾专门带领市四套班子的领导，多次登上乌龙山，到现场去视察，这是十分难能可贵的。还有我们曾经的很多领导，在道路交通还不十分完善的情况下，屡屡翻山越岭，到上面去看。有很多专家也跟着我们一起去看上水库。后来，

2017 年 8 月 8 日，吴铁民和叶志高现场督查乌龙山上山道路建设

我们投资 2.8 个亿，从乾潭方向专门修了一条 15 公里的上山道路，目的就是更加方便领导和专家们上山了解这个项目，使得这个项目尽快能够上马，所以在这个过程中，有很多人，那确实是值得我们感谢和永远记在心上的。比如前面说到的宁波双林集团，在 2003 年政策还不是特别明朗的情况下，选择跟建德合作，开展前期工作，这是需要一点胆量和气魄的。这里还包括西北勘测院、华东勘测院等。

八

我服务这个项目已经二十年了，实际上真正服务这个项目二十年以上的不止我一个，包括我们华东勘测院的现任董事长张春生，当年他还是副院长，就一直关心和支持这个项目。还有华东勘测院下面的抽水分院的胡万飞院长、赵佩兴院长，他们都一直默默地支持着我们，从选址开始，这一批人就一直参与这一项工作。同样，省能源局的金毅、董忠等几位领导，他们一直以来都服务于这个项目，对我们这个项目关爱有加。也包括我们建德自己以许维元为首的及办公室的一批人，不求名利，不计得失，坚守在指挥部的岗位上。尤其是许维元同志请求辞去发改局局长，专门来负责该项目，一干就是八年。正是因为有了这一大批领导、专家的关心和支持，我们才能一步一步地往前走。今天，这个项目有这样一个比较满意的结果，确实是来之不易。感谢他们。

作者简介：口述者吴铁民，时任建德市政协党组书记、主席，建德抽水蓄能电站指挥部总指挥；整理者沈伟富，中国省作家协会会员，建德新闻传媒中心《今日建德》副刊原编辑。

千锤百炼三十年　修成正果圆梦来

程社生 口述　陆进 整理

　　2001 年 10 月，我从杨村桥镇调到移民局担任副局长。第二年，我就介入乌龙山抽水蓄能电站项目筹备这项工作了。这之前，是市委副书记徐志生、政协副主席穆先堂在领衔争取这个项目。

　　2003 年初，我接替吴水土同志，担任移民局局长。市政府把乌龙山抽水蓄能电站建设项目列入市政府的年度重点项目之一，专门成立领导小组，明确了领衔领导，成立了筹建办公室。当时领衔领导是分管工业的常务副市长。参加的领

口述者近照

导有章舜年、吴铁民、童文扬等。责任单位是移民局，参加的单位有发展计划局、建设局、国土局、林业局。筹建办公室设在移民局。我兼筹建办主任，穆先堂副主任担任顾问，成员有龚襟宏、叶刚优。

　　我参与这项工作，一直到 2006 年下半年我调出了移民局。后来这项工作的责任单位改为发改局了。

　　建德乌龙山抽水蓄能电站项目筹备工作是 1994 年开始的，前后一共是

30 年的历史。当时把这个项目的职能放到移民局，主要是因为我们老局长吴水土的外联公关能力比较强。他北京跑得比较多，北京的水利部等各部委，以及建德同乡联谊会等，想通过他们不同的平台，为这个项目提供外部方面的援助。

因为这个项目当时国家并没有放开，是纯粹的计划内项目。这个电站的功能，就是用晚上多余的电，把水抽到山上的水库里。然后白天高峰的时候把水放下来，带动发电机发电。它需要把电还原成水，然后从水又还原成电，这其中涉及国家的一个政策。这个电厂想要盈利，必须要两手抓，一方面是能争取到国家供应给你的平价电或者是低价电，现在叫低谷电，价格要低，才能把水抽上去。另一方面是电站白天发出来的电，国家要收购，要并网，收购价是多少也涉及到国家的政策。这样电站才有差价、才能盈利。

现在政策已经放宽，正在做这个项目的是一家江苏的民营企业，他更加要关注这个问题，一方面他要投资，另一方面他要申请国家对电力的配备和收购。

所以，当时我们跑这个项目是非常艰辛的，可以说是动用了一切资源。因为它带有很强的计划性。那时候我们去报批的时候，要送到温家宝总理的

2003 年 12 月，程社生（后排右一）参加乌龙山抽水蓄能电站审查会

案头上，才能够批得下来。这个项目最终的审批权和前期工作的审查权，一个是国家水利水电规划设计总院，首先他们对这个项目的可行性要进行全面的评估审核。还有一个部门，原来是国家电网。后来国家电网成立了一个中国可再生能源公司，专门管风电、水电等清洁能源这一块。这个部门也很关键，它如果批准你项目可以列入计划，上报国务院，国务院列入计划以后，这个项目才可以继续做下去。不然的话，这个项目就没法动手实施。当时，还涉及一个单位，就是前期的勘探设计工作。当时华东地区是华东勘测设计院，在浙江杭州。这个单位是属于水利水电规划设计总院下面的公司。

原来九十年代就开始筹建的乌龙山小抽水蓄能项目，是在乌龙山边上下去一点方门那个地方。当时搞了个40万千瓦规模的抽水蓄能电站规划，前期可行性研究和勘测设计是华东勘测设计院搞的。之后这个规划方案也在逐步改变，后来觉得40万千瓦太小了，提出来根据乌龙山自然的地理环境和水资源的条件，完全可以做中国最大的抽水蓄能电站，即240万千瓦的规模。这个240万千瓦的提出，也是我接手以后，我们这一届筹建办在众多科研部门和专家反复论证下所作出的一个新的规划方案。

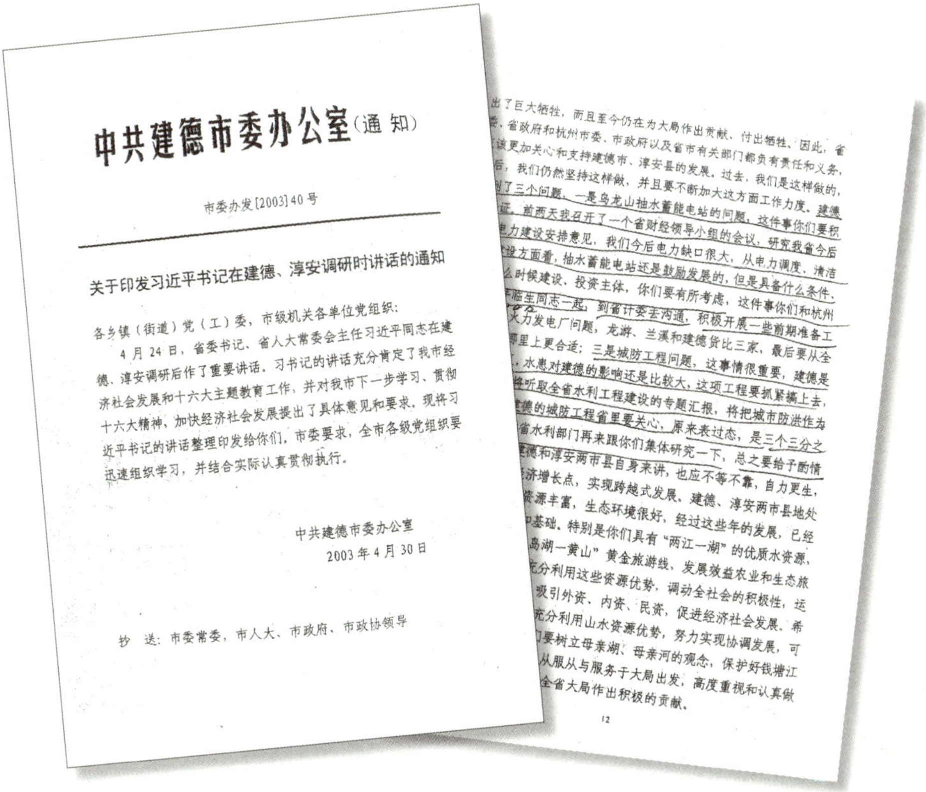

中共建德市委办公室(通 知)

市委办发[2003]40号

关于印发习近平书记在建德、淳安调研时讲话的通知

各乡镇(街道)党(工)委，市级机关各单位党组织：

4月24日，省委书记、省人大常委会主任习近平同志在建德、淳安调研后作了重要讲话。习书记的讲话充分肯定了我市经济社会发展和十六大主题教育工作，并对我市下一步学习、贯彻十六大精神、加快经济社会发展提出了具体意见和要求。现将习近平书记的讲话整理印发给你们，市委要求，全市各级党组织要迅速组织学习，并结合实际认真贯彻执行。

中共建德市委办公室
2003年4月30日

抄　送：市委常委，市人大、市政府、市政协领导

出了巨大牺牲，而且至今仍在为大局作出贡献、付出牺牲。因此，省
委、省政府和杭州市委、市政府以及省市有关部门都负有责任和义务，
该更加关心和支持建德市、淳安县的发展。过去，我们是这样做的，
后，我们仍然坚持这样做，并且要不断加大这方面工作力度。建德
到了三个问题。一是乌龙山抽水蓄能电站的问题，这件事你们要积
证。前两天我召开了一个省财经领导小组的会议，研究我省今后
电力建设安排意见，我们今后电力缺口很大，从电力调度、清洁
设方面看，抽水蓄能电站还是鼓励发展的，但是具备什么条件、
么时候建设、投资主体，你们要有所考虑，这件事你们和杭州
临生同志一起，到省计委去沟通，积极开展一些前期准备工
火力发电厂问题，龙游、兰溪和建德货比三家，最后要从全
哪里上更合适；三是城防工程问题，这事情很重要，建德是
，水患对建德的影响还是比较大，这项工程要抓紧搞上去，
将听取全省水利工程建设的专题汇报，将把城市防洪作为
建德的城防工程省里要关心，原来表过态，是三个三分之
省水利部门再来跟你们集体研究一下，总之要给予酌情
建德和淳安两市县自身来讲，也应不等不靠，自力更生，
济增长点，实现跨越式发展。建德、淳安两市县地处
资源丰富，生态环境很好，经过这些年的发展，已经
基础。特别是你们具有“两江一湖”的优质水资源，
岛湖—黄山”黄金旅游线，发展效益农业和生态旅
充分利用这些资源优势，调动全社会的积极性，运
吸引外资、内资、民资，促进经济社会发展。希
充分利用山水资源优势，努力实现协调发展，可
门要树立母亲湖、母亲河的观念，保护好钱塘江
从服从与服务于大局出发，高度重视和认真做
全省大局作出积极的贡献。

12

所以之后我们就开始跑240万千瓦这个方案。我们到水利水电规划设计总院、可再生能源公司和华东勘测设计院交涉以后，他们也觉得，原先这个方案要重新修改，站址要重新选。后来选到目前这个站址，现在这个站址，有740多米的水头（高低差），这么高落差的水冲击下来，完全能带动240万千瓦的发电功率，称之为高水位抽水蓄能电站。

但当时我们遇到了阻力，首先省发改委就不看好我们这个项目。当时省里有五个县市在申报这个项目，建德是其中一个。省发改委提出“推二备三”，建德这个项目在“备三”里。

2003 年 4 月，时任浙江省委书记的习近平同志，来到建德、淳安调研。就抽水蓄能电站的事，市领导向省委习近平书记、杭州市委王国平书记作了汇报。当时习近平书记有个讲话，建德市委办发过一个《关于印发习近平书记在建德、淳安调研时讲话的通知》（〔2003〕40），习近平书记就乌龙山抽水蓄能电站提出了一些意见，并鼓励其发展。

面临重重阻力和不确定因素。我们只能够走高层，就是希望通过省里来平衡这个事情。当时丽水那边也想上这个项目，所以我们找各级领导，希望他们能够重视我们这个项目，帮我们建德说话。

另外，原来这个 40 万千瓦的设计是华东勘测设计院在搞的，后来，我们去同他们谈，继续让他做 240 万千瓦这个设计方案，他就提出来，作为企业，要向建德市拿 1.8 个亿的设计费和勘测费。当时我们为了跑项目，上面是没有资金给你的，都是要你主动把这个项目的前期工作做好，然后拿着这些资料，再根据他们审核的意见来决定你这个项目可不可以正式上报国家审批。这等于说前期工作的一切投资和争取项目的工作都具有很大的不确定性风险。需要当地政府和领导要有这方面的毅力和思想准备。

面临这个情况，苦于当初建德财政比较拮据，筹措不了这笔巨额资金来做这项前期工作，为此我们是很纠结的。尽管受众多困难的制约，但当时的市委、市政府的领导们还是坚定信心，发扬"四千"精神（千方百计、千山万水、千辛万苦、千言万语），努力坚持和推进项目的争取工作。

当时，徐志生、穆先堂，我们四五个人去找华东勘测设计院的院长，商谈希望他们以优惠的价格来做前期的勘探设计工作，但他咬得很死，说："我们是企业，不可能免费或廉价给你搞规划和初步设计。"另外他也说这个项目有风险，我们去做，也不能保证国家能批得下来，你们要决心上这个项目，要有充分的竞争和"风投"的思想准备。因为当时想上这个项目的地方非常多。本着事情要做，投资风险尽可能减少，后来在水利水电规划总院院长的协调下，找到了西北勘测设计院来承担 240 万千瓦的前期勘探设计工作，总体费用省了一半左右。

西北院介入后，2004 年 4 月，水利水电规划设计总院会同浙江省发改委在杭州大华饭店召开了乌龙山抽水蓄能电站预可行性研究报告审查会议，在会上，终于通过了规划的审核论证。可以说，取得了阶段性的成果。

因为市政府当初实在是拿不出这笔巨额的资金。我们只能寻找能参与项目合作的投资主体，后来找到了宁波宁海的一家民营公司——双林公司，通过协商洽谈该公司邬永林老总愿意来接盘这个项目前期的投资。当时政策没有现在开放，民营企业介入这种能源项目，受到的阻力和风险也是很大的。后来由于种种原因，项目前期工作还是搁置下来了。直至延续到国家对抽水蓄能电站项目管制放开以及协鑫公司介入后才又重新启动这个项目。

记得2004年，我一年去北京29趟。那年的年三十，我早上一早到杭州乘飞机去北京，到可再生新能源公司和水利水电规划总院，在没有下班前，赶到他们单位送材料。结束之后，乘下午的飞机赶回家，过三十夜。

2005年之后我还与市领导一起跑北京中国核电总公司争取过内陆核电站落户建德的工作。完成了站址初探选址工作，初定站址选在原洋尾乡政府的所在地。后来省政府考虑作为项目扶贫的需要，把这个项目放到龙游去了。

2005年4月16日，参加浙江乌龙山抽水蓄能电站地下厂房位置选择专题报告咨询会

2005 年 6 月 11 日，程社生（右二）陪同专家现场勘探

无奈，建德就退出了这个项目。

所以这 30 年中，对乌龙山抽水蓄能电站这个项目我们尽管面临一波多折、历经艰辛的考验，但在各届政府和领导的重视和带领下，发扬"四千精神"，像一场长跑接力赛一样，一棒又一棒、一届又一届地传递下去，现在终成正果。

那天我去参加乌龙山抽水蓄能电站筹备工程开工典礼，感慨万千。回来后，我发了个朋友圈："千锤百炼三十年，修成正果圆梦来——为建德乌龙山抽水蓄能电站筹备工程顺利开工而欢呼！"

作者简介：程社生，时任建德市移民局局长、乌龙山抽水蓄能电站建设筹备领导小组办公室主任；整理者陆进，建德市三国水浒文化研究会秘书长、建德市作家协会会员，现就职于建德市委党史和地方志编纂研究室。

情怀不弃　追梦不息

许维元 口述　胡文静 整理

作为土生土长在建德大地的普通市民，我有幸在退休之前继续发挥余热，全程参与建德抽水蓄能电站项目可研阶段的审查审批，努力完成前辈们二十多年的未竟之业，并共同见证项目核准、筹备工程开工等属于建德市民的特殊时刻，深感荣幸与自豪。历经三十年的艰难曲折与酸甜苦辣，辗转至今苦尽甘来，回首往事，万千思绪历历在目。

岁月峥嵘三十载，栉风沐雨砥砺行

人生一世能有几个三十年？而建德抽水蓄能电站的孕育与成长就经历了三个十年，在跌宕起伏中寄托着建德无数市民的殷切期盼。

头十年：青山绿水初筑梦，望洋兴叹难成航

追溯到 20 世纪 90 年代初，原华东勘测设计院启动对华东三省抽水蓄能电站项目进行资源普查，发现乌龙山有适宜建设 40 万千瓦抽水蓄能电站的站址。市委、市政府敏锐地意识到这是拉动建德发展的一大机遇，立即委托华

2016 年 6 月 21 日，参加与华勘测设计院座谈会，左一为许维元

东勘测设计院编制项目选址报告，就此开始了建德抽蓄梦的寻梦之旅。

根据选址报告，建德抽水蓄能项目利用乌龙山山顶盆地作为上水库，富春江库区作为下水库，有着得天独厚的地理优势，但年发电量仅 40 万千瓦，与当时省政府及省电力公司关于秦山核电二期、三期配套需要相差甚远。所以，虽然完成了项目规划选点勘测设计、可行性研究报告编制等大量前期工作，但在 1998 年原国家计委审查时，因规模太小，项目未获批准，只能以遗憾收尾。

后十年：得天独厚藏佳质，阴差阳错坎坷行

到 2001 年，华东院受华东电管局委托，再次对浙江省抽水蓄能电站资源进行普查时，发现了现在选址的 240 万千瓦抽水蓄能电站站址，这无疑是在刚刚沉静的湖面抛下一块巨石，建德人的抽水蓄能电站梦又开始澎湃起来。

市委、市政府对此高度重视，立即委托华东勘测设计院进行选点勘测设计，确定项目建设规模。为落实项目建设资金，还积极寻求合作伙伴，2003

2022 年 12 月 7 日，参加政策处理协调会

年 8 月 14 日，与宁波双林集团签订合作开发协议，并由双林集团委托西北勘测设计院进行项目预可行性研究和可行性研究勘测设计，并于 2004 年通过了国家水规总院和省发展改革委联合召开的预可行研究审查。但由于种种原因，虽然取得了众多前期勘测设计和研究成果，但项目始终是《浙江省抽水蓄能电站选点规划报告》的"储备站点"，无法取得可行性研究的"路条"，可研阶段的工作也由此陷入停顿状态。

从 2004 年到 2014 年，项目的前期工作事实上像是进入了一个休眠期，但建德人对抽水蓄能电站梦追逐的心没有变冷，前进的步伐也没有完全停止。其间，市政府成立了浙西核电项目和乌龙山抽水蓄能电站项目前期工作领导小组，特别是 2007 年以后，时任建德市副市长的吴铁民挂帅领导小组，一方面，继续与双林集团协商，寻求妥善处理项目开发协议遗留问题的各种办法；另一方面，积极寻求国家电网、华东勘测设计院等单位的理解支持，确保项目始终保留在国家能源局发布的选点规划中，为有朝一日重新点燃抽水蓄能电站梦留下了传承的"火种"。

近十年：勠力同心克难关，铿锵坚守抽蓄梦

2013 年以来，国家陆续出台了关于促进抽水蓄能电站健康有序发展的有关问题的意见和鼓励社会资本投资抽水蓄能电站建设等相关政策，重新使建德乌龙山抽水蓄能电站项目建设提上议程。2015 年，市政府再次成立乌龙山抽水蓄能电站项目推进工作领导小组，并成立了项目指挥部，由时任建德市政协主席的吴铁民任总指挥。我也就是在这个时候根据组织上的安排，从发展改革局抽调到指挥部任办公室主任，全程参与了项目可研阶段的工作。

得益于市委、市政府的高度重视和有关部门的大力支持帮助，从 2016 年至 2022 年，整整 6 年，项目专班在指挥部的统筹协调下，咬定青山不放松，千方百计破解项目落地的各种制约因素：2016 年 1 月，建德市与协鑫集团签订乌龙山抽水蓄能电站开发协议；7 月，建德协鑫与华东院签订建德抽蓄电站可行性研究阶段勘察设计合同；10 月 27 日，总投资近 3 亿元的乌龙山上山道路（一期工程）举行开工仪式；2018 年 1 月 25 日，省水利厅下发关于建

与指挥部人员研究项目进展，右二为许维元

德市乌龙山抽水蓄能电站利用富春江水库部分库容意见，原则同意电站利用富春江水库作为下水库作用的方案；2月14日，国家环保部、国家发改委下发文件，明确认定乌龙山抽水蓄能电站项目符合生态红线划定要求，项目用地未划入浙江省生态红线范围之内；3月23日，国家森林和草原局下发准予浙江富春江国家森林公园改变经营范围的行政许可决定，同意对项目涉及的森林公园进行调整；9月28日，国家

2016 年 7 月 15 日，探硐现场踏勘

能源局下发《关于浙江抽水蓄能电站选点规划调整有关事项的复函》，同意建德站点作为"推荐"站点；2022年4月，项目正常蓄水位选择、施工总布置规划、枢纽总布置等三大专题报告审查通过，完成省发委项目赋码；7月，项目用地预审与选址意见获批，省政府下达浙江建德抽水蓄能电站工程占地和淹没区实物指标调查有关问题的批复（封库令）。

苦心人，天不负。经过上百个回合艰苦卓绝的协商、沟通、谈判和据理力争，建德用三十年的不懈努力终于迎来了项目的核准（2022年9月6日）与筹备工程开工（2022年9月15日）。

建德不负绿水青山，绿水青山定不负建德

重新整理、翻阅一摞摞沉甸甸的批文资料，重拾这么多年一路走来惊心动魄的"故事"，总觉得建德抽水蓄能电站这个特殊的项目那么真实又虚幻、那么简单又艰难、近在咫尺又远在天边，常常是"山重水复疑无路，柳暗花

明又一村"。

我深深地感到,项目的最终落地,是建德百姓对于水电怀有独特的情怀感动了"上帝"。从小时候就知道,因为有了新安江水电站的建设,才有了原建德和寿昌两县的合并,才造就了风景秀丽、水清雾奇的新安江。新安江水电站对于建德人而言,不仅仅是作为"中国第一座自己设计、自制设备和自行施工的大型水力发电站"的传奇,更是建德人的骄傲。在建德人心中,这座城市是因水电而新生,也必能借抽水蓄能电站而加快发展。

在参观考察了十余个抽水蓄能电站选址现场后,我也发自内心地骄傲,建德抽水蓄能电站站址确实具有独特的优势。不仅地理位置优越,交通便利,地形地质条件好,天然成库条件好,自然落差大,库区无生活移民,是"华东电网建设条件不可多得的优良站点之一",更是践行"绿水青山就是金山银山"的好项目。这个项目总投资 125.2 亿元,是建德市历史上单体投资最大的项目;总装机容量 240 万千瓦,设计年发电量预计 24 亿千瓦时,装机规模是目前华东地区最大。这样的一个好项目、大项目,既然遇上了,岂可轻易放弃。

整整七年,尽管风雨兼程,有太多难料的事情发生,但上至市委书记、市长、总指挥、副总指挥,下至项目专班的同事,还有许许多多热心的普通百姓,大家共同怀揣着永不言弃的"抽蓄梦",痴心不改,矢志不移。这真是印证了那句俗话:坚持不一定成功,但放弃一定会失败!

作者简介:口述者许维元,曾任建德市发改局局长,时任建德抽水蓄能电站指挥部办公室主任;整理者胡文静,建德市作家协会会员、建德市政协委员工作委副主任。

项目前期亲历的一些事

熊兴

乌龙山抽水蓄能电站项目前期是我四十年工作中接触时间最长的一件事情。2007年底电站筹建职能从市移民局转到发改局，我在发改局联系这块工作至2012年；2016年抽调到项目建设指挥部办公室工作直至2021年。前后两个五年，亲身经历了项目前期的一些事情，留下了许多深刻的印象，与项目结下深厚的情愫，

2016年12月27日，考察仙居抽水蓄能电站，左为本文作者

也深切体会到了项目的艰辛。

初识项目

初闻乌龙山要建抽水蓄能电站时我还是在计划委员会工作，领导说机房

隔壁的办公室要腾出来，乌龙山抽水蓄能电站筹备办要在这里办公。筹建办里对放着二张办公桌，铺着几张工程图，有一名工作人员常驻。筹建办为争取电站项目的立项而设，筹建办人员多次跑北京相关部门，时而听说项目争取有了眉目，时而又听说存在不确定因素，印象中出现过几次反复，由此感觉到了争取项目的艰辛。

1995年11月的一个星期日，单位组织活动去乌龙山抽蓄电站上水库站址参观，从梅城乘船沿富春江下行，靠岸的地方再过两公里就是乾潭胥溪口了。上山有一条比较平缓的小路，不到半山腰一个叫林山顶地方就是目的地，筹建办的同志对项目作了简单的介绍，这里山坳肚子大口子窄，非常适合筑坝建上水库。

后来了解到，1990年由华东勘测设计研究院完成的《浙江省抽水蓄能电站普查报告》提出，乌龙山（林山顶）抽水蓄能电站是较优站址之一，建议开展规划选点勘测工作。1991年，浙江省电力局与建德市合作，委托华东院进行可行性研究。1993年编制完成乌龙山林山顶40万千瓦抽水蓄能电站可行性研究报告。1996年由省计经委和国家电力工业部分别正式上报国家计委项目审批立项，后来因秦山核电站二期工程上马，需要更大容量的抽水蓄能电站配套，被迫让位于天台桐柏120万千瓦抽蓄电站项目。40万千瓦抽蓄项目是在乌龙山第一次选址，目前240万千瓦项目是第二次选址。2001年华东勘测设计研究院在华东选点规划工作中，对我市乌龙山山脉区域再次查勘，提出可以规划选址建设240万千瓦的抽水蓄能电站。

长期受限

乌龙山抽水蓄能电站项目选址涉及到国家森林公园、"两江一湖"风景名胜区、生态保护红线和富春江水库利用等四大制约因素。其中项目选址必须满足"两江一湖"风景名胜区（即富春江、新安江和千岛湖风景名胜区）的落地条件，是制约时间最长，也是花精力最大、最难解决的制约因素，前后反反复复受制约十多年时间，甚至到了举步维艰的地步。

问题的由来，在 2004 年项目预可研审查意见中有一条"工程建设涉及'两江一湖'国家级风景名胜区，应尽早与有关部门沟通，取得主管部门对工程建设的支持，并根据有关规定办理相关手续"。为此，2004 年 12 月建德市风景名胜区管理局向上报送了"风景名胜区建设项目选址初审意见书"。2005 年 1 月，省建设厅派出三位专家对项目选址进行了现场踏勘，并出具了浙江省建设厅审查通过选址初审意见书，同时要求在"两江一湖风景名胜区和新安江一泷江"分区规划中体现，项目选址还需报建设部审批。

因为有了上述的要求，项目在后来的推进中，景区制约就成了躲不开、绕不过的刚性制约。为取得省里在新一轮抽蓄电站规划中的支持，2009 年 12 月 11 日，时任副市长吴铁民带队赴省发改委能源局走访，省发改委指出乌龙山项目存在与"两江一湖"风景名胜区总规的对接问题，要取得景区管理部门支持选址的书面文件，作为列入规划的依据。为此，我们与旅游局专程赴杭州市"两江办"沟通，取得了同意选址的书面意见，列入这一轮规划的问题算是解决了。

更大的制约在 2016 年项目进入可研阶段以后。省住建厅是风景名胜区管理部门，认为电站项目选址没有在"两江一湖"总规中体现，下库进出水口在风景名胜区保护区红线范围，虽然在分区规划中有表述，但分区规划未经审批不能作为项目依据。景区制约问题不解决，项目在新一轮规划中的地位会受到影响，可研的三大专题也无法审查，项目将难以推进。按照当时的情况，通过编制项目选址所在区域的详细规划，使项目进入规划是最快的解决办法。

于是，2016 年 4 月开始编制《严东关景区详细规划》，在详规专家咨询会上，要求再编制一个下库工程区选址论证报告，专题说明项目对景区的影响，支撑项目列入详规，而且要与详规一起会审、一起上报。选址论证报告委托省城乡规划院编制，电站设计方、项目业主、项目建设指挥部办公室配合编制，编制的难点在于既要符合风景名胜区的控制要求，又要符合电站建设的技术要求，还要顾及项目业主营地用房需求。因此围绕下库进出水口多方案比选、业主前方营地体量及建筑风格、绿道段的桥梁式样、高压线和铁塔走向、江

2021 年 3 月 24 日，省林业局领导视察上水库建设

面视线效果、弃渣问题以及施工监管等方面，我和电站设总王东锋、协鑫建德公司工程部经理李昊，与选址论证报告编制人员进行了多次沟通。初稿在省住建厅、住建部审查反馈意见的基础上，专门召开了专家咨询会和修改意见碰头会，又多次沟通对接，反复修改完善。2018 年 1 月选址论证报告与严东关详规一起上报住建部审批，因国家机构改革，风景名胜区规划审批职能调整到国家林草局，在向省林业局、国家林草局汇报后，选址论证报告再次进行了修改。

选址论证报告从 2017 年 3 月通过公开招标编制，到 2019 年 8 月最后一次讨论修改，用了二年半时间。虽然这个报告最后没派上用场，但在我看来，编制过程带来最大的收获，就是对下库进出水口的选址进行了调整。2017 年 10 月正式确定将下库进出水口换到了方门，改变了起初延用预可研的"岩砍"方案。原选址方案需沿江劈山形成一个高 60 米、宽 100 米、深 80 米的凹型切口，山体开挖量大，剖面复绿难度大，对景观和生态将带来不小的影响。

风景名胜区管理职能调整到国家林草局后，解决景区制约问题依然艰难曲折。2020年3月国家林草局自然资源部联合部署启动了自然保护地整优化工作，我市组织专班编制建德区域自然保护地整合优化调整方案，将电站项目整体从自然保护地范围内划出。调整方案经省林业局同意后上报国家林草局批复。但由于种种原因，2020年8月自然资源部和国家林草局又对风景名胜区整合优化采取"一刀切"办法，即实行了"风景名胜区体系整体保留，范围不做调整"的新政策，解决景区制约的途径又被堵死。景区制约最终解决是在2021年我退休后的事了。

艰难商谈

问题的由来，在华东院提出乌龙山可以选址建设240万千瓦的抽水蓄能电站后，为解决电站前期工作资金问题，市政府通过开发权招引社会资本参与。2003年7月，与双林集团签订共同开发乌龙山抽蓄电站前期工作的合作协议。双林集团在建德注册成立了乌龙山资源开发有限公司，为完成项目规划选点、预可行性研究等项目前期工作作出了贡献，双林集团成为前期阶段成果的投资方和拥有者，并享有开发权。2004年国家发改委出台了2004（71）号文件，提出"抽水蓄能电站原则上由电网经营企业建设和管理"。双林集团当时是一家以汽配为主业的民营企业，其投资电站行为自然受到制约，后续工作无法推进。通过多次沟通，双林集团表示愿意协商退出合作。与双林集团协商退出问题成为艰难费神的一件事。

协商终止合作商谈的核心是合理的补偿。双林集团在乌龙山抽蓄项目前期支出包括预可研设计费、会务及其他隐性开支，实际投入约3600万元。对于退出合作的补偿要求，双林集团过于考虑投入回报，不同时间提出不同的预期要求。2005年华能集团介入乌龙山项目时，针对退出补偿问题与之进行过专题洽谈，双林集团要价5500万元，高出华能集团预期，洽谈未果。2009年双林集团认为补偿中还应增加一定的预期收益，并传真发来补偿测算报告，提出包括直接支出、资金成本、机会成本和成果买断收益四项合计1.4

亿元。

考虑到双林集团对项目初期的贡献，本着尊重历史、面对现实的协商愿望，市领导与双林集团高层不断接触，反复商谈。2009年10月下旬，市领导吴铁民带着发改局局长祝昌国和我先赴西北院走访，与正副院长商议解决办法，争取院方的支持。接着赴双林集团与总裁邬建斌、副总裁邬维静商谈终结合作开发协议解决办法，双林集团方面强调投资预期收益补偿，并提出按其汽配主业的收益来估算，否则宁可搁置。11月上旬，双林集团总裁携高管一行来建德再次洽谈善后协商处理事宜，仍坚持补偿要加上预期收益，最终没有生成双方都能接受的补偿方案。

只有双林集团退出，收回开发权，由符合政策的新业主接手，重启项目才有希望。协商无果就准备通过法律途径解决。当年市政府与双林的合作协议中有关于终止协议的约定，即"在浙江省内若已有同类电站项目获批，而本电站仍未获批时，任何一方均有权书面通知对方而解除、终止合同，且各方不应被追究违约赔偿责任"。

2010年3月，市领导吴铁民主持召开协调会，市法院、市府办、市法制办和市发改局参加，并邀请律师听证，商榷通过法律途径解决办法。与会者认为，当年所签的协议考虑是充分的，有终止协议约定的法律支撑，又有国家政策变化的依据，从法律层面上解除协议是站得住脚的，合理补偿应为直接损失，预期收益得不到完全支持，1.4亿补偿款是不切实际的。可以先书面通知对方解除协议，若没有起到效果，再通过法院裁定来终止协议。带着这次会议形成的意见，市发改局和市府办法制科赴宁波与双林集团进行了洽谈，我方推出了以2005年基数的补偿方案，并表明以合同为依据解除协议的条件已具备，通过法律途径解决也可以作为一种选择。对方仍认为难以接受。之后，2011年底双林集团副总裁一行再次来建德商谈退出合作的补偿问题，仍存在较大分歧，未达成一致。退出补偿问题直到2016年协鑫介入后才得以最终解决。

锲而不舍

在发改局联系电站项目的五年，虽然因国家对电站投资业主政策限制等因素，项目推进遇到诸多困难，但从跟随市领导参加的一些走访和接待活动中，深切体会到市委、市政府对项目推进不言放弃，一直保持与有关方面的沟通联系，随时掌握有关动态，千方百计寻找各种机会，只要有一丝希望就抓住不放，不懈努力，力争重启项目。

2007年12月24日，市领导陈春雷、吴铁民接待西门子中国有限公司副总裁徐建国、国家发改委中小企业对外协调中心副主任陈良一行4人，来乌

2016 年 11 月 16 日，考察重庆蟠龙抽水蓄能电站施工现场

龙山抽水蓄能电站站址考察，商谈合作开发事宜。2009 年 8 月 30 日市领导洪庆华、吴铁民接待来建德的西北院副院长和三位处长，座谈交流国网新源公司介入对重启项目的意义，以及国家发改委近期对抽蓄电站布局规划调整信息。9 月 25 日，随市领导吴铁民、市发改局局长祝昌国走访华东院，领略国家发改委开展抽蓄电站新一轮规划编制，介绍了我市已着手原投资主体的开发权回收工作，希望在新一轮规划中对建德站址予以更多的关注。同时沟通了由华东院来接手项目设计的后续工作等问题。12 月 10 日，市领导吴铁民和市发改局接待新源公司在浙江的代表天荒坪抽水蓄能电站有限公司总经理孙华平一行，了解掌握到国家电网发展抽水蓄能电站的最新信息。

2010 年 2 月 9 日，市领导吴铁民率发改局领导去华东院，寻求之前与西北院关系的解套途径，争取为推进项目取得更多支持。5 月 26 日，随市领导吴铁民、市发改局长祝昌国再次走访西北院，与院方领导交流项目的后续设计转交华东院事宜，寻求在解除与双林集团合作上的配合支持。12 月 30 日，随市领导吴铁民、市发改局长祝昌国，由新安江电厂厂长钱建明引荐，走访国家电网新源控股有限公司，与公司总经理林铭山、常务副总张振有、总工程师冯伊平进行洽谈，争取新源公司实质性介入乌龙山项目的开发。2011 年 5 月 31 日随市领导徐志生、市发改局局长祝昌国去华东院，商请帮助解决"预可研"与后续可研衔接方面问题。

探硐管理

所谓探硐，是西北院在预可研中为勘探地下厂房岩体而开挖的山洞，位于方门下游约 200 米的绿道边，硐径 2 米，斜坡下行 100 多米后平行，尾部分叉涵盖安放发电机组的地下厂房，总长 1280 米。硐内设有照明线路和通风管道。2008 年对硐口进行修筑并安装铁门，将配电箱从路边简易棚移至硐内，并对照明线路进行改造。探硐为项目可行性研究带来很大的方便，2017 年华东院利用探硐进行纵横多点补充勘探，全面探明了地下厂房区域岩体。在专题完成后封闭了探硐洞口。

探硐内常年渗水，不到半个月底部就结满水，据说预可研审查时为专家现场踏勘，动用多台水泵连续抽了几天才抽干。为保护探硐"可研"阶段的利用，保障以后现场考察的顺利，必须使硐底水位始终保持在 30 厘米以下。探硐的日常管理由项目筹建办聘用人员李林同志负责，用一台潜水泵隔天抽除硐内渗水，并定期进硐对岩体塌方进行监测，排除安全隐患。由于渗水碱性重，对金属有很强的腐蚀性，潜水泵电机两三个月就被烧坏一次，维修时间需要一周，为此备了两台水泵轮换使用。我的印象中，这个探硐维持常年不断抽水不下十年时间。

边干边学

在乌龙山抽水蓄能电站项目建设指挥部办公室工作的五年，主要任务是为项目可研、项目进入规划、项目核准做好服务。许多工作以前没有涉及过，许多方面也不具备相应的知识，只能边学边干、边干边学，工作的过程是学习的过程。

可研涉及二十多个专题，需要用到当地许多基础资料，可研编制单位开具资料需求清单，由指导部办公室帮助收集。资料清单包括规划、水文、环保、林地、交通、气象、文物、移民、供电和供水等十多个方面，涉及十六个部门和工程所在地两个镇。经过一个多月共收集了 3.2G 的文字和图片电子版资料，所有资料都要预审核一遍，有的还要陪同专题组的专家到相关单位深入了解补充，部分本市没有的相关数据还需要外调（如水文资料方面就陪同专家赴富春江水电站、兰溪水文站）。收集资料的过程，也是加深了解电站建设方方面面的过程。

学得更多的是图纸制作。所谓图纸制作，是将可研设计出的电站工程枢纽、施工总布置、上山道路，套到航拍实景图上，以达到更加直观的视觉效果。这本来可以交给专业人员来制作，但考虑到如果自己会了，以后改动或者增添新的内容就方便多了，就自己学着试试，边学边干。于是便开始学习CAD

制作软件，从"零"开始，通过网上教程学习，对一些实用方法用本子记下来，一点一点积累，实在搞不懂的就去请教华东院在当地勘探的专业人员。初步学会软件功能就开始实践，通过不断摸索，逐渐掌握制图方法。学会制图，还真觉得能派上用场。如下库进出水口选址变动后，马上能出新的图纸；为更清楚地说明电站与生态红线、风景名胜区、国家森林公园三者关系，也能用图纸很好地表示出来，给工作带来很大便利。图纸制作是细活，对于"奔六"的人来说更是费时费眼，但看到项目介绍、领导现场考察、向上沟通汇报中所用图纸都是出于自己的手，颇有成就感。

作者简介：熊兴，先后两个阶段参与浙江建德抽水蓄能电站筹建工作，曾任市发改局党委委员、副局长，科技局享受正局级待遇干部，项目建设指挥部办公室副主任。

车到山前必有路

——我与乌龙山抽水蓄能电站的那些事

叶建新 口述　刘小飞 整理

2016年4月11日，这个日子我记得很清楚。这一天我以乌龙山抽水蓄能电站项目建设指挥部成员的身份正式加入乌龙山抽水蓄能电站项目的大家庭中，可说是"备感荣幸和自豪，深感责任和压力"，荣幸自豪是渺小，而责任压力是重大。

在这之前，时任市政协主席吴铁民曾多次跟我说起抽调去乌龙山抽水蓄能电站指挥部的事情。说实话，当时我挺犹豫，因为这毕竟是一个对建德市来说非常重大的项目，怕自己的业务能力跟不上。但另一方面想，如果能有幸参与到这个项目的建设，对市委、市政府，对建德百姓能够献出一己之力，那也不枉组织的培养和领导的信任。最终，我忐忑的心被那种使命感和自豪感安抚了，怀着一腔的热情走进指挥部办公室，一待就是四年多，直到我2020年10月退休。

当时指挥部办公室抽调来四名同志。由于我长期在林业部门工作，所以项目中的道路建设、用地审批、林木采伐等这些由我联系分管。乌龙山抽水蓄能电站项目不同于我们林业上的项目，涉及方方面面，很多都超出了我的专业领域。于是，刚到指挥部的那段时间，我就一边"充电"，一边跟进项目。

查阅资料，搜集与项目有关的法规政策、技术标准、办事流程等，心里时刻提醒自己：千万不能因为自己的疏忽而给项目捅出什么娄子。

到指挥部接到的第一个任务便是"造路"。乌龙山抽水蓄能电站将建在乌龙山最高峰北坡的山顶谷里，要在上面施工那必定先把上山的路造好。这条路以什么性质申报很重要。如果是以公路的性质申报，不仅会多出很多程序，还要浪费建设用地指标。经了解，那时，省交通运输厅和省国土资源厅正好出台了一个连村公路的政策。像我们现在这种情况刚好也符合条件，这大好的政策就这么被我们用上了。因为自己不是工程出身，对于公路修建所涉及的政策规定、工程参数、技术标准等等都要重新学起，好在现在网络也发达，学习途径很多，慢慢地，相关知识也陆续装进了脑袋，心里渐渐有了底。刚开始，针对线路走向问题，根据市领导研究的初步意见我们与市交通局、旅投公司等部门和周边三个镇一起做了五个备选方案，在时任市政协主席、乌龙山抽水蓄能电站项目建设指挥部总指挥吴铁民亲自带领下，我们指挥部、相关部门及三镇相关人员去实地查看，初步确定了一期工程线位。为了这条路，市委、市政府领导也多次研究讨论，最终将初步预算 2.5 亿元的一期工程确定了下来。2016 年 5 月 17 日，时任市委书记戴建平亲自主持召开了乌龙山抽水蓄能电站项目专题汇报会，会上戴书记强调："上山道路要为大旅游服务，设计方案要听取各方面的意见。2.5 亿元不是最大的问题，关键是要发挥出最大的效益。眼光要远一些，气魄要大一些。"戴书记的这一番话，给了我们更多的底气，同时也感受到肩上的责任更重了。

根据最初设计，这条上山道路将按照三级公路的标准建设，路基宽 7.5 米，路面宽 6.5 米，并委托中国电建集团华东勘测设计研究院有限公司设计规划。为了这个项目，我们还首次引进了 EPC（Engineering Procurement Construction）的工程总承包模式。经过前期紧锣密鼓的准备，2016 年 8 月 30 日召开了乌龙上山道路（一期工程）EPC 项目工程招标会，由中国电建集团华东勘测设计研究院有限公司中标。是年 10 月 27 日，市政府举行了上山道路开工仪式。

方案定好，预算做好，招标完成，项目正式开工了。然而新的问题又出现了。

当时上山道路主要涉及乾潭、杨村桥两个镇沿线五六个村。村民们提出要求，补偿款要与高铁征用比、发放要及时。对于这块工作，我还算驾轻就熟。首先与镇分管领导联村干部一起召集村干部和队组长开会统一思想认识，晓之以理动之以情，让村干部帮忙一起做村民的思想工作，要让他们知道，这条路将造福当地的子孙后代，是我们建德人自己的事业。后来，在大家的共同努力下，村民们最终同意按照市里政策规定的正常标准补偿。同时在财政局、旅投公司等部门协调下，也保证了补偿款的发放时间和方法。记得那时还占用到了一块荒废多年的茶园，茶园分到户经营因多种原因绝大部分荒芜，上山道路用地具体涉及哪几户、分别占用多少，村里和队组一时无从下手，给施工带来影响。得知情况后我带着林业局的同事跑到村里，把村干部请出来，让茶农把分户经营的册子带上，一起到山上实地测量。结果上山一看，整块茶园早已被密密麻麻的一人多高的杂木、竹子、野草占据着，哪还能看得到茶树。怎么量呢？正当大家犯愁时，一位还在经营茶叶老农主动站出来，说自家的地自己知道，说完就拿着柴刀开始砍割，其他茶农也纷纷效仿，没多久，这块茶园就量好了。在征收过程中，还出现了个新问题。当时有些农户的地只占用了一部分，还有一部分没征用到，那他们又提出要求了，得把剩下的那部分也征用去，否则剩一点也没法用啊，要求这部分地同样给予补偿。于是，我又多方请教，大家做法不一。后来，还是从交通局那边打听到，说当时针对航头至李家的公路拓宽项目，政府专门出了一个补偿标准的会议纪要。赶紧找来这份纪要转了相关乡镇，做通了农户工作，又算是搞定了一件事。

历时四年的道路建设，总体还算顺利，但中途也问题不断。比如确保施工安全、减小环境影响的问题，还有迎接环保督察、解决村民投诉等等。在上山道建设过程中，除了正常应对外，还做了一些有益的工作，一是将上山道路施工的森林防火工作，协调镇森林消防队与施工方签订有偿服务合作协议；二是请国有苗圃为施工方的边坡复绿给予苗木支助；三是邀林场党员技术骨干参加边坡植树并实地进行技术指导。

在做好上山道路工作的同时，对抽水蓄能电站相关工作也尽力主动协助去做，特别是在这个项目审批上，由于抽水蓄能电站的选址正好是处国家级风景名胜区、国家级森林公园和生态环保区范围之内。当时恰逢建德林场 20年规划要到期，想着趁此机会一边修编，一边想办法把项目给批下来。为此，时任建德市市长朱欢、市政协主席吴铁民等领导还亲自带着相关人员跑北京审批，却被告知要"单报单批"。后来，市领导又多次去找省林业局的相关领导和处室负责人。首先要把项目选址在森林公园影响评估报告做好请专家评审通过，市林业局着手编制了《建德乌龙山抽水蓄能电站项目选址对富春江国家森林公园影响评估报告》报请省林业局。当时省局请来的评审专家组组长邱尧荣，正好是我 20年前在梅城区林业工作站时认识的，他现任国家林业规划院华东勘测设计院的总工程师。他在这个项目上也给了很大的帮助和支持。为后期森林公园经营面积调整审批铺平了道路，最终通过森林公园改变经营范围将整个抽水蓄能电站所在的位置划出了森林公园的范围，为项目的落地迈开了关键的一步。

为这个项目，我们的交通、发改、林业等部门以及旅投公司也都心往一处想，劲往一处使，相互配合协调得非常好，遇到新的问题一起商量解决。还有乾潭、杨村桥和梅城三个镇的领导也很有大局意识，帮着我们一起做群众工作，跟踪问题解决等。在指挥部工作的四年里，我看到了许维元主任、熊兴副局长他们一直在为这个项目奔波，忙前忙后，亲力亲为。在这样的工作氛围下，我也不敢有丝毫的懈怠。除了做好手头上的事外，只要用得上我们林业局的地方，我们林业线上的同事也不遗余力，要人出人，要物出物。

2020年 10月 16日，乌龙山上山道路（一期工程）通过了正式验收。当看到宽阔平整的沿山公路，沿途郁郁葱葱的绿植，上库坝址旁偌大的直升机停机坪，我和所有见证此景象的人一样点头称赞，心中充满无限期待。

建德乌龙山抽水蓄能电站项目从 1992年水利部华东勘测设计研究院发现乌龙山有适宜建设抽水蓄能电站的站址，到 2022年 9月 15日筹备工程开工，历时 30年。然而，所有的等待都值得。2023年 3月 9日至 10日，省委常委、杭州市委书记刘捷在建德调研时强调，建德要打响"幸福宜居之城、文旅共富样本"品牌。而乌龙山抽水蓄能电站的建成将为这一宏伟蓝图插上翅膀，为文旅共富奠定坚实的基础，千年的严州文化将伴随着抽水蓄能电站的落成，与蜿蜒的乌龙山一起腾飞。

　　作者简介：口述者叶建新，曾任建德市林业局副局长，时任建德抽水蓄能电站指挥部办公室副主任；整理者刘小飞，浙江邮政作家协会会员、建德市作家协会会员，现就职于中国邮政集团有限公司建德市分公司。

有幸参与项目有我

施树康 口述　宋艳 整理

我是 2021 年 8 月 1 日从建德市政协提案委主任岗位抽调到浙江建德抽水蓄能电站指挥部的，兼任指挥部办公室副主任。

2022 年 11 月 10 日，施树康（左一）参加建德市水利局进行水工程、水资源、防洪评价三个专题审查会

2023 年 4 月 26 日，华东院、协鑫公司、浙江建德抽水蓄能电站指挥部踏勘乌龙山施工用水水源情况

2022 年 6 月 17 日，进行方门实物指标预调查工作

　　被抽调之前，我对这个抽水蓄能电站的历史沿革了解并不深，我之所以有机会被抽调过来，应该是我在梅城担任过梅城镇党委副书记、镇长、人大主席，因抽水蓄能电站选址乌龙山，需要熟悉梅城区域便于开展工作的缘故吧。

　　浙江建德抽水蓄能电站，大家喜欢称呼为乌龙山抽蓄电站，作为在乌龙山脚工作生活了十多年的我，听着也倍感亲切。来到了指挥部，我才知道这个项目有多大，大得完全超出了我的想象，项目投资 140 多亿元，建设时期需要六年半，建成后将成为华东装机容量最大抽水蓄能电站，它被列为国家

2022年9月15日，国家发改委核准后筹备工程开工典礼指挥部部分成员合影

2022年10月18日，施树康（左五）陪同领导视察探洞（硐）

新能源"十四五"规划的重点项目，也是建德市有史以来最大的投资项目，想着能有机会参与此项工作，也是极大的幸运。

目前指挥部办公室常驻六个人，同事们之前也没有接触过相关工作，都是从头开始，但好在大家的工作经验都比较丰富，资历深，人脉广，所以指挥部的工作也比之前想象的相对顺畅。指挥部的主要工作是帮助协鑫公司克难攻坚、请示部署、沟通协调、完成各项审批事项，通过我们的服务实现项目开工，最终实现投产发电。

我分管的工作内容主要是移民安置、水力电力等相关工作，需要与很多部门衔接，上级主要省政府、省发改委、省移民办、省司法厅及华东院、水规总院等，本建德主要有市政法委、民政局、司法局、林业局、水利局、供电公司及梅城镇、乾潭镇等等，我每天就是在这样的工作内容和工作环境中，很忙碌，但很充实。

指挥部的工作很多时候都需要各成员单位配合，联系的过程几乎都比较顺畅，其中建德林场就对我们的工作提供了很大的支持。林场的傅国林场长、张晔华副场长，每次有人进林场去现场、查看探硐工程，他们只要一听说是乌龙山抽蓄电站项目的人，都给予提供各种方便，他们说这个建德的大项目必须要无条件支持的。项目用地建德林场范围内坟墓多，基本是富春江水库移民们的祖坟，后代遍布江西、湖州等地，迁坟工作是块硬骨头，而林场却主动承担了前期的摸排工作。根据中国的传统，迁坟并不是随时可以进行的，而清明节则是个好契机。时间紧，任务重，林场工作人员根据那点仅有的资料，画出了坟墓分布图，没日没夜地查找联系人，及时为迁坟工作提供了第一手资料。随即，梅城镇接手发布迁坟公告，他们动之以情，晓之以理，逐个联系，挨家挨户地做亲属思想工作，终于赶在 2022 年清明节前，将 257 座坟全部迁至梅城镇龙泉村公墓。

当初选址乌龙山，其中看中的主要原因是整个库区无移民，可以利用下水库富春江库区，可在我们处理时，涉及安置的也有四家单位和两个村，特别是之前签了 50 年果园、鱼塘经营权的两个公司，在自身利益需要为电站工程让位时，推进也是一波三折。作为安置工作的协调人，我们积极会同负责征收的梅城镇深入研究政策，与律师探讨，向部门取经，一趟趟地前往做工作，在大工程面前，我们靠的是建设征地移民安置政策，更需要当事人的大格局。

为了加快电站的建设，我们筹备组每件事都力争不在自己手头上耽搁，需要层层审批的内容，也是充分利用各种资源，能快则快。申请封库令的时候，我们一方面向省政府进行申报，另一方面把预先实物指标调查工作也同步安排进行。2022 年 7 月 29 日，得知封库令已审批完成，为尽快拿到封库令，我们兴冲冲地赶往杭州，到门口却得知，因为疫情防控等原因，进省政府需要烦琐的手续，按正常流程一下子根本办不了，大家在门口焦急万分，最后通过市政府办公室联系，省政府办公厅有一位建德老乡处长郑浩，热心的老乡帮忙办妥了一切，很快封库令被送到在门口翘首以盼的我们的手中，为我们提前一天拿到了封库令，随后，我们又马不停蹄地赶回，当晚就张贴了封库令，没有耽误公示的时间，保证了按时进行实物调查，使移民安置程序向前推进。

2022 年 9 月 15 日，乌龙山抽蓄能电站筹备工程开工仪式在梅城镇隆重举行，当杭州市政协主席马卫光宣布开工的时候，现场有几位老人家激动的神情显得格外瞩目，他们分别是政协原副主席穆先堂、移民局原局长程社生、林业局原副局长叶建清、科技局原副局长熊兴、办公室原副主任叶刚优、老记者盛国民这些原指挥部的老同志，那日一早，我们便把他们专程请了过来。乌龙山抽蓄电站项目，从 1993 年完成选址到 2022 年项目取得省发改委的核准批复，这个过程，已整整三十年，作为原指挥部的老同志，他们为了这个项目不知道操了多少心，盼这个项目，他们盼了太久太久，而这样的好日子，哪能少了他们亲临见证。

开工仪式上，市委书记富永伟在致词中说："建德不负绿水青山，青山绿水定不负建德，抽水蓄能电站项目的开工，为打造浙西储能中心添上了浓墨重彩的一笔，是建德立足生态优势推动'两山'转化的又一次生动实践，我们将以最强的决心、最大的努力、最优的服务确保项目顺利、高效、有序推进。"富书记的话，我们这些项目人，也深深地印进了脑海里，作为指挥部的一员，我们深知完成每项任务不易，但每项工作都意义深远，要确保顺利成功，唯有努力。我想，多年以后我若忆起现在的点滴，定能成就感满满，因为，如此大工程，过程有我，成功有我。

期待 2029 年，项目圆满完成。

作者简介：口述者施树康，曾任梅城镇镇长、建德市政协提案委主任，时任建德抽水蓄能电站指挥部办公室副主任；整理者宋艳，杭州市作家协会会员，现供职于浙江励德有机硅材料有限公司。

乌龙山抽水蓄能电站项目亲历记

姚钟书 口述　许新宇 整理

　　2013年，我的工作关系还在建德市风景旅游局，那时候正在编制新安江—富春江风景名胜区建德分区规划，我参与了当时的风景区规划工作。

　　乌龙山抽水蓄能电站项目位于建德林场，下库区涉及风景区范围，特别是取水点就在梅城芳草地和方门中间的那一段，这个位置正好涉及风景区。那我们在编制这个分区规划的时候，就把乌龙山抽水蓄能电站项目也一起考虑进去了。当时风景区的管理职能还在省住建厅，对电站项目的规划，杭州跟省里也很支持，同意把这个项目纳入这个分区规划里面去统筹兼顾。分区规划是我们省住建厅当时提出来，因为我们"两江一湖"风景区的范围很大，从淳安千岛湖一直到富阳为止，而且还有一块飞地，就是那个临安大明山。这么大的面积，省住建厅提出，各个县市编制分区规划。因为总体规划是很宏观的一个规划，还有一些线位是落不到实处的。省住建厅也意识到这个问题，所以他让各县市自己编这个分区规划。当分区规划完成编制以后，省住建厅专门组织专家进行了论证。等论证结束后，按程序这个规划还要向住建部报批。在报批过程中，住建部就认为这个规划的层级不对，不妥。因为从住建部对风景区的规划的管理，分总体规划和详细规划的。当分区规划编好之后，这个报批又报不了。但是省住建厅认这个事情。

我就是在这个时间段第一次正式参与乌龙山抽水蓄能电站项目，当时项目还处于规划阶段。

再接着参与电站项目，是到了2016年底和2017年初的时候。2016年底我们刚好跟协鑫公司签订了乌龙山抽水蓄能电站项目投资协议，这个协议涉及风景区，而且下库区直接涉及核心景区。当时省住建厅的专家们对此很小心，很谨慎。而那时候（2016年）又开始编制严东关景区的详细规划。在编制这个规划的时候，我们在考虑这个蓄能电站项目争取要放到详细规划里面。当时因为这个项目很重大，最早的方案不是像我们看到的现在这个方案，是经过数轮

2018年2月8日，吴铁民主席、何亦星副市长赴国家住建部对接风景区规划调查工作

调整之后的优化过的方案。在当时下库区取水口的选择，在我们现在这个出水口大概往下游100米左右的位置，刚好是在正临江的一片比较竖的山崖上面，就是方门往下到芳草地，中间有一段很笔直很大的山体，当时他们设计出水口就是从那里出来的。从他们水电设计这块来考虑，从那个地方出来，对他们来说可能当时认为是比较合理的，但是那个地方要挖山，就等于是那个很笔直的很陡的沿着江边的一个山体，森林植被又很好，要挖进去将近100米左右，要打开一个大窗口。那么这个方案第一稿上的时候，作为省级风景区的主管部门，认为这个方案对风景区自然环境影响非常大。在这样一个优美的自然环境里面，你硬生生挖一个100米的大坑进去，不管你再怎么修复，那总是有一个很大的山体创伤面。

为了能让项目顺利落地，放进严东关景区详细规划里面去，专门对这个项目编制的选址进行论证报告，就是对这个项目选址的合理性、必要性进一

步进行论证。那从这个电网跟能源这个角度来讲，毫无疑问这个项目是一个非常好的项目，但是在风景区放这项目呢，又不属于风景区里面必须要落的这种项目。这样它中间有这么一个矛盾在这里，所以协鑫公司专门又委托省城乡规划院，对这个项目的必要性和可行性及相关的一些理念，特别是涉及风景区保护的矛盾与协调，他们重新做了一个选址论证报告。为了方案优化，当时华东设计院的王东锋和省城乡规划院的王铮铠进行了多次的现场踏勘，能兼顾项目的技术需求和风景区保护环境的要求。后来经过多方的论证，就形成了现在的方案，把下水口移到了方门这个位置。新选的这个位置是建德林场的，1980 年代，林场搞建设，在这个区域办过养殖场，这是一个天然的山湾。建设开挖大大减少，对风景区的环境影响也大大降低。当方案报到省住建厅时，当时住建厅确实对这个事情是支持的，但也很谨慎。专门召开过专家的咨询会，帮助我们邀请了住建部的五个专家到实地察看，只有亲眼见过他们心里才有底，因为这确实是一个很敏感的区域。

所以才会让五个专家到现场来看一看。到了富春江国家森林公园，专家们乘船察看了这个区域的地貌，出水口的现状。然后跟专家汇报了这个建设项目以后，要在这个区块里面打开一个上下水库的引水工程，在利用天然的港湾，相对来说对山体的破坏很小。通过修复可以把环境的影响降到最低。而且我们这个项目，它所有的一些设施设备都在山体里面。总体来讲从沿江这个整个立面来看，没有太多的设施设备裸露和一些建设干扰，除了它必需的一些如新安江水电站那种输变电 500KV 的一个开关站，这个是必需的增压设备和一些管理用房外，只要经过一些建筑处理，对整个风景区不会造成不利的影响。甚至这个项目落地以后，还能够利用做一些结合项目的旅游参观、科普教育的场所。专家回去后，当时省住建厅召开会议，那些专家都认为这个项目是可行的，这个项目我们就放到详细规划里面去了。

2016 年项目遭遇了痛苦的审批问题。那年我印象很深，应该是 2016 年是 8 月 25 日这个时间节点，刚好是国家能源局对抽水蓄能的规划也要进行调整的阶段。我们这个项目在国家能源规划里面，一直有个尾巴的，要解决涉及风景区的制约性因素，只要解决了这个问题，项目可以从备选站点变成推

2021 年 10 月 12 日，市委常委蒋哲远（左二）带领指挥部人员实地踏勘乌龙山

荐站点。就是我们的严东关景区详细规划要获得住建部审批。省住建厅已经审查完成，当时省住建厅主管风景区的顾浩总工也很支持这个项目里，风景处的几个处长和科室的几个同志对我都很好，对我帮助很大。并把我们的规划上报给了住建部。我们 2018 年初跟着吴铁民主席和分管旅游的何亦星副市长，一起去北京住建部争取规划报批。因为我们这个项目建设不用住建部批，但涉及项目的风景区规划要住建部批。等规划批下来之后，我们就能按照规划再去做项目审批。当时我们就去找风景名胜管理处的李副处长，没想到他们研究后也很谨慎，碰到环保力度收紧的风口浪尖上，他们认为风景区的保护是第一位的。那个处长说，你们只要把这个项目放入总规里面，哪怕就"乌龙山抽水蓄能电站"这几个字，我就可以想办法把详细规划批给你们。可项目确确实实拿掉了，再怎么找得出来？所以这趟北京之行是无功而返。

为什么会出现这样的情况呢？前期的沟通与研究都白费了？原来另有原因，我们详规报上去的时候，那详规是要依据总规来进行审批的。总规里面却没有建德乌龙山蓄能电站这个项目。总规是杭州市编制的，虽然我当时还在这个旅游局，但是没有负责这块工作，我后来也问了一些老前辈，当时是我们极力要求把这个项目放到总规里面去的。通过杭州市及省一级论证的时候，这个项目还在的，但是从省一级往部里报的时候，最后却把这个项目拿掉了。据了解，可能是厅里当时上报总规的时候，项目现在没有进入实施状态，这么大的项目，当时也是要住建部跟国家发改委批的，放不放进去都要到部里去批的，当时在他们上报的时候就这样把项目拿掉了。在我们到住建部去之后，到了这个阶段，对于我们整个项目的落地造成了非常大的困难。一直到 2016 年、2017 年这个项目还处于搁置状态，其间也一直在省里、部里跑项目。

当时朱欢市长也带队去过北京，他们跑了多次之后也是无功而返，项目还是没有跑下来。

到了 2018 年，十九大召开以后，国务院要进行机构改革，风景区的管理权限从住建部划到了国家林业和草原局。这次机构改革，因为各项工作交接使得项目又耽搁了将近两年时间，期间要理顺风景区的整个管理体系，还要和林业系统中的一些机构做必要的整合，同时又提出自然保护地的整合，这样就使项目只能暂时搁置。

2021 年，是乌龙山抽蓄电站迎来生机的关键一年，省林业局的同志陪着市领导一起到国家林草局去汇报，找了分管副司长争取项目落地的可能性，得到了肯定的支持。当时省林业局出台了一个文件《风景区重大项目建设的若干规定》，这个规定报省政府同意，它可以解决风景区里随着社会经济的发展，民生建设与风景区保护和开发之间的矛盾，比如说交通规划、能源规划，它可能会脱节的，涉及重大的一些能源、交通、民生的项目可以单独审批。这一文件的出台，让搁置多年的蓄能电站项目有了转机。但是详细规划还得国家林草局的批复。为此，那年从市领导、建德林业局跑了很多次国家林草局。到 2022 年的 4 月，国家林草局组织对这个风景区的审查，同时拿到了这个项目建设的批复意见。我们蓄能电站项目所有的制约性因素全部打通破解掉了。就此，乌龙山抽水蓄能电站建设项目正式批下来。

2021 年 8 月我被抽掉到项目指挥部，一直到 2022 年 4 月，在近八个月的时间里，跑省里，跑北京，跑了很多次，终于有了一个圆满的结果。

接下来在项目指挥部里的日常工作，要加快二十几个专题的审批中工作，得到相关职能全力支持。特别在项目进入筹备阶段，一个主要工作就是坟地征迁。吴铁民主席是经验丰富的老领导，他就指出项目能够加快推进，就要做好场地的一些清理准备工作，把姚坞和方门的坟墓进行搬迁，迁坟一事就要在清明或是冬至前进行。具体征迁工作由梅城镇实施，镇人大主席汤志文牵头，党委委员陈彬负责具体工作，龙泉村蒋建平书记和镇村同志组成工作小组。因为当年在造富春江水电站时，坟主的后人大部分移民到湖州长兴，远的移民到江西、安徽。我们通过各种办法去寻找坟墓的后代，并得到他们的大力支持。大概花了一个月时间，我们在这个姚坞区块就签了138个迁坟手续。当时还是疫情防控期间，人员流通受限，他们有的从江西来，有的从湖州长兴来，他们回来是认祖归宗，所以我们要给他们做好相关的一些保障和服务。当时吴铁民主席也极力要求，在整个实施过程中，就近在龙泉村公墓里做生态墓，既环保又能把移民出去建德人的"根"留在建德。工作组在这方面也确实做得很好，他们通过航拍，调查有多少墓穴，先实地拍照再一个个在航拍图上做好编号标注，再把无主坟里的遗骸移到龙泉村的公墓里暂时存放，万一以后有后人来寻找祖坟时，对他们也有个很好的交代。这个工作做得很到位，一共迁移了228个坟墓，方方面面都比较满意。

　　一个重大项目的推进与落实，对地方经济的发展会带来重大而深远的影响。像乌龙山抽水蓄能电站项目从勘察、设计、规划、审批到投资建设，其过程的复杂曲折是一般人难以想象的，起起伏伏三十年这个漫长的过程，背后是有很多人为之付出辛劳。我觉得市政协发挥自身作用，编写这本"三亲史料"非常有意义。身处其中，我也一直为这些奋战在一线的普通工作人员务实求真的工作作风、事无巨细的工作态度、以人为本的工作理念所折服，他们任劳任怨，勤勤恳恳把蓄能电站项目的上马当作自己的理想在努力，建德和建德人民应该记住他们的功绩。

　　作者简介：口述者姚钟书，建德市严州古城管委会副主任，建德抽水蓄能电站指挥部办公室主任；整理者许新宇，杭州市作家协会会员，现供职于建德市第一人民医院。

我在这 10 个月里

程霄 口述　赖晓红 整理

接手新工作，积极寻求方法去完成任务

2015 年 4 月里的一天，局长许维元把我叫到他的办公室，说：我们局里有一项工作，就是乌龙山抽水蓄能电站项目，由于种种原因呢，停了有十多年了，一直没有展开运作。现在安排你接管一下，希望这项工作在你手上能有所推进。

我是 2013 年调任建德市发展和改革局，任副局长，当时主要是分管物价等方面的工作。现在又接到这个乌龙山抽水蓄能电站项目工作任务，也增加了肩上的担子。我对许局长表态说，这是领导分派给我的工作，我一定会尽自己的努力去完成。

对待工作，我的态度一向是既然接手做了，就尽量去做，想方设法地去完成，去做好。所以在接到这个乌龙山抽水蓄能电站项目任务，我也是立即就着手开展工作。只是当时是一点头绪都没有，因为没有具体工作的交接，拿到手的资料也很少。我静下心来，开始一点一滴的从头做起。

4 月至 5 月。

最初的两个月，我做了两件事，一个是找相关的资料；另一个是找能解

决问题的人。

我先梳理了一下乌龙山抽水蓄能电站项目，这个项目有点复杂，主要是牵涉利益的方方面面比较多，有市政府与双林集团公司，有国家电力华东勘察设计研究院与西北勘察设计研究院，有西北勘察设计研究院与宁波双林集团公司，同时这个项目还涉及与两江一湖规划的衔接等等方面，正是因为各方利益冲突，目前项目呈僵着状态。

我先找了一些原先与这个项目有过接触的相关人员，了解和询问项目的过程情况，寻求解决问题的意见和方法。最后综合意见，我想最重要的还是解决项目投资主体问题，解开经济利益纠葛环节。

为了解决这个问题，我是广撒网去寻找能解决项目问题的人。我在以前的工作中，结识了一些有实力的大型企业公司负责人，我联系他们，介绍推荐项目。也联系一些别人介绍的实体公司实际负责人，这其中包括有我们本地的上市公司、新安江水力发电厂、大型民营企业、外地的大型国有电力企业包括中国核电、三峡水利电力公司、浙江省能源集团公司等。总之通过各种渠道，千方百计地找企业和找人，向他们推荐我们建德，特别是建德的乌龙山抽水蓄能电站项目。

就这样，联系了有两个月吧，虽然也有对这个项目感兴趣的企业公司，但是在他们知晓了或是了解到有关乌龙山抽水蓄能电站项目其中的各方利益关系等原因，都有顾虑，所以效果并不理想。

抓住机会，初步接触协鑫集团公司

6月。

事有凑巧，江苏协鑫集团公司的投资部经理梁峰峰、吴洁等人，到位于兰溪的公司下属发电厂出差。返程去杭州之际，路过建德寿昌陈家，看到一大片政府对农业光伏政策补助项目，他们很感兴趣。当即电话联系了我们局投资发展科的科长洪源，咨询这方面的相关政策事宜。因为我分管这块工作，洪源便向我作了汇报，并大致介绍了协鑫集团公司的情况。

协鑫（集团）控股有限公司是中国企业 500 强，稳居新能源行业第一位，具有很强的经济实力和行业地位。集团公司有光能、风能、水电、集成电路等大型项目。

我一听，是搞新能源的公司，立即感觉这或许是个机会。于是就试着让洪源邀请他们在建德停留一下，过来坐坐，大家见见面，可以当面谈谈。

在我们的热情相邀下，协鑫集团公司的梁峰峰、吴洁等人如约而至，其时天色已晚，我想应该招待客人，让他们品尝一下我们当地的美食，于是找了家具有本地特色的餐馆，点了千岛湖鱼头等特色菜肴，我们边吃边聊，气氛十分融洽。

在聊了他们感兴趣的项目后，我说，你们公司是搞新能源的，具有很强的实力。我们建德好山好水，有得天独厚的优势，优质新能源项目多。既可以搞光伏项目；也可以搞风电项目，比如我们的三江口风力很大，山上就可以风电；投资充电宝项目也是可行的；还有我们有一个 240 万千瓦抽水蓄能电站项目，在国内都算是比较大型的抽水蓄能电站。

然后我重点介绍了乌龙山抽水蓄能电站项目，目前已经完成了规划设计。关键是，这个项目地势优，投资少，只需要乌龙山上建一个大水库，下水库可利用富春江，这样有利于减少成本，只需要一半的投资。更何况还有系列的，比如还有几个小的项目都可以开发。如果把这个项目做到国内最大，都是有可能的。建议他们能够去看看。

这番话，果然引起他们极大的兴趣，询问了解了一些有关乌龙山抽水蓄能电站的情况。但这次他们只是路过，吃完饭匆匆走了。这是我们与协鑫公司的第一次接触，显然，他们对建德还是有兴趣的。

很快，他们又第二次来到建德。虽然仍是有旁的事情，顺便来建德转转，但是我感觉出来他们是带有一定的目的意向的，应该是乌龙山蓄能电站项目，引起了他们的重视。我在与他们谈起乌龙山抽水蓄能电站项目时，就提出来：既然我们双方都有想法，那么都拿出诚意来。我们希望能够邀请到协鑫公司的高层领导，来建德考察乌龙山抽水蓄能电站项目，大家作进一步的沟通协商。当时，他们也欣然同意。

我一看，觉得这是个很好的苗头，应该加强接触。于是当即电话联系了当时负责乌龙山抽水蓄能电站项目工作的市领导吴铁民，把我们这边的情况作了汇报，说明了协鑫集团公司的意向。吴铁民也很快就过来了，与协鑫集团公司投资部经理梁峰峰等人见面交谈，对协鑫公司的主营业务、业内实绩及集团公司实力等方面做了更深入的了解后，再次提出邀请，希望协鑫集团公司高层领导来建德考察洽谈。

在投资部经理梁峰峰等人回去汇报后，协鑫集团公司的高层是还非常重视乌龙山抽水蓄能电站这个项目的。不久后，公司副总裁黄岳元就带领团队来到建德，详细了解乌龙山抽水蓄能电站项目。我们作为项目对口衔接的工作单位，责无旁贷地担负起乌龙山抽水蓄能电站项目推广工作。随后我陪同黄岳元副总去乌龙山实地考察，对电站的乌龙山选址处，200多米深的水电地质勘察硐和三江口等现场，都作了翔实的勘察。这次黄岳元等人带着乌龙山抽水蓄能电站项目的资料和考察实况，表示要回去研究后再行定夺。

本来以为这事很快就有眉目，结果协鑫公司并没有给予我们回复。在经过一段时间的等待后，吴铁民说，我们不能被动等待，应该主动上门去拜访，看看协鑫集团公司的情况，有没有一个明确的意见。

吴铁民、许维元和我，去了江苏协鑫集团公司总部，与副总黄岳元会谈。他表示，协鑫公司对乌龙山抽水蓄能电站项目很感兴趣，但是要解决原来双林集团公司遗留下来的问题比较困难，他们还是有些犹豫。

解锁双林集团公司，为重开项目打下基础

看似项目重启有了新希望。但是问题依然棘手，前方的道路困难重重。从协鑫集团公司回来后，我又仔细研究和梳理双林集团公司的问题。

2003年，市政府与宁波双林集团签订了乌龙山抽水蓄能电站项目前期开发投资协议，在实施过程中，因各方矛盾致使项目搁浅，至今已十多年没有进展，也没有联系。这样我们面临的一个问题，要如何解决原先与双林集团公司的签订协议。

由于当时留下的资料十分有限，当年熟悉具体情况的当事人或离职或退休，一时找不到接洽的人。于是我又从头开始。从网上查到双林集团公司的电话，打了许多的电话，从办事员到经理到董事，一级一级地询问，一个人一个人地去联系，最后找到双林集团公司的董事会秘书叶雨辰，他对这个项目是清楚的。

叶雨辰告诉我，当年与建德市政府商谈并签订乌龙山协议的老董事长已离世，现在集团公司由其儿子接任董事长。关于乌龙山抽水蓄能电站项目，集团公司在项目前期开发上是投入了上千万的资金，只是因为在乌龙山选址勘察设计的费用上，与华东电力设计院没有谈拢，于是他们找了西北电力设计院来搞的规划设计。规划设计方案都搞出来了，虽然设计费用节省了近半，但是因属地管理等缘由，华东局这边不认可这个规划设计方案，所以项目一直搁浅。

我问他，那么，贵公司对乌龙山抽水蓄能电站项目还要不要继续推进？你们总要有个态度。

叶雨辰表示，乌龙山缺水蓄能电站是个好项目，当然是想推进的，但是现在难度颇大，目前双林集团是心有余而力不足。

我直接表达了我方的意见：项目一耽搁就是十多年，贵公司一直不作为，这样拖下去也不是办法，对我们双方都不利。问题总是要解决，如果贵公司不想再继续推进项目的话，可以退出。我们双方终止协议，我们收回项目。希望你们有个明确的态度。

叶雨辰表示，会向决策层汇报，尽快拿出具体的意见来。

后来我和叶雨辰又经过几次的电话沟通，双林集团表露出有放弃乌龙山抽水蓄能电站项目的想法。

7月。

双林集团公司，经过董事会研究讨论后作出决定，将乌龙山抽水蓄能电站项目移交出来。但由于项目的前期投入了较多的资金，提出要求给予资金补偿的要求。

多方协调，努力开启乌龙山抽水蓄能电站项目

8 月至 12 月。

由于建德市财力不足，难以承担宁波双林集团公司前期投资的这笔补偿金。如果项目由协鑫集团公司接手，就要协商由协鑫公司来承担。

接下来的 5 个月，便是拉锯式的谈判的过程。建德与双林集团公司谈；建德与协鑫集团公司谈；协鑫集团公司与双林集公司团谈；建德、协鑫集团公司与双林集团公司三方谈。同时，还有积压已久的电力勘察设计华东院和西北院的矛盾问题，建德与华东勘测设计院谈；建德与西北勘测设计院谈；西北勘测设计院与华东勘测设计院谈，等等，无数次的奔波，一系列的会谈、协调和沟通。

我在这五个月里，几乎都扑到这项工作上。至于每一次的沟通，商谈的内容和达成的协议，太多太多，无法一一细说，而且也过去好多年，一些具体情况记得不是很清晰了，现在只能翻看当年的工作笔记，看看当时记录的一些行程和工作安排。

（程霄打开抽屉，找出几本工作笔记，边翻看当时的工作及会议记录边解说，附录如下）

8 月 18 日，赴上海青浦双林集团，吴铁民、王田、许维元、我，与双林集团副总邬雅静会谈；

8 月 24 日，赴杭州华东电力设计院，吴铁民、傅定辉、许维元、我，与赵佩新副院长等人会谈；

8 月 28 日，华东院投资部沈民、陈雪良等人来建德调研新能源项目；

9 月 2 日，赴江苏昆山协鑫公司，吴铁民、王田、我、胡敏，与总裁王东、与电力副总裁黄岳元会谈；

9 月 11 日，赴西安西北电力设计院，吴铁民、胡敏、我，双林集团副总邬雅静、法务部长叶雨辰，与西北院副总经济师谢志勇、副总张枫会谈；

10 月 10 日，协鑫集团公司杜忠义、邢亚琴、陈伟宏等人来建德商谈；

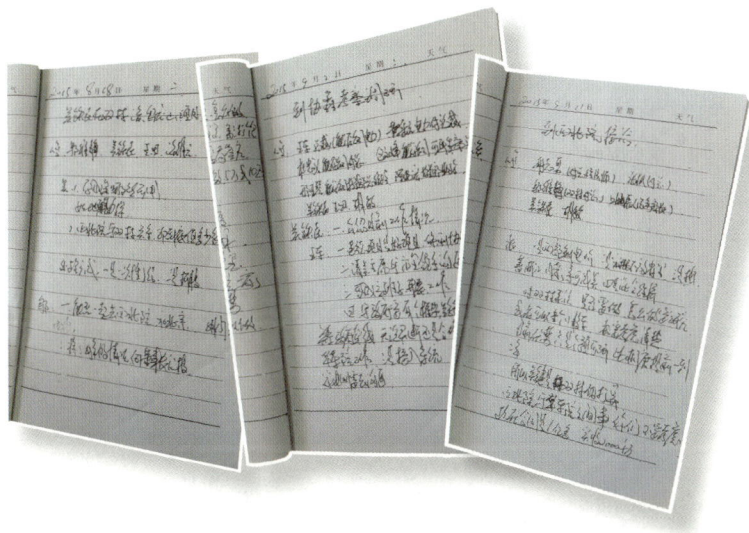

程霄工作笔记

10月28日，赴杭州华东电力设计院，童定干带队，吴铁民、蒋智鸿、夏喜生、我、省能源局局长金毅、新安江水力发电厂厂长钱建民，与华东院院长张春生、副院长孙军等人会谈；

11月18日，赴宁波双林集团公司总部，吴铁民、我，与双林集团邬雅静、叶雨辰和协鑫杜忠义、陈伟宏等人会谈；

11月20日，建德市委、市政府，乌龙山抽水蓄能电站项目汇报会，戴建平、吴铁民、周友红、王田、许维元，周向阳等人；

12月8日，赴杭州华东院，战略合作协议会谈，华东院书记陈一宁、赵佩兴、邹新民、李睿元、刘明等人，建德吴铁民、王田、我；

12月10日，赴苏州协鑫集团公司、双林集团三方会谈，协鑫公司杜忠义、梁峰峰、陈伟宏，双林邬雅静、王冶、应满之、叶宇程，建德吴铁民、王田、我；

12月15日，赴省发改委汇报乌龙山抽水蓄能电站项目，吴胜丰（副主任）、金毅、周小玫（副处长），吴铁民、我；

12月16日，赴杭州华东院，战略合作协议协调会、华东院沈一宁、赵佩兴、协鑫公司梁峰峰、吴洁，建德吴铁民、王田、我；

12月22日，中国水电十一局受中国电建集团委托，张东升副总、市场部胡超等人，来建德考察乌龙山抽水蓄能电站项目；

12月24日，协鑫集团公司、双林集团会谈签订项目转让协议。协鑫黄岳元、梁峰峰、陈伟宏等人，双林邬雅静、王冶、叶雨辰，建德吴铁民、许维元、王田、我；

12月29日，乌龙山抽水蓄能电站项目招商投资协议工作会议。

......

这个过程中，工作是很琐碎的、很细致的，也是很艰难的，面对一个个矛盾问题，都要集中精力，细心梳理，多沟通多汇报，去解决问题。凭着我们认真负责的工作精神、真诚细致的工作态度，经过不断努力，最终得到了各方的理解和支持，也是因为我们所有的人，对乌龙山抽水蓄能电站项目的前景抱以美好的希望和祝愿，终于谈判取得了成效。

签订投资协议，与协鑫公司合作开发乌龙山抽水蓄能电站项目

2016年1月。

经过几轮的讨论和协商，建德市与江苏协鑫集团公司谈妥了合作投资开发乌龙山抽水蓄能电站项目协议。

1月24日，建德市与协鑫公司签订乌龙山抽水蓄能电站项目投资协议；建德市与中国电建华东勘察设计研究院签订战略合作协议。

接下来就是帮助协鑫集团公司在建德注册了浙江协鑫集团建德公司，投资乌龙山抽水蓄能电站项目。建德市成立乌龙山抽水蓄能电站项目工作领导小组，负责乌龙山抽水蓄能电站项目投资开发的后续工作。

我们发改局局长许维元调去乌龙山抽水蓄能电站项目领导小组任职，与此同时，我也将乌龙山抽水蓄能电站项目工作做了移交。

乌龙山抽水蓄能电站项目，是一个能从20世纪90年代开始，直至2016年签订投资协议，差不多有三十年了。为这个项目，我们的市委、市政府领

导都付出了很多精力和心血，费尽周折，好在经过多年不断地努力，最终取得了好的成果。

以我个人来说，自2015年4月接手乌龙山抽水蓄能电站项目工作，至2016年1月与协鑫公司正式签订项目投资协议。整整10个月，从毫无头绪到一步步展开，从不放过一线希望，到最终与协鑫集团公司签下合作投资协议的这10个月，跟着团队在各个单位之间走访、协商与洽谈，解决各方矛盾问题，可以说我是全身心地扑在这项工作上面，认真积极地去努力争取，去完成领导交代的每一项工作。

乌龙山抽水蓄能电站项目是一个有利于建德经济发展的好项目，最终能够跟协鑫公司达成投资协议，我很兴奋，也很激动，因为我身在其中，见证了项目谈成的整个过程，也是我工作中的一个难忘的经历。

作者简介：口述者程霄，时任建德市发改局副局长；整理者赖晓红，杭州市作家协会会员，曾供职于建德市财政局。

一通电话结下的缘分

洪源 口述　杨超 整理

　　乌龙山抽水蓄能电站这个项目从二十多年前我刚参加工作时就经常听别人提起，因为我市历史上从来没有投资规模这么大的项目。2010年我调至市发改局工作后对情况有了大致了解，因为电站筹建办设在市发改局，有专门同志负责，我们平时也经常会谈论这个项目。与乌龙山抽水蓄能发电站的真正缘分是从2013年开始，当时筹建办聘用人员李林同志因工作原因不再负责这项工作了，局领导决定让我接替他所负责的工作。记得移交的资料有整整一大柜子，包括历年来的前期资料以及前期工作成果和图纸，特别是当时的主要任务是勘探硐的管理和维护，这个任务说重也不重，但很是琐碎。当时我接手的时候双林集团还未正式退出项目，符合条件的新业主一直没有出现，每天的心情只能用期待天上掉馅饼来形容。

　　那时候我住在新安江，每星期要坐公交车去梅城的勘探硐进行检查，勘探硐有七八百米长，经常渗水，一到雨天硐里就会有积水，非常湿滑，更糟糕的是最开始勘探硐里没有灯，我常要打着手电筒摸黑下硐。至于下硐看点什么呢，可以说是非常枯燥了，看看有多深的积水，抽水机是否在正常工作，检查各项参数是否正常。由于探硐渗水碱性重，对金属有很强的腐蚀性，后期潜水泵电机一个月左右就被烧坏一次，维修时间需要一周，梅城还不能修，

2023 年 4 月,专题研究抽水蓄能电站项目前期工作进展

只有雇车运到新安江进行维修,修好再雇车拖回来,很不方便,来来回回折腾的这些日子我总是感慨,这么好的一个项目闲置在那儿实在是太可惜了。空闲的晚上,我就躺在床上看资料,把项目的相关信息翻来覆去地看,乌龙山的各方面条件都非常适合做抽水蓄能发电站,可是怎么就一直没有遇到合适的开发商呢?我要做勘探硐抽水工作一直做下去,何时是个头啊?什么时候能够甩掉这个烫手山芋啊?

就在深秋的一个上午,我突然接到一个电话:"你好,是建德乌龙山抽水蓄能发电站指挥部吗……"对方是协鑫集团投资发展部的吴洁经理,听到她这么说,当时坐在座位上的我立刻直起了身子,听到电话那头流露出对于该项目的浓厚兴趣,我激动极了,抽蓄发电站的相关资料我早已看得滚瓜烂熟,勘探硐我也不知道下去过多少次,就这样,我们不知不觉就聊到了中午。

当时,我就一个想法,无论对方是大集团还是小企业,我都要把我们乌龙山抽蓄发电站的详细情况给介绍好,这是一个黄金项目我要尽我自己所能让所有有投资意向的业主都能了解它的优势,那通电话过后我立刻向我们当时的分管领导程宵进行了汇报,程局也很激动,从那天以后我们便一直在等,期待协鑫集团能带着专业团队来到建德实地进行考察。同时,也从网上不断搜索协鑫集团、协鑫电力的基本信息,知道协鑫电力(集团)有限公司系协鑫（集团）控股有限公司旗下企业，协鑫（集团）控股有限公司是一家专注于清洁能源与新能源为主营业务的综合能源集团公司，是中国最大的非公有制电力控股企业、全球最大的光伏材料制造商，迄今已构筑起电力、光伏、天然气、金融等四大产业群，资产总额近1000亿元。了解了企业的实力以及所从事的主业，既做到自己心中有底，也能让企业感受到我们对他们的关注和重视，拉进情感距离，洽谈不会冷场。

半个月后我们终于等来了协鑫的专业团队，对于他们的到来，我们作了充分的准备，包括项目的基本情况，所能提供的资料，以及项目现场的基本情况，办公室洽谈后还带他们到项目现场去踏勘，让他们充分了解项目现场的基本情况。一次考察、二次、三次……协鑫团队来的人越来越多，层级也越来越高。印象特别深的是第二次协鑫电力（集团）有限公司副总裁黄岳元、投资发展部相关负责人以及特别邀请的行业内专家华东勘测设计研究院有限公司抽水蓄能设计院副院长赵佩兴一起随行考察，时任市政协主席吴铁民也参加了，双方洽谈结果非常好，问的问题也越来越多，越来越细，陪同我们一起接待的市领导也越来越多，看到对方流露出兴趣越来越浓，我们的信心也越来越强，谁都希望合作能尽快落实，但抽水蓄能发电站是一个大项目，需要一次次的考察与评估。期间我一直作为具体工作人员参与其中，直

2015年7月，参加研究抽水蓄能电站推进工作

2022 年 9 月，参加抽水蓄能电站筹备工程开工仪式现场

到 2015 年市里再次专门成立抽水蓄能电站指挥部，抽调了人员专题负责，我才不再参与。就这样一晃三年，2016 年 1 月 24 日，全市人民期盼了 20 多年的乌龙山抽水蓄能电站项目取得重大进展，在建德举行了项目签约仪式，建德市政府分别与协鑫集团及协鑫电力、中国电建华勘院签约，协鑫电力与中国电建华勘院签约。项目的签约，标志着项目向正式实施迈出了关键的一步。那天，我也兴奋了好久。

多年后与朋友聊起往事，朋友开玩笑说到，当年如果不是那一通电话，有我在电话里详细地介绍了乌龙山抽水蓄能发电站的所有情况，可能接下来的一切都不会发生，我是乌龙山抽水蓄能发电站项目的"关键人物"。我听完大笑，我深知我没有那么大的功劳，协鑫选择建德，是历史与机遇的必然选择，而我作为"发改人"，我的本职工作就是要积极接洽，尽我所能给投资者留下好印象，从而建立信任感，这是投资者选择我们的基础。作为项目前期协鑫集团考察建德的第一位接触人，我很是荣幸；同时也知道，这是我

2023 年 7 月，陪同省市相关部门现场检查抽水蓄能电站项目进展

的本职工作，相信换作其他人，也一定能够做到，毕竟"人人都是招商主体、个个都是招商环境"的氛围在我市一直都很浓厚。这是建德有史以来最大的民间投资的项目，招商引资是经济发展的源头活水，作为"发改人"还有什么能比见证家乡经济发展更开心更自豪的呢？

今年是抽水蓄能发电站选址 30 周年，一幕幕往事涌上心头，作为这段历史的见证人之一，每当工作烦闷的时候我总会想起那一通振奋人心的电话，勘探硐里的灯，当灯一盏盏亮起的时候，离解决问题的时候也不远了。

现在，乌龙山抽水蓄能发电站项目逐步走上正轨，由于发改局负责项目审批和全市项目推进工作以及个人情怀的关系，我时刻关注着项目的每一步进展，也期望项目尽快取得预期效果！

作者简介：口述者洪源，时任发改局重点项目办副主任，现任建德市重点项目服务中心主任；整理者杨超，建德市作家协会会员，现供职于下涯镇中心幼儿园。

我与乌龙山抽水蓄能电站相关的三件提案

徐彭浩 口述　胡文静 整理

　　我一直在建德市环保局工作，2007 年开始担任建德市环保局总工程师直至 2014 年退任。我也是一名民革党员，早在 1994 年就加入了民革组织，受组织的信任，曾经担任民革建德市委会委员、市委会副主委，并先后被推荐为建德市级和杭州市级政协委员，自 2002 年开始担任杭州市政协委员，这一任就连续任了三届。

　　作为一名民主党派成员、一名政协委员，参政议政是我的职责。在那十几年中，一方面我利用自己的工作岗位和专业特长，撰写了多篇与生态环保相关的调研报告和政协提案；另一方面，我围绕建德市委市政府的中心工作，通过杭州政协向上反映有利于我市经济社会发展的有关提案和建议十余篇。但在这数十篇提案中，连续几年围绕同一个主题撰写的，就只有关于乌龙山抽水蓄能电站建设这个提案。虽然这个项目与我的本职工作没有相关性，但是作为建德人，作为建德

徐彭浩近照

民革推选的唯一一名杭州市级政协委员，我是带着深深的责任感和对建德发展的美好愿望去开展调研和提交建议的。

建德从九十年代就开始筹划建设乌龙山抽水蓄能电站。作为浙江西部山区的县级市，建德经济建设发展一直落后于其他区县，但我们有占绝对优势的水资源，有乌龙山这样高海拔的丰富山林资源。如果能利用好建德天然的优势，建设一座抽水蓄能电站，那对我们当地的发展会有非常大的促进，也是一件功在当代造福后代的大好事。

为此，我一直关注着乌龙山抽水蓄能电站这件事情。多年来，建德市委、市政府做了大量前期工作，虽然具体的工作过程我不是参与者，但作为政协委员，我比普通市民有更多机会参加一些相关的会议获得一些信息，因此对乌龙山抽水蓄能电站建设的一些基础工作以及优势条件有了相对深入的了解。市里也非常鼓励我们这些政协委员多提些提案建议，助力建德的发展。

大概是在 2013 年左右，那时市里已经完成了乌龙山抽水蓄能电站建设项目的可行性研究报告，也就是在那两年——2013 年和 2014 年，我连续两次在杭州两会上提交了与建设乌龙山抽水蓄能电站相关的提案。写提案有时需要契机，乌龙山抽水蓄能电站的筹划工作历经多年，市领导和各相关部门一直在努力积极与上级沟通和建议，我也希望有更好的契机来助力蓄能电站的项目落地。而这个契机正是源于千岛湖饮水工程。

2012 年，杭州市两会上的政府工作报告提到了千岛湖饮水工程，当年杭州领导就带队到建德来调研千岛湖饮水工程，引起了社会各界的高度关注。虽然千岛湖的湖域面积只有 3% 属于建德，但是新安江水电站的发电、调峰以及防洪抗洪功能都与千岛湖水密切相关，新安江以及新安江下游的水生态也离不开水电站的下泄水流量。新安江水电站虽然建在建德境内，但由华东电网调配，日常受到调频调峰影响，在没有基本下泄流量时建德下游段的水质和景观经常处于恶化状态。

当时很多人认为千岛湖饮水项目工程会影响新安江流域的水生态，我也不例外。但同时，我也看到了优质水资源的战略地位日益上升，对于解决建德本地与华东电网现行调频调峰发电需要之间的矛盾、进一步保持下游的生

态水流量已经是当时值得深入研究的重大问题。我意识到这应该也是重提建设乌龙山抽水蓄能电站的好时机。

在2013年杭州市政协召开的第十届二次会议上，我撰写并提交了提案《关于抓紧实施乌龙山抽水蓄能电站建设项目的建议》，从五个方面阐述了乌龙山抽水蓄能电站能够成为华东电网比较理想的优良站址的原因，认为乌龙山抽水蓄能电站建成并投入使用不仅可以提高华东电网的调频调峰能力，而且是转变新安江水库（千岛湖）现行使用功能、成为下一步优质战略水资源开发利用的前提条件和配套工程。

第二年，我又在杭州两会上提交了《关于千岛湖配水工程实施过程中的几点建议》（第412号），其中主要提及的建议，就是通过配建乌龙山抽水蓄能电站来弥补新安江水电站的调频调峰功能，从而保证其最小下泄流量能满足下游建德段水质和景观的基本要求。

两个提案交上去后不久，都有杭州市级相关部门专门到建德来我单位进行答复。我记得当时杭州林水局的意见是认为乌龙山属生态旅游资源核心保护区，建设抽水蓄能电站有一定影响。我跟他们解释：乌龙山抽水蓄能电站选址区域无重大历史文化遗存、无特别自然景观、无重要矿产资源，相反立项建设可以带动区域生态环境旅游和经济社会发展，替补新安江水电站提升华东电网调频调峰功能，并保证下游基本生态流量，减少千岛湖引水工程负面影响，一举三得。杭州林水局听了之后认可了我的意见，同意帮助向上反映争取规划立项。

2015 年，建德市正式重新启动了乌龙山抽水蓄能电站建设项目的申报工作，同时准备启动乌龙山 5A 级景区建设。在欢欣鼓舞中我又撰写了《关于支持乌龙山抽水蓄能电站和 5A 景区建设的建议》，并于 2016 年初在杭州两会上作为提案提交给杭州政协。我认为抽水蓄能电站工程和 5A 景区建设是两项相互促进的在发展时序、区域和成效上高度关联的庞大系统工程，希望杭州市政府及有关部门在思想上、行动上和考核上能予以大力支持。

这也是我作为政协委员履职的最后一年。

2017 年之后我不再担任政协委员，但是我心里一直挂念着这件事。我也知道，这样系统的重大项目工程，涉及面广，并不是一蹴而就的，但我相信在大家的努力下，这件利国利民的大好事总有一天会到来。没想到这一等又等了五年，2022 年 9 月乌龙山抽水蓄能电站项目终于正式开工。

这不光是我乐于见到的，也是所有建德人都期盼已久的大事。

作者简介：口述者徐彭浩，曾任民革建德市委会委员、市委会副主委，并先后被推荐为建德市级和杭州市级政协委员，时任建德市环保局总工程师；整理者胡文静，建德市作家协会会员，政协建德市委员会委员工作委副主任。

六年坚守只为项目落地

陈益群 口述　陆进 整理

多年来，乌龙山抽水蓄能电站项目一直是全市人民关注的焦点，这个项目的成功实施将对建德产生巨大的影响，包括经济、社会、文旅等各个方面，作为建德人民的一分子，我也是非常荣幸有这个机会参与其中。2016年，市委、市政府重新启动了乌龙山抽水蓄能电站项目，成立了项目建设指挥部。当时，我还在发改局办公室工作，时任发改局局长许维元主动从发改局领导岗位上

陈益群近照

退下来，专门去负责这个重大项目的推进。当我了解到指挥部还需要抽调干部时，就立即主动提出，也想去服务这个重大项目，2016年的5月，我被正式抽调到了指挥部工作。

指挥部下设办公室，地点在新安江国兴路上的老年活动中心。当时指挥部办公室人员有：总指挥吴铁民主席，办公室主任许维元，副主任熊兴、叶建新，成员陈益群。熊兴是科技局抽调过来的，以前一直跟着这个项目，他对这个项目的前期情况比较熟悉。叶建新是林业局抽调的，他对林业规划上的审批比较在行，解决规划选址是当时项目推进中的一项重要工作。因为我在发改局办公室工作，指挥部也需要办公室后勤人员，再加上该项目涉及核准、申报省重大项目计划等工作跟发改联系更加方便，所以被抽调到了指挥部。从2016年5月到2022年5月回局里，整整坚守了六年。

在指挥部抽调的六年期间，我主要负责办公室的后勤保障、项目档案管理、公文处理、项目宣传、公务接待，并承担与国家能源局、省发改委、国家和省环保部门日常工作的联系对接，有幸全程参与了破解制约项目落地的各项关键因素：

一是积极争取项目列入省级以上发展规划。2016年，项目列入《浙江省重大建设项目"十三五"规划》和《浙江省能源发展"十三五"规划》。2018年，国家能源局下文明确"原则同意建德站点作为推荐站点"，解决了国家级抽蓄专项规划的"储备站点"变"推荐站点"问题。2019年，项目列入"浙江省推进长三角一体化发展标志性工程建设方案和重大事项、重大平台、重大改革举措、重大项目清单"。2020年，项目列入浙江省"抢抓'窗口期'争取国家支持重大项目清单"和"浙江省杭州市重大项目2020年前期攻坚推进计划清单"。2022年项目列入浙江省重大项目名单。

二是精心准备各类支撑文件，反复向上对接汇报，先后解决了因为"两江一湖"风景名胜区部分用地和富春江一新安江风景名胜区总体规划有出入，致使蓄能电站项目详细规划报批受阻问题；环保部批复明确乌龙山抽水蓄能电站项目符合生态红线划定要求，项目用地未划入浙江省生态红线范围之内。省环保厅出具说明，明确"建德市乌龙山抽水蓄能电站项目所涉区域不在《方案》中划定的生态保护红线范围内"；省水利厅批复同意乌龙山抽水蓄能电站利用富春江水库作为抽水蓄能下水库使用方案；国家林草局下达了《关于准予浙江富春江国家森林公园改变经营范围的行政许可决定》，同意项目选址划出富春江国家森林公园范围。2022 年，国家林草局批复同意项目在严东关景区选址。

三是全程参与乌龙山上山道路项目建设的选址、立项、EPC 招投标以及项目建设，该项目为电站的配套工程，总投资达 2.8 亿元，已于 2019 年完成竣工验收。

乌龙山抽水蓄能电站项目选址点是华东电网建设条件不可多得的优良站点之一，是全省谋划最早、前期准备最深入、装机容量最大的抽水蓄能电站项目。该项目从 1992 年的选址和勘察设计开始，三十年来，一路坎坎坷坷，经历了很多的挫折和磨难。比如，项目推进中几次更换投资主体，很多人认为，这个项目是上不了了，平时在工作中，总能听到一些负面的说法。投资市场放开后，国家鼓励民营企业参与投资抽水蓄能电站项目，经华东勘测院的推荐，协鑫集团联系上了这个项目，经过多次的洽谈，2016 年 1 月，协鑫集团跟建德市政府正式签订了投资协议框架。

我们指挥部几位同志从来不怕困难，团结协作，总是信心满满地去面对各种挑战和困难，逢山开路、遇水架桥，动用一切可以动用的社会关系，想尽一切可以想的办法，解决问题的过程虽然时间有一些长，但最终都努力一一克服了。我印象最深的事是解决严东关景区规划的调整问题。因为当时项目的详细规划跟总规有出入，正常情况可以通过调整总规解决，但是总规的范围包括建德、桐庐、富阳等地，调整总规的程序比较复杂，整个程序需要好几年时间。那时候，恰逢又遇上国家机构改革，部门之间有职能划转，原来属于住建部的国家森林公园规划的审批职能划转至国家林草局。所以面对新的环境、新的部门，我们的工作推进都需要进行重新沟通，这给项目又增加了难度。为了这个事我们多次邀请省厅领导出面沟通，还有我们的市委书记、市长也多次专程去汇报。但是，那是北京，哪有这么简单，跟部里领导见个面都难，更不要说要部里帮助我们想其他办法，用非常规方式解决，中间也记不清跑了多少次的北京，这中间的辛酸只有去过的人才能体会。但是最终，国家林草局同意了项目选址划出富春江国家森林公园范围，并在严东关景区选址，可以说破解了制约项目落地的关键因素。当时这个问题的解决，我们特别兴奋，心中的一大块石头终于落了地。这一路上遇到的坎坎坷坷，真的是不容易，但回过头来想想，这一切都是值得的。

再比如 2017 年省环保厅下发文件明确"位于富春江森林公园生态保育区内的蓄能电站项目用地范围，不得剔除"的审查意见，要求我市对《建德市生态保护红线划定方案》进行修改完善，当时电站的部分用地范围在生态红线之内，生态红线是一票否决的问题，该项目差点就被彻底否决了，然而，我们也没有失去信心，通过及时沟通及努力协调，最后问题还是顺利解决了。

像这样的情况其实还有很多，但这个项目在各级领导的关心、部门的支持，以及我们指挥部同志和协鑫公司六年的坚守和不懈地努力下，在 2022 年终于获得核准，2022 年 9 月 15 日，建德抽水蓄能电站项目筹备工程开工仪式在梅城举行。

作者简介：陈益群，时任建德市发改局办公室副主任，建德抽水蓄能电站指挥部工作人员，现任建德市残联党组成员、副理事长；整理者陆进，建德市三国水浒文化研究会秘书长、建德市作家协会会员，现就职于建德市委党史和地方志编纂研究室。

三十年磨一剑

胡万飞 口述　谢建萍 整理

　　2022 年 9 月 15 日，华东地区最大抽水蓄能电站——建德抽水蓄能电站筹备工程开工仪式在梅城镇方门举行。

　　建德抽水蓄能电站占地面积约 161 公顷，总投资超 140 亿元，由协鑫能源科技股份有限公司投建，安装 6 台 40 万千瓦抽水蓄能机组，总装机容量 240 万千瓦，相当于三个新安江水电站的电站装机规模，为华东地区最大。

　　华东院与建德抽水蓄能电站结缘，最早可追溯到 1992 年乌龙山抽水蓄能

电站规划选址，到 2022 年电站筹备工程顺利开工，已历经三十载，建德人民期盼已久的抽水蓄能电站项目，终于从梦想走入现实，落户巍巍乌龙山。

抓住机遇，抽蓄梦起乌龙山

自世界第一座抽水蓄能电站 1882 年诞生于瑞士，至今已有一百多年的历史，我国于 20 世纪 60 年代后期才逐步开始抽水蓄能电站开发研究。到 80 年代中后期，随着改革开放带来的社会经济快速发展，我国电网规模不断扩大，广东、华北和华东等以火电为主的电网，由于水力资源禀赋的限制，可开发的水电很少，电网缺少经济的调峰手段，调峰矛盾日益突出，缺电局面由电量缺乏转变为调峰容量也缺乏，修建抽水蓄能电站解决电网调峰问题逐步成为共识。随着电网经济运行和电源结构调整的要求，一些以水电为主的电网也开始研究兴建一定规模的抽水蓄能电站。为此，国家有关部门组织开展了较大范围的抽水蓄能电站资源普查和规划选点，制定了抽水蓄能电站发展规划，抽水蓄能电站的建设步伐得以加快。

20 世纪 90 年代初，华东第一座抽水蓄能电站——浙江安吉天荒坪开工多年尚未完全建成投产之时，华东院就对浙江区域进行了一次抽水蓄能资源的全面普查。当时派出规划、地质、水工、施工等专业人员组成的专家组，先后深入建德乌龙山、富春江等地进行了实地勘察，在乌龙山山脉东段的富春江七里扬帆风景区核心区北岸，发现一处条件很好的站点。站点位于小山沟峡谷海拔 400 余米的高坡处，库区为较平坦的山垄盆地。专家组经过实地察勘认为，乌龙山抽水蓄能站点具有得天独厚的优势，其一，站点距杭州市 100 公里、上海市 260 公里，地处华东电网和浙江省用电负荷中心附近，地理位置优越，对外交通方便，且位于国家林场，库区无移民，水库淹没损失少；其二，电站上水库位于富春江上游、乌龙山最高峰北坡的山顶谷地，站点天然成库条件好，自然落差大；其三，下水库可利用已建的富春江水库，水源充足，可大大节约建设成本。华东院专家向当时的建德县委、县政府进行了汇报，首次提出在乌龙山选址建设抽水蓄能电站项目的建议。

这次资源普查点燃了建德人民建设抽水蓄能电站的梦想，并成为此后历届建德县（市）委、政府孜孜以求接力谋划的重大项目。从此，在群山环抱、山水相间、香花遍野的乌龙山建一座美丽的抽水蓄能电站，成为建德人民、华东院和所有抽水蓄能电站建设者们的一致追求。

锲而不舍，凝心聚力克难关

1993年，华东院受建德县（市）政府委托，对乌龙山站点进行初步勘测设计工作。乌龙山抽水蓄能电站虽装机规模不大，仅40万千瓦，但属于国家大型基础设施项目，需要履行诸多建设程序，比如资源普查、规划选点、勘测设计、审查批准、正式施工等，前期工作历程较为漫长。华东院于1993年先后完成了40万千瓦乌龙山抽水蓄能电站项目选址、环境影响报告以及初步勘测设计报告编制，并通过评审或审查。1996年6月，乌龙山抽水蓄能电站的项目建议书上报国家计划委员会审批，拟批复项目建议书时，形势发生了很大变化，"西电东送"战略开始实施，华东电管局、省人民政府计划开发秦山核电二期、三期工程，为了给西部送入电力、核电提供支撑调节，电网规划要求建设装机规模120万千瓦以上的抽水蓄能电站，国家计委认为建德抽水蓄能电站项目规模太小，不适宜再建，项目因此暂时搁置。

2001年，华东院在华东电网选点规划工作中，在建德市乌龙山山脉区域再次开展资源复查，经过大范围筛查和实地察勘，新选了乌龙山第二抽水蓄能站点，第二次提出在乌龙山建设240万千瓦的抽水蓄能电站的建议。但是，因选址涉及国家森林公园、"两江一湖"风景名胜区、生态保护红线和富春江水库利用等四大因素制约，项目再次搁置，后续环保问题反复论证十余年。

2008年，我正式调至我院抽水蓄能工程院工作。2009年，为了推进抽水蓄能发展，国家发改委（能源局）提出在全国范围内开展新一轮抽水蓄能电站规划选点工作，浙江省也启动全省范围的选点规划工作，这给建德抽水蓄能电站重新带来了希望。2012年，浙江省抽水蓄能电站选点规划报告通过审查，2013年得到国家能源局批复，规划提出"推五备四"，建德乌龙山2400MW抽水蓄能电站项目位列后备站点。

2016年，国家能源局陆续启动部分省市的抽水蓄能选点规划调整工作。建德抽水蓄能电站能成功落地，2016年的杭州花港会议是一次重大的转机，会议的主要议题是启动江苏、浙江、安徽、上海三省一市的规划调整，对2012年的规划进行重新调整。与会人员认为，江苏省地形平坦，抽水蓄能站点匮乏，为了推动能源电力转型，探索不同地区新能源发展方式，大家出谋划策各抒己见，提出三省一市"共建共享"理念，利用浙江省资源优势建设抽水蓄能电站，跨省服务江苏电网。当时，国家电网在浙江省确定建设五个站点，建德站点予以保留。此次会议的意义，对于建德来说相当于红军长征路上的"遵义会议"。2018年，国家能源局正式批复浙江省抽水蓄能选点规划调整，建德抽水蓄能电站从后备站点调整为规划推荐站点。

从2012年到2016年、2018年，建德抽水蓄能电站能从后备站点进入推荐站点，最终成功列入浙江省抽水蓄能电站选点规划，过程十分艰辛曲折，期间也付出了大量的努力。依然记得，2016年，浙江省能源局副局长金毅、

建德市政协吴铁民主席与我，驻扎北京多次汇报争取建德转为推荐站点。

2021 年 9 月 22 日，中共中央、国务院《关于完整准确全面贯彻新发展理念做好碳达峰碳中和工作的意见》提出，我国要力争 2030 年前实现碳达峰，2060 年前实现碳中和，这是重大的战略决策。在"3060"背景下，浙江省能源局副局长金毅、新能源处处长董忠，面对浙江省内可建站点较多，排他性竞争激烈，建议"无实力不要上"，力争保证建德抽水蓄能电站成功列为《抽水蓄能中长期发展规划（2021—2035 年）》重点实施项目。期间，杭州市发改委鼎力支持，建德市领导、发改局相关干部也全力以赴、不遗余力。

"三大专题"审查和咨询，是建德抽水蓄能电站项目可研阶段一项十分重要的工作，也是开展项目可研阶段其他专题研究、审查的重要基础。"三大专题"期间，华东院专家与工作人员多次进行实地勘测，长期、高频次召开程序性会议，认真讨论与审议，研制勘测设计成果报告。在建德抽水蓄能电站可研阶段"三大专题"报告审查（咨询）会议上，详细汇报了主要勘测设计成果。会议认为，报告编制符合《水利水电工程可行性研究报告编制规程》，同意各专题报告所提出的技术参数及施工方案，推动建德项目朝着早核准、早开工、早建设的美好方向发展。

2016 年 1 月，协鑫集团同建德市政府签订了协议，正式承接建德抽水蓄能电站项目。同年，华东院与协鑫集团正式签订勘测设计合同，主动提供"保姆式"服务，在规划、施工设计、解决环境制约、审批材料报送等方面在技术各方面全力支持，努力推进项目前期工作。

三十年来，华东院坚持对社会负责、对历史负责、对工程负责，坚持认为建德抽水蓄能站点是华东电网需要的优质站点，两代人保持定力、克服困难。其间，时任华东勘测设计研究院院长的张春生先生贡献非常大。2016 年，我担任抽水蓄能电站市场总监与华勘工程院院长，正式参与建德电站的开发建设，在顶层谋划、高端策划、具体落实等方方面面履职尽责。

勠力同心，建德终圆抽蓄梦

建好一座电站，带动一方经济，造福一方百姓，是关乎人民福祉、关系民族未来的长远大计。建德不负绿水青山，青山绿水定不负建德，抽水蓄能电站项目的开工，为建德新能源产业的发展添上了浓墨重彩的一笔。回首往昔，感慨万千。华东地区最大抽水蓄能电站项目能成功在建德落户，不仅是建德立足生态优势推动"两山"转化的一次生动实践，更是造福建德人民的一件大喜事。其中，建德市委市政府、华东勘测设计研究院和协鑫集团三方通力合作，哪一方面都是缺一不可。我想用三个"离不开"来概括这种合作和水到渠成。

第一，从专业技术出发，离不开华东院"建德抽蓄梦终会实现"的理想信念和"负责、高效、最好"的企业精神。三十年来，华东院始终认为建德抽水蓄能电站是个好项目，地理位置、建设条件、造价水平等得天独厚，再

加上工程技术的不断发展与创新，华东院一贯坚持"人要有梦想"的理想信念和"负责、高效、最好"的企业精神，建德人民的抽水蓄能电站之梦想，一定会实现！

第二，从地方政府来看，离不开建德历届政府咬定青山不放松的接续奋斗。习近平总书记说过，"一切伟大成就都是接续奋斗的结果，一切伟大事业都需要在继往开来中推进。正如一场接力赛，只有接力者接续前行、再接再厉，一棒接着一棒、一程接着一程，方能将蓝图变为现实。"我们观照建德抽水蓄能电站这件事情，那是再贴切不过了。三十年来，建德历届市委、市政府始终坚定这是个有利于建德发展的好项目，这是建德人民的梦想。他们明白这个项目的重大意义，看准了这个项目的良好前景，打破用人常规、组建项目专班，各相关部门通力协助、全力配合，不遗余力推进项目落地。经过不懈努力、全力争取，建德抽水蓄能电站项目终于开工。三十年的风雨兼程，始终伴随着国家、省和杭州市主管部门始终如一的鼓励和支持，始终伴随着来自全国各地抽水蓄能专家对该项目的特别关爱和感情，一轮一轮政府接力坚持，才得以最终达成。

第三，从投资主体来看，离不开协鑫能源科技有限公司的阔大的胸怀与担当。协鑫能源科技有限公司是一家怀抱梦想又脚踏实地，敢想敢为又善作为的民营企业。2015 年，在我院推介后，协鑫随即进行深入调研考察，他们敏锐地发现建德抽水蓄能电站的独特优势，是华东电网建设条件不可多得的优良站点之一。于是，协鑫从谈投建项目合作开始，坚守项目，竭尽所能。可以毫不夸张地说，协鑫集团介入建德水电站项目拯救了项目。虽然民营企业没有做抽水蓄能方面的优势，资金投入非常之大，项目过程当中完全可以退出止损，但是他们始终不放弃不抛弃，立下决心做建德抽水蓄能电站项目，与建德人民共同实现水电梦。我想，这种精神的背后也折射出了协鑫公司"把绿色能源带进生活"的企业精神，而这种精神，滥觞于协鑫企业文化，伴随着协鑫电力人无远弗届的开拓进取；这种精神，是勇毅担当的气魄，是开拓奉献的情怀，是协鑫奋斗者默默坚守的那份信念与执着！

新时代开启新征程，新时代召唤新作为。华东院人将以"负责、高效、最好"的企业精神，为建德抽水蓄能电站的开发建设，为建德市人民的幸福生活，继续贡献华东院力量。

作者简介：口述者胡万飞，中国电建集团华东勘测设计研究院有限公司市场总监、抽水蓄能工程院院长；整理者谢建萍，建德市作家协会会员，建德市教育科学研究中心小学语文教研员。

千淘万漉虽辛苦　吹尽狂沙始到金

沙宏秋 口述　鄢俊 整理

　　许多年以后,对于乌龙山抽水蓄能电站项目,我仍然充满自豪感和成就感。因为当时我是该项目的总代表,在前期的考察调研和项目可行性论证的基础上,我向集团投资决策委员会汇报并且通过的,也是由我代表协鑫集团参加签约落地的。

　　对于乌龙山抽水蓄能电站项目,确实是一个大手笔,建德市地方政府、华东勘测院、协鑫集团特别是三方的领导层站位都很高,对该项目的战略定位很高很清晰,战略路径也很清晰,所以能够一拍即合,否则就不会有该项目的落地和签约。

　　当时,建德市政府、华东勘测院、协鑫集团都抱着同一个想法同一个信念,就是不论碰到什么困难,都要拿出"逢山开路遇水搭桥"的精神,一定要把乌龙山抽水蓄能电站项目做成了,做出成绩,做成经典。

　　作为地方政府,建德市很清楚自己的优势条件和需要,已经对此项目培育了好多年(20世纪90年代初已经开始)。华东勘测院,为了乌龙山抽水蓄能电站项目,也已经深耕已久,付出了大量的精力和财力。这样的情况下,二者都很需要找到一家好企业,把这个项目接续发展下去。

　　而有幸接续发展的协鑫集团,作为一家做能源起家的国际化民营企业,当时在新能源方面已经是名列国际前茅了，在光伏等新能源产业，尤其是多晶硅及其切片的产量都是全球数一数二的。协鑫集团领导层包括董事长朱共山在内，从国家能源安全战略出发，认为抽水蓄能方面的项目是不可替代的绿色能源；而且资源是不可再生的，开发一个少一个，以后只会越来越少。与此同时，他们也都意识到新能源也面临着一个重大问题——储能，包括电池储能在内的很多储能方式，都还是小规模的，不能够解决大面积的能源储备问题。所以并不是有水的地方就一定符合条件就可以上项目的。而我国的能源状况是缺少油气资源，大量使用的仍然是碳排放量大、污染严重、对气候影响也明显的煤炭。这就决定了我国一定要发展低碳低污染的风、光、水等为载体的清洁能源绿色能源等新能源，这也是我国能源战略的必然发展方向。而发展新能源，无论是风力发电还是光伏发电，在并网输送电力的过程中，都存在着明显的因为季节或者昼夜而造成的风力和阳光的巨大差异，因此具有很大的不可预测性。但是集体或者个人的用电，是不会因为这些而相应增加或者减少的。所以这时候的供电和用电的矛盾就显而易见了，有时候这种供需矛盾是非常突出非常巨大的，这种局面就迫切要求尽快解决储能问题。而抽水蓄能电站项目，恰好就是具备能够解决储能问题的优势的能源好项目。所以协鑫集团得知乌龙山抽水蓄能电站项目需要找一家规模比较大，专业能力比较强，财力比较雄厚的合作方时，马上就毫不犹豫地拍板了，准备参与竞争并且拿下这个项目。

当然协鑫集团拍板拿下该项目，也是冒了一定风险的。比如之前承担该项目的那家企业其实就并不适合，包括环境保护评估、取水等问题，包括取得该项目的总体立项，还有千岛湖新安江是著名的旅游景区等因素，这些都造成当时做该项目还不具备条件。但是协鑫集团为什么敢于"明知山有虎偏向虎山行"呢？因为他们相信了解自己优势和需求的地方政府，相信具有相当专业能力和眼光的华东勘测院，相信问题早晚肯定能够解决，相信项目一定能够顺利推进。另一方面非常重要的是协鑫集团及其包括董事长朱共山在内的领导层有自信，有自己的底气。这种自信和底气，来自他们对于我国的能源状况和国家的能源发展战略的深入细致的研究、了解和深刻精准的认识、把握。正是这自信和底气，所以协鑫集团敢于冒着一定的风险而果断拍板。

风险来自哪里？协鑫集团经过调查了解，得知之前的那家小企业早在 20 世纪 90 年代就请设计院进行了勘探等工作，历经好几年，也花了不少钱；但是没有全面委托设计，没有大规模开展勘探测量等前期工作，也没有取得该项目的总体立项，因为这些都需要大量的人力、物力、财力的支持。而该企业虽然已经在当地深耕多年，但是无论在规模还是专业能力或者资金财力等诸多方面，都是远远不能够与协鑫集团相提并论的，实在无力提供该项目所需要的资源和各方面支持。另一方面，由于规模和财力限制，该企业忍受不了长期的投入却没有产出和回报。所以该企业提出了议价转让该项目，准备拿回好几年来为该项目前期所做的勘探等前期工作和部分许可而投入的人力、时间和资金等成本。这些都是需要进行通过前期大量细致工作去全面了解、精准核算的，否则就有可能埋下风险。

当时的建德市政府、华东勘测院自然是知道这一情况的，都认为该企业不适合再继续揽着乌龙山抽水蓄能电站项目，因为该企业不可能也无力再继续投入特别是大规模的投入和开展、推进该项目，企业领导层也没有这样的决心和信心，如果继续下去，该项目很可能会半途而废。因此，此时的乌龙山抽水蓄能电站项目，亟需易主再战。

巧的是，华东勘测院与协鑫集团一直有合作，彼此都很了解；同时对政府的态度也很清楚。所以 2015 年 5 月在此项目迫切需要易主变局的情况下，华东勘测院主动牵线搭桥，向建德市政府推介了协鑫集团，同时把这一情况告诉了协鑫集团，也告诉了该项目的审批主体杭州市政府，希望该项目能够另起炉灶重新出发。

于是协鑫集团与那家企业的谈判自然而然地就展开了，最后以六千多万元达成转让协议。

其实在协鑫集团入主之前，各方面也为乌龙山抽水蓄能电站项目推荐了好几家企业，但是不管是国有企业还是民营企业，都未能成功。国企之所以无法成功，是因为虽然有钱，但是由于企业管理制度和财务做账等方面的制度约束，只能够按照最初的原始价格而不能议价，所以不能拿出这六千万元来付给对方；但实际上前期开展勘探等工作和人员成本等各方面有形无形的付出是不能不计算在内的，全部核算下来已经超过了六千万元。而一般的民营企业都像原来的开发商一样，不是不具备开展该项目的实力，就是没有协鑫集团在新能源运营方面的强大优势。

鉴于此，华东勘测院立马就想到了以新能源见长且对该项目肯定感兴趣的协鑫集团。事实证明的确如此，协鑫集团及其高层得到这个项目后，立马拍板，表达了承担该项目的意向。当时我是集团分管电力的副董事长，我在集团董事会上竭力主张接下这个项目，认为这是千载难逢的好机会，如果错过了，就很难再遇上很可能要抱憾终生。在我的大力举荐下，协鑫集团很快就与对方签约付钱，把项目揽到自己的名下。到 2015 年底，协鑫集团与当地政府和华东勘测院正式签订三方合同，把华东勘测院和地方政府之前投入的资金也全部付清了，该项目也正式转到了协鑫集团的名下。

当然，如此重大的项目，而且是冒着一定风险的项目，是一定要在协鑫集团的最高投资决策会上陈述和表决通过的。虽然彼时包括我在内的一批企业管理层非常看好该项目，但是确实也是存在着一定的风险的。比如万一该项目的整体立项通不过，或者某些环节上出了问题，那么不仅仅那六千多万元完全有可能打水漂，还有必须支付的评估、勘探、设计等单位的费用，以及其他无形的费用也都会白花。因此，在由集团董事长和三个副董事长在内的集团最高投资决策会议上，我作为主讲人，把项目的利与弊、地方政府的态度、华东勘测院所掌握的资料、协鑫集团必须支付的此项目的前期费用以及费用的合理性等等，都进行了全面而翔实的陈述，并且表达了自己对该项目的看好，只不过是时间而已，值得集团"赌"一把。当然，集团的最高领导层都是熟悉我国能源安全形势和能源发展战略的，每个人都了然于心。所以，协鑫集团投资决策会议果断决定：项目，干！费用，付！

于是，按约支付了前期费用，完成了乌龙山抽水蓄能电站项目从原承担企业转到协鑫集团名下的"户口"迁移。其实，对于该项目来说，何止是一次"户口"迁移，完全称得上是个历史性大跨越。从此，颇多曲折的乌龙山抽水蓄能电站项目，成为"勇立潮头，时不我待"的幸运儿、弄潮儿，走上了大踏步前进的康庄大道。

其实，协鑫集团的集团高层，之所以敢于如此果敢毫不犹豫就拍板拿下乌龙山抽水蓄能电站项目，绝对是有充分理由和准备的。对乌龙山抽水蓄能电站项目，协鑫集团是非常重视的。当时，从多方面渠道了解了乌龙山抽水蓄能电站项目后，协鑫集团董事长朱共山专门就该项目的可行性问题召开集团高层会议，会议决定安排由我担任协鑫集团关于乌龙山抽水蓄能电站项目的总代表，对前期考察调研负总责，在全面、具体、详实的考察调研的基础上，对该项目进行相关风险和价值的评估、论证，拿出该项目是否要投资的结论，然后向协鑫集团董事会汇报投资该项目的投资价值和可行性，以便集团最高层对是否引进该项目进行决断。

其他前期的考察调研等具体工作由电力集团的战略发展部承担，部门总经理黄钰元、副总经理吴洁具体负责该项目的前期准备工作，包括与杭州市市政府和当地建德市市政府以及华东勘测院的对接、协调，包括项目的审批、选址、施工准备，投入的成本与产出利润的性价比核算、环境保护评价等。正是他（她）们的辛苦付出，为我对该项目的论证和整个协鑫集团的投资决策，提供可靠详实的第一手材料。

为了充分了解乌龙山抽水蓄能电站项目，了解杭州市建德市两级政府的态度，了解华东勘测院所掌握的材料，我曾经两次特地来到建德市，来到乌龙山库区。这些事虽然已经过去好些年了，但是我依然记得包括杭州市政府和建德市政府两级地方政府，以及华东勘测院对该项目的用心和执着，也看到了他们对本地优势的充分了解和对地方需要的精准把握。其实乌龙山抽水蓄能电站项目，早在20世纪90年代，就已经在地方政府、华东勘测院的共同努力下成立了，地方政府和华东勘测院对该项目早就深耕多年，特别是华东勘测院，为培育该项目，在人力、物力、财力等诸多方面付出了很多。而承担了开发经营该项目的那家企业，虽然规模不大，但却表现出了敏锐的嗅觉和一定的定力，如果不是实在是财力不济，肯定还要坚持下去的。

为了获得最真实可靠的第一手材料，电力集团战略发展部的领导和相关工作人员，除了从华东勘测院和建德市政府相关部门获取资料，还不辞艰苦多次爬山到乌龙山库区进行实地考察。副总经理吴洁就曾经带领工作人员，在当地向导的引导下，翻山越岭，艰难跋涉，硬是依靠两条腿爬上爬下。有的地方人烟稀少，连山路都被柴草淹没了，多亏了向导用柴刀和双脚为大家开辟出可以行走的道路来。记得有一天，跋涉山路来回共 38 公里，两腿发软，直到回家后腰酸背痛，连腿都伸不了了。但是让他们高兴的是，此次爬山实地考察，让他们轻易地解决了我提出的问题：与其他同类项目相比较，有什么优势？他们发现这里居然有天然的取水源和下水库——富春江，这个大大节省了项目的成本；其他各项常规指标也都符合要求无可挑剔。综合各方面的因素，他们得出结论，这是其他绝大多数同类项目所没有或者无法相比的成本优势！

不仅仅是不辞辛苦实地考察，有时还要为了项目而与对方人员唇枪舌剑。但是各方的工作人员，虽然曾经为了该项目而协商和谈判而争吵，但是大家心中却毫无芥蒂，心里有的只是这个项目，焦点就在于项目的可行性和价值几何。随着谈判的推进，双方的争吵也随之而升级。可是，争着争着，却发现与对方竟然有了更多的了解和理解，不知不觉互相产生了敬意，完全不似最初的假想敌式的试探与臆想，而是两个江湖大侠的相互仰慕和惺惺相惜；甚至于感觉少了这些争吵，反倒是会感到多少的虚幻和莫名。之所以会这样，因为大家有一个共同的目标，那就是把项目做好。所以，渐渐地，相互之间都有了不打不相识、不争不成交的意味。

应该是 2016 年初吧，通过多方面的努力，乌龙山抽水蓄能电站项目的投资合作终于达成协议，建德市委和市政府、华东勘测院、协鑫集团的代表在新安江举行了规模盛大的项目落地会议和签字仪式。三方的代表有建德市领导戴建平、童定干、吴铁民、周友红、叶万生、尤荣福、童文扬、徐建华、张旱林，华东勘测设计研究院院长张春生等。建德市委书记和张院长都发表了讲话，对于项目落地的意义及其相关工作进行了高度评价。作为协鑫集团的全权代表，我也郑重地签下了自己的姓名，并且作了讲话。活动很隆重，由时任建德市童市长主持会议，协鑫集团和华东勘测院的相关人员，建德市四套班子和各部委办局的负责人、相关乡镇和单位的负责人参加了此次活动。

最有意思的是，讲话的各方代表，没有一个是带着稿子的，全部都是即兴发挥，但是全部都获得了热烈持久的掌声，因为这是一件多方共赢的大好事、大喜事；而那一时刻，是一个一锤定音令人激动让人欢欣鼓舞的时刻！更重要的是，三方把自己的思路，把自己的决心，把项目推进的路径，都明白准确地表达了出来。和以后的其他为解决某个具体问题而召开的会议相比较，这次会议意义更加重大，让他难以忘怀至今仍然记忆犹新。

现在想想该项目之所以能够成功签约，我的感受颇深。我认为三方对该项目的共识是基础和前提；华东勘测院提供的资料，和吴洁等前期工作人员的艰辛付出而得出的可靠准确的前期材料，因此比较容易地拿出了材料翔实依据充分的可行性分析报告；而地方政府及其领导和工作人员的支持配合，给了他们很大的助力；而建立在可靠而翔实的材料基础上，论据充分逻辑严密的可行性报告，加上投资决策会上观点鲜明层层推进的阐述，让之前就胸怀国家能源发展战略，准备拿下该项目的集团最高层，吃下了定心丸完全放心地全票通过。

本来从此该项目应该是一帆风顺快速推进了。但是偏偏好事多磨，此后又遇上了许多意想不到的问题。先是省供电局对此项目给协鑫集团这样一家民营企业做有意见，多少起了一些负面影响。其实国网也想拿下该项目，虽然没有明确表达。不过国网一样也遇到了国企的管理制度和财务纪律问题，虽然专业能力强而且有钱，但是不能议价，也不能为一个暂时还没有审批通过的项目付钱；另外在整体立项通过之前，连勘探、设计这些工作都难以开展。

然而，最困难的是规划。本来之前省里是说有希望的，但是不久又不给批了，这样起起伏伏了好几次，包括国家的和省里的相关部门，都没有一个明确的答复。就这样反反复复了好几年。所幸公司内部还是团结一致大力支持的，特别是电力集团的财务副总裁沈晓，一直都是有求必应。虽然项目还没有全面获批，但是2015年就专门为该项目而成立的公司一直在运维，负责运维的总指挥黄涛、副总指挥刘宝玉等人和其他工作人员也在各司其职，相关工程一直在进行，方方面面都需要用钱，沈晓即使有些成熟项目不一定完全保证，但是在建德的抽水蓄能项目公司，却从来没有短缺过。

就这样三方从来都没有放弃，一直在做相关部门的工作，反复阐述项目的重要意义和可行性。我是 2018 年退休了，2017 年朱钰峰接替了电力集团董事长职务，我们一直坚信我国能源的战略发展方向，从来都没有泄气失望，坚定看好新能源清洁能源绿色能源的发展方向，坚定看好协鑫的未来。也许是功到自然成，去年（2022）规划终于得到了批复。得知消息，我真的是感慨万千，协鑫集团第一批就被美国制裁，其实说明了协鑫集团了不起，虽然仅仅是一家搞新能源的民企，但是能够有让美国忌惮或者羡慕的产品或者技术；现在乌龙山抽水蓄能电站项目成功获批，也是一个很好的证明。

2022 年 9 月 15 日，该项目的建设工程正式启动，标志着乌龙山抽水蓄能电站项目历经重重考验，终于成功落地了。在这里，我也想说要特别感谢项目公司成立后一直在建德工作、生活的项目副总指挥刘宝玉，感谢前期付出颇多的战略发展部副总经理吴洁。而对于当地政府领导，我印象最深刻的是项目总指挥吴铁民。作为地方政府的牵头人吴铁民主席，一直是愈挫愈勇，反复奔波于协鑫集团、华东勘测院和相关部门之间，特别是向上级相关部门反复强调项目的优势和可行性，连对方也不得不为之叹服。时过境迁，虽然已经过去好些年了，但是我依然时常想起吴主席一次次去省能源局和省发改委等部门，强调该项目比较同类型其他项目的巨大优势，以期获得相关部门及其工作人员的认可和选择。吴主席真的是把乌龙山抽水蓄能电站项目当作事业来做的。

作者简介：口述者沙宏秋，1986 年毕业于中国矿业大学，主修企业管理，高级经济师，原保利协鑫能源执行总裁；整理者鄢俊，杭州市作家协会会员，现供职于浙江建德新安江中学。

谋同德协心志安

费智 口述　蒋秀英 整理

　　因为乌龙山蓄能水电站的建设，我与建德结了缘。我是江苏人，建德和我的家乡有很大的不同。这里山清水秀、风凉雾奇，绝美的自然风光总是让我流连忘返。特别让我印象深刻的是这里的人，他们对企业的支持、对项目推进的执着，常常让我十分感动。

—

　　我接手这个项目的时候，我们公司和建德方已经商谈了有一段时间了。我了解的情况是，华东电力设计院向我们集团推荐了乌龙山抽水蓄能电站这个项目。协鑫和华东电力设计院同在一个系统，之前有过合作，协鑫致力于发展绿色储能和新能源给他们留下了比较深的印象。所以在推动乌龙山抽水蓄能电站这个项目时，他们就想到了我们，觉得协鑫也是一个比较大的企业，有实力来接手这个项目。在华东电力设计院的牵线搭桥下，我们公司就和建德市政协的吴铁民主席联系上了，双方谈来谈去谈到了一块，协鑫和建德就此结缘。

　　2017 年，我第一次到建德考察，是来确定乌龙山这个项目的。我是公司的总裁，之前有些事下面的人处理就好，真正需要拍板时，我还是要先来看一看。第一次到建德，我直接就去了乌龙山。那时候还没有上山的公路，我是用双脚爬上去的。沿着弯弯曲曲的山道，我们一行爬到了现在的上水库那个地方，然后又往下走，爬到那个桃坞，也就是下水库那个地方，上上下下花了好几个小时。当时我来目的，主要是看库区有多大的容量，然后看要把它围起来花的工程量大不大，还有施工的总工程量大不大。虽然很累，但我很兴奋，乌龙山的生态实在太好了，古木参天，满眼苍翠，美不胜收。更重要的是，到乌龙山实地察看后，我觉得这里建抽水蓄能电站的先天条件实在是太好了，不但上水库库区的容积很大，而且它三面有山包围，一面是空的，施工起来相对方便。特别是下水库，还有一个现成的水库，不像一般的抽水蓄能项目，需要上面建一个上水库，下面再建一个下水库。而且其他项目还涉及移民问题，乌龙山这里却没有人居住，没有类似的麻烦。所以说，在这里建抽水蓄能电站有非常多的优势。

考察结束后，我们公司内部就开了个会，这次就把接手乌龙山抽水蓄能电站这个事给正式给敲定了下来。在这之前，我们是跟建德签了一个意向协议，但说实话，社会上签了协议又黄了的事多了去，而这次来是真正把事情往前推进，所以说，这次到建德的行程对乌龙山抽水蓄能电站这个项目来说是十分关键的一次。

二

我是 2015 年从央企国力集团转到协鑫的。刚来到协鑫的时候，我们董事长就跟我说，你以后就要做国家战略能源、绿色能源方向的，常规的火电啊、煤发电啊、化学能发电啊就不要搞了，所以我也是遵循我们董事长给我的要求，来开展有关项目的前期开发的，像建德乌龙山这个项目就完全符合我们产业发展方向要求。当时，从全国来看，发展抽水蓄能产业还是比较早的。在这之前，抽水蓄能项目都是央企在做，而且都是电网公司在做，很少有非电网公司，特别是非国有的公司参与其中。我们协鑫也可以说，是非国有公司中较早进入这个行业了。

我们非常看好建德这个项目，因为它不但是绿色能源，还是可再生能源项目。现在国家正在实施"双碳"战略，而当时国家提的是发展可再生能源，如风电、光伏等。但风电、光伏要大规模发展，必须要考虑储能问题，而对储能来说，抽水蓄能是最有竞争力、最有经济性，且容量特别大，也是目前国内外最技术最成熟、成本最小的储能方式，能真正起到解决峰谷差压和能量阶段性的这个问题，所以我们从那个时候就开始有意识要布局抽水蓄能项目。

我们是中国非国有的、国内第一大的非公电力企业，我们公司的主要业务是风电、光伏和抽水蓄能，都是以新能源、可再生能源为主，现在我们的业务遍布世界各地，像在东南亚、欧洲、非洲都有相关业务。

乌龙山这个项目建成后，最大的功能是调节用电的峰谷差。简单来说，夜里一般企业就停工了，用电量少；而白天生产生活的用电多，白天和晚上用电量有很大的区别，这就是用电的峰谷差。而这个峰谷差最有效的调节方法就是抽水蓄能，当然技术方面还有调频。

抽水蓄能电站的另一个作用是解决能源的间歇性，也就是能量的阶段性问题。风电光伏发电它是有间歇性的，像风它不是一直吹的，光也是一样，白天有，晚上没有。但老百姓的用电是持续的，抽水蓄能电站可以把这些间歇性的能源调节成和老百姓用电需求相一致性。可以说解决风能光能的存储问题，抽水蓄能电站也有非常大的作用。

乌龙山的项目建成后，可以最大比例消纳可再生能源，对华东电网，甚至对整个中国电网的稳定运行都有巨大的作用。我们公司对抽水蓄能电站项目的前景非常有信心，对与建德合作的未来也很有信心。

三

和建德合作以来，给我留下深刻印象的人和事有很多。比如吴铁民主席，我和他接触了很多次，我接手这个项目以来，他一直在主导这个事情。他既是市领导，又亲自负责具体的工作，对项目所有的事都了如指掌，这非常不容易。还有你们原先的市委书记朱欢，我刚和他接触的时候，他还是市长，还有童定干书记，他们是一个班子里的，都非常实干。在这个项目最困难的时候，我记得没错的话，应该是2018年，当时国家调整规划，把这个项目给调整掉了。据了解，我们这个项目在"两江一湖"规划的范围内，当时水利水电规划总院在审核这个项目的时候，就要把这个项目给撤了。听到消息后，我亲自来找你们市领导，包括吴主席和朱市长，让他们和我一起想办法。他们都非常认真负责，和我一起到上面跑。记得有一次我来找朱欢市长，那一天刚好是周末，他回杭州家里了，我还有点担心他会不会见我，没想到接到我电话后，他一口答应见我。那天就在他家楼下我们见了面，"两江一湖"的规划由省林业厅在管，了解到情况后，他带我一起去了省林业厅。这件事我印象特别深，可以这么说，没有吴铁民主席和朱欢书记，这个项目就没了。

作为企业来讲，我们知道一个项目从签约到落地是非常不易的，一些关

2017年3月30日，贲智、王世宏总裁一行来建德考察

键的环节，真的是要靠地方政府的支持，特别是要争取省里面的支持，没有建德市的领导亲自去跑，我们也是寸步难行。当然建德市的领导在省里面做工作，我们自己也要在国家层面做工作，才终于把这个项目给留了下来了，才有了后面我们的合作，否则这个项目可能早就已经胎死腹中了。

在建德市领导的努力下，当时浙江省相关部门也就在法律法规允许的情况下，把规划给调出来了，这其中包括生态红线问题，这个是吴铁民主席亲自在跑的。还有最难调的"两江一湖"核心的这个规划，这个规划出台是二十多年前的事情了，已经不符合现实的状况，但中间没有涉及大项目，就没有人来管是不是需要调整。一旦有大项目要上，国家相关部门在审批时就会翻规划，发现项目在名胜区规划范围内，就会直接把项目给取消了。建德的领导和相关部门，一直帮我们去省里争取调规，一直争取到国家相关部门，终于把这个项目通过合理合法的手段给救了回来，不然这个项目就没有了。

2018年，我在建德跑了非常多次，听说项目有问题的那个月，到建德跑了四五次，那段时间不是跑建德就是跑北京，跑北京主要就是跑国家林草局、水规总院，所以说，项目能够向前推进，也是我们双方共同努力得来的。

四

协鑫和建德双方合作以来，我觉得有几个节点是比较关键的。一是华东电力设计院把这个项目推荐给我们后，建德的戴建平书记带领一帮人到协鑫去签约，我们董事长亲自参加的签约仪式，这个是很重要的一个节点，从这以后我们两家就一起结合起来了。二是2017年我带队来建德，那次是项目真正的启动。确定下来后，我们开了一个一个专题审查会，审查完成后，还很多工作要做，我们的项目团队如刘宝林，建德这边的吴铁民主席，一直在负责项目推进。第三就是2018年项目遇到那一个特别大的坎，在双方努力下，好不容易把项目给保了下来。第四是去年的项目的正式核准。去年国家有一个非常好的政策，加快了对抽水蓄能项目的审查，这是一个很好的机遇，而我们早就看准抽水蓄能项目，早做好了准备，因此很快就通过了国家层面的审查。2021年和2022年，我到建德次数也非常多，因为项目要核准了，马上要审批了，有些具体的事情就需要我过来处理。

对于这个项目起关键作用的人，我们公司同意这个项目的是我们董事长朱共山，然后是我的前任总经理沙宏秋，最早是他和我们董事长定的这个项目，后来我才接手。我起的最大的作用，是2018年这个项目要没了，让这个项目起死回生。最近项目要开工了，我到建德也来得比较多，主要是来协调一些具体的事情，比如电网等，涉及上层，必须要我亲自出来协调。

建德协鑫公司的人，基本上都是总公司派来的，在建德当地也招了一小部分，主要是因为电力行业是资金密集型，也是专业密集型的行业，它有一些专业的要求，项目推进中，我们作为投资方需要专业人员的支持，如项目核准要几十套文件，要达到上面审查的要求，如林业部门、农业部门、环保部门做的资料，都需要专业的人来做，所以我们派的都是专业的人过来。

五

到目前，我到乌龙山上一共去了四次，2017年一次，开工那时去了一次，修路去过一次，最近一次是陪国家能源司的副司长上去。最后一次和第一次到乌龙山上感受有很大的不同，第一次上去的时候，山上都是小路，都是弯弯曲曲的山路，有的地方甚至还没有路，山上山下爬了很长时间，而现在上山的公路修得非常漂亮，规格也很高，从山脚到山顶几十分钟就能到，这个是最大的不同。而且我们的项目已越来越成熟了，我的感受也不一样，已经从客人变成主人了。

乌龙山抽水蓄能电站这个项目的资源很好，理论上可以做得更大，我们现在的总装机容量是240万千瓦，是华东第一大。现在全国第一大的抽水蓄能电站在河北，总装机容量有360万千瓦，我们这个项目先天条件是很好的，做成全国第一大也是没有问题的，而且我们这个项目的水位差大，势能转变成动能的效果非常好。总的来说，这个项目容量大、落差大，然后下水库还是现成的，造价就低，对我们企业来说以后竞争力就强，再说得通俗点，我们的电价就会比人家低，这个是非常有利的。

这个项目建好后，对调峰、对吸收可再生能源、对我国推进"双碳"工作，以及对电网安全都是很有好处的。此外，项目的建成对地方政府和企业的绿色发展也有利，因为抽水蓄能是绿色能源，比如说有些企业要出口欧洲，如果有绿电证明的话，它出口的关税就低，所以用了我们电的企业要出口就很有好处。

我们希望这个项目能达到多赢的结果，作为投资方我们能得到合理的回报，地方政府也能得到增加税收，我也相信，这么大的投入，这么多的付出，我们一定会有很好的收获。另一方面，我也希望这个项目有良好的社会效益，比如说能带动当地的旅游。抽水蓄能电站项目往往也会和旅游项目结合，我们也有一些规划，这方面建德市政府对我们也有一些要求，我们也想结合起来做，在总体设计方面已经把旅游这块也放进去了。我们也会和建德旅投来合作进行一些项目，这块我们目前也在谈，我想这个项目建成后，也会给建德带来旅游方面的人气和收入。

当然最重要的还是要保护好生态，我们在项目推进时非常重视生态问题。施工不可避免会影响生态，但我们要在施工中，边建边及时整改恢复生态，确保对环境不造成大的不利影响。

六

我们这个项目建设全周期大概需要五至六年，按照设计规范是五至七年，我们想尽量缩短一些时间。到 2028 年，我们第一台机组就基本可以投产了，140 亿元投资会在这个周期内完成。我们公司投资电力项目超过 100 亿元的这是第一次，其他超过 100 亿元的都是制造业的项目。

我们也希望能与建德市政府有进一步合作，这个抽水蓄能还有空间，以后看看能不能争取政策做二期。此外，我们希望有了这个大项目后，能够帮助地方政府招商引资，或者我们来投入更多的项目。

我们在全国各地都在做项目，对各地的营商环境都比较了解，浙江大气开放，担当包容，政府对企业的服务非常到位，特别是建德的市级领导对项目非常关心，主要领导亲自到省里到北京跑，有了政府部门的协调，我们的办事效率会更高。非常感谢历任建德市委、市政府对我们的支持。

乌龙山抽水蓄能电站这个项目前景非常好，这是华东最大的项目，也是全国排得上号的项目，对电力行业、对社会的影响会起举足轻重的作用，这个作用还会越来越明显，对国家能源战略，特别是习近平总书记提出的"双碳"战略目标的实现都会起到积极作用。我希望我们企业的效益好，为地方政府的税收贡献大，更希望我们能为建德的绿水青山添砖加瓦，把建德的旅游搞上去，为建德的老百姓做点积极的贡献。我相信，等项目建成的那天，乌龙山一定会成为更好的景点，一定会为建德老百姓带来实实在在的好处。

作者简介：口述者费智，现任协鑫集团执行董事、协鑫能源科技股份有限公司副董事长兼总裁；整理者蒋秀英，曾任建德日报社副总编辑，现任建德市委党校副校长。

协鑫集团与建德山水的缘分

黄岳元 口述 王娟 整理

一

建德抽水蓄能电站项目是个非常优质的项目。我第一次接触项目是在2015年，中国电建华东勘测设计研究院在一个非常偶然的机会把信息推荐给我们，说协鑫如果要做投资，眼下就有一个项目特别好，但由于历史的因素搁置了，让我们有兴趣不妨了解一下。

推荐之后我们即刻考察，发现建德抽水蓄能电站站址具有独特的优势，是华东电网建设条件不可多得的优良站点之一。站址距杭州市100公里，距离上海260公里，地处华东电网和浙江省用电负荷中心附近，对外交通方便，施工便利，且位于国有林场范围，库区无移民，水库淹没损失少，站址天然成库条件好，自然落差大，投资成本低。

我对项目很有兴趣。当年我的身份是协鑫能源科技股份有限公司的副总裁，分管投资开发，于是我代表公司来建德谈抽水蓄能电站项目的投建合作。因为一个好项目，协鑫集团与建德的缘分就这样开始了。

二

项目优质，不代表过程就是一帆风顺。

2015 年至今，已经历经八年。这八年中，经历了四任建德市委书记和市长，从戴书记开始，到童书记，到朱欢书记，到现在的富书记，每一任领导都非常重视这个项目，上上下下不遗余力地做了很多努力，也遇上不少问题，甚至在北京的建德老乡也曾出面一起帮着协调过。

当初拿下这个项目，我以为后面也是顺理成章的。没想到，国家政策在变，整个项目并没有我们想象的那么顺利。有些问题的难度还很大，比如项目申报过程中涉及"两江一湖"风景名胜区森林公园生态红线的问题，也是一波三折。当时连吴铁民主席都觉得遇到大麻烦了，一度以为这个项目可能真的要前功尽弃了。我记得他当时很感慨地跟我说："黄总啊，我当初跟你谈这个项目时，真觉得项目是没有什么问题的，我可不是来骗你们投资的，真没

乌龙山上山道路建设现场

想到后面会遇到那么多困难……"幸运的是，在大家的努力下，生态红线的问题最终还是解决了，这过程很不容易。

2015年第一次带队到协鑫考察是戴书记，他是整个项目的第一任书记，代表市委、市政府去跟我们协鑫的朱共山董事长见面敲定建德抽水蓄能电站项目，双方谈得愉快。当时董事长也跟戴书记表态，项目就交给协鑫去完成，让他放心。之后的七年，协鑫确实也是一直坚守项目，政企各尽其能，各出各力推动项目，直到2022年9月15号实现开工。

朱欢书记也很敬业，亲自带队跑北京。这个项目对协鑫来说，仅仅是几年的时间，但对建德人民来说已经三十年了，三十年受制于种种因素，这种期盼已久的心情和毅力都在朱欢书记的身上体现出来，我们能感同身受。

早先项目刚进来的时候，我们与各部门的配合也比较多，像原来发改局局长许维元，后来调政协去了，很亲切的老局长，我现在见到他还是习惯叫许局。许局在项目指挥部时也是锲而不舍地做了大量的工作。这个起始于20世纪90年代初的项目，当筹建一度停滞，我知道指挥部的那些老同志们其实很心痛的。

协鑫来的八年，大家都在不懈的努力，这八年中有希望有失望。遇上政策东风就加快推动，项目推不动的时候又相对比较闲，但不管怎样，大家始终心照不宣地坚守在这里，从未放弃。当时指挥部有发改局、水利局、林业局等，只要跟这个项目有关的各部门都是同心协力的。其间，虽然政府人事有变动，包括书记、市长以及各机关单位局长、主任等，但支持是一如既往。

我目前是建德项目的董事长，平时跟吴铁民主席联系沟通会多一点，一有困难就一起商量。吴铁民主席是政府和企业联合指挥部的总指挥，一直亲力亲为盯着这个项目，差不多盯了二三十年，所以他对这个项目的感情非常深。

三

我很欣慰，能在很短的时间内取得建德政府的信任。在建德抽水蓄能电站项目上，有三个节点对我个人有着重要意义。

一是，我代表协鑫来建德对接项目，并跟政府签署投资协议，取得了电站项目的开发权。

二是，与双林集团的邬维静总在苏州集中谈判一天，谈定了项目股权收购协议。

三是，项目收购之后，协鑫跟华东电力勘察设计院签订了勘察设计委托合同，合同签订后立即加快推进项目各项前期工作。

这三个协议的签订为项目后续有序推进奠定了基础。当然，推进过程中困难也是层出不穷，比如当时项目在国家水规总院审查时，从备选项目进入到推荐项目，这一步就很艰难，大概花了两三年的时间。

投建建德抽水蓄能电站项目对于协鑫集团来说也是一次重大机遇。公司成立三十三年，这个项目是单个电力项目投资最大的项目，设计装机容量240万千瓦，总投资约140亿元。另外，项目本身也是一个造福人民，可再生能源的绿色项目，不产生任何的污染，符合国家"双碳"战略的项目。

所以，能从最初的备选项目进入到推荐项目，协鑫付出的辛苦也是值得的，也算是项目进程中的一个里程碑。

四

这八年来印象最深的一次会议就是第一次代表协鑫公司来跟建德政府谈抽蓄电站项目的合作，那也是我第一次见吴铁民主席。

在哪个会议室我已不记得，但会议的场景记忆犹新，当时我和我们几个协鑫同事都已入座，会场还有建德几个部门的同志也已经入座。吴铁民主席推门而入，一边进来，一边回头看了我又看。日后跟他回忆起第一次会面的场景，我说主席应该是抱着半信半疑的态度进来的，一边进来一边回头，至少回头了三四次，他心里一定是在想这个协鑫到底是个怎么样的公司？到底有没有实力？这个来谈的人究竟靠不靠谱？

我很理解吴铁民主席的心情，因为项目从1992年首次选址至今，吴主席一直代表政府经历了这个项目的曲曲折折。政府考虑得比较长远全面，在建德的地盘上投资，首先你得有实力，没有实力，拿了项目以后占着坑，最后项目建不起来，对政府来说是损失。所以我意识到要拿这个项目，首先要经过吴铁民主席的认可，这是第一步。

第二步，双林集团作为之前的投资方，在建德坚守了十二年，政府要对前面的投资商负责任，项目的前期工作也是他们做的，不能因为协鑫进来，就把双林集团清退出去，让双林原来几千万的投入打水漂，这不是政府愿意做的事，吴铁民主席要在双林和协鑫之间做好协调。

其实，协鑫集团那个时候已经挺强大了，但毕竟我们在浙江的项目不是很多，吴铁民主席对协鑫可能也不是很了解，再加上协鑫是个民营企业，所以吴主席的顾虑是对的，那时候的抽水蓄能项目基本上都是国网新源在做，民营企业做抽蓄项目的几乎没有。八年前抽水蓄能项目不像现在这么热，大家都觉得是好项目，都想来投资。作为民营企业能有这样前瞻性的布局和眼光，是很少的。

于是，我在和吴铁民主席的第一次见面的会议上说：没有双林前面十二年的坚守，就没有我们今天项目的合作机会。我们协鑫今天如果有机会进入这个项目，首先要感谢双林在这里坚守了十二年，所以他前面的成本付出我肯定是认的。第二协鑫是民营企业，双林也是民营企业，双方可以正常谈判。他退出，我们可以适当给他一点经济补偿，这在国资央企是做不到的。央企不是没有钱，体制上他做不到。比如这个项目双林集团正常花了3000万，央企给他5000万就不行，他不是没钱，是做不到。但我们民企相对比较灵活，可以根据项目价值给予市场化溢价。所以我跟吴主席说，只要政府支持，双林这边我们负责来谈。

吴铁民主席听了我的表态之后，应该是欣慰的。他觉得协鑫这家企业，一是很能理解之前的投资方在这个项目上的付出；二有了这样一个诚挚的表态，他估计双林那边也会愿意跟我们谈。我觉得主要就是这两点可能打动了吴主席，让吴主席感觉到了协鑫的诚意，也因而对协鑫有了好感。

<h1 style="text-align:center">五</h1>

在吴铁民主席的引荐下，我开始和双林集团接触。双林集团是家族企业，也是一家上市公司。

我们进来之前双林集团在建德抽水蓄能电站项目上已经坚守了十二年，相当于协鑫从双林手上收购这个项目，双林退出我们肯定要给予相应的经济补偿，过去十二年双林集团毕竟花费了很多的开发成本。

谈判就是这样，对方抛一个条件，我们讨价还价，但这个讨价还价要建立在合理的基础上，如果双方各自都不讲理，就没法谈，甚至会谈崩。跟我谈判的是邬维静总经理，应该说我和邬总的性格比较相似，都秉持开放的态度，明事理，大家都能换位思考，相互理解。他们没有过分的要求，我们协鑫也认可双林之前的付出，相互感觉也挺好，所以很快就达成了共识。

一个重大项目，在一天内把它谈好，这是很少见的。我和邬总谈了整整一天，她说等到将来乌龙山抽水蓄能电站项目建成的那一天，她一定要回建德来看看，因为这个项目是她父亲坚守了十二年的项目。

邬总的父亲十二年前获得建德抽蓄电站项目的投建机会，而后开展了相关的前期工作。邬总特别希望接手这个项目的公司能够真正把项目做下去，希望父亲当年的辛苦没有白费，也证明父亲当年的投资眼光是正确的。这种心情也是子女对父亲的敬重和怀念，他们愿意到父亲当年耕耘过的地方，看到耕耘过的项目能够开花结果，这是人之常情。

通过这次商务谈判，双林公司给我留下深刻的印象，这不是简单的钱款问题，而是从我们内心深处也是认为没有双林十二年的坚守就没有今天的项目。就像现在政府每次说起来也是认为如果没有协鑫这七年的坚守，说不定项目就会在哪个环节搁置了，很多问题当时不解决，也许后面就没有机会，或者搁置五年、十年之后，项目的价值也会大大降低。

建德政府感谢协鑫七年前进入这个项目，我们协鑫也一样的，不忘前人栽树之恩。

六

去年的六月初，王新锋市长到协鑫和朱钰峰见面会谈，这一谈就定下了百日攻坚计划。见面会谈那天到 9 月 15 号开工，正好是 100 天，于是就定在 2022 年 9 月 15 日建德乌龙山抽水蓄能电站筹备工程开工。

开工的时间定下来了，工作就开始倒排，开工前有哪些工作必须要落实的，政府负责什么，企业负责什么，都开始有序分工。还建了百日攻坚微信群，政府的各部委相关人员都在这个群里，富书记、王市长，包括我们董事长朱钰峰以及相关高管都在群里。基本上每天一有进展就汇报，一有困难就沟通，一有需要，双方领导就见面。

因为原定计划最早也要 11 月份开工，估计那阵子王市长压力也是很大的，大家都在紧锣密鼓地和时间赛跑。项目正式获批的路上，大家解决了很多困难，比如在电站项目审批的重要环节——省政府"封库令"过程中，为实现"即报即批、一天也不耽搁"的目标，政府办公室提前梳理相关问题，多次赴省政府沟通汇报，大大缩减了审查批复时间，有效加快了项目进度。

所有领导对这个项目都关心支持，富书记、王市长抓得紧，我们朱钰峰董事长也要求我们，答应政府领导的事一定要尽全力做到。那三个月，政府冲在最前面，杭州市、省里也是一路绿灯，全部全力以赴地配合落实。需要企业做的，我们也是全力以赴地在做，政企配合顺利。

2022 年 9 月 15 日，建德抽水蓄能电站项目筹备工程开建的那天，作为协鑫参与第一任领导戴建平书记也来了，这个项目是戴书记当年带队到协鑫跟我们协鑫的朱共山董事长见面敲定的，他的心里一定和 51 万建德人民一样感慨万千，感慨三十年追梦历程，终于尘埃落定。

作者简介：口述者黄岳元，现任协鑫能源科技股份有限公司副总裁；整理者王娟，浙江省邮政作协会员、浙江省散文协会会员、杭州市作协会员，现供职于中国邮政储蓄银行建德市支行。

我在建德的这些年

刘宝玉 口述　王娟 整理

—

　　大家都知道协鑫集团是做电力的，其实除了电力外，协鑫有很多其他产业，比如做电子硅、移动能源、换电制造等。最初和建德政府谈合作的时候，其实戴建平书记心里也没底，因为不了解协鑫，后来到集团考察之后才开始相互信任。那时候协鑫集团已经是新能源产业里的老大，曾经在全球新能源500强里排过第二、中国企业500强新能源行业列首位。做电，我们虽然不能和国家电网比，但我们是民营企业里的老大。前几年协鑫的光伏电站板块香港上市，曾经不是行业第一就是第二。

　　协鑫取得建德政府的信任之后，于2016年的1月24日签订的协议。我是2016年2月29日集团委派到建德履职，那天正好是周五。那时期集团在广西桂林和湖南永州两个城市交界的地方，搞了两个风电厂，我任了两个风电厂的总经理。2015年我又开始兼任协鑫集团安徽分公司的总经理，等安徽分公司注册好，人员招聘完备，我又到建德了。到建德后，我其实是同时兼了三个地方的总经理。刚来时，建德工作挺多的，很多梳理、协调、推进工作都排上日程，当时定下来的目标是2017年的5月份必须获得省发改委的批准。

2016 年 6 月 20 日，吴宝玉与建德市发改局、林业局对接项目审批事项

那段时间真给我搞得焦头烂额，三个地方离得太远，从湖南广西到安徽，再到建德正好是个三角形，三个地方的事情都多。湖南广西的风电厂正在开工，又到合肥搞新项目开发，然后建德这边是集团最大的项目，人给忙得连轴转。我记得 2016 年 5 月湖南永州那边几个当地的小混混把我们的施工人员给打伤了，风电厂停工一个月，我需要马上处理停工的事情，5 月 3 号被打，我 5 月 5 号赶过去，然后顶替我工作的接班人 5 月 30 号去，我 6 月 1 号回来，总算卸下一副重担。

二

到了建德，只有一个想法，把事情做好。建德项目搁置那么久，协议签了就得尽快启动起来。当时设计院还没落实，但因为是定向议标，定下来是给华东院，两个亿的合同。说实在，我们协鑫都没搞过抽水蓄能电站，它不像火电机组，你在这个地方建，你搬到那个地方建，投资差不多。抽蓄电站，一个电站一个样，依靠这个地形山势，是不可复制的。所以当时华东院给的那个价格就没有参考性比价，但我们毕竟是民营企业，需要成本管控，只能到处调研学习吧。搞抽蓄电站技术有一个计算方案，就是我怎么给你报的这个价？两个亿怎么来的？我们也学习一下去投标这个项目的计算方式。然后找了三家，集团领导也带队谈了三次，对"可研"有了一定的了解。后来我们就和华东院签订了协议，一直到2016年7月1日华东院正式启动了这个"可研"设计工作。他们搞得还是比较快，三大"可研"三大专题，2016年11月30日就提交给我们，然后我和吴铁民主席带队去北京水电水利规划设计总院。

大家都认为建德项目是没有问题的，毕竟项目规划了这么多年，还计划2017年的9月份要开工，这些进度都记录在我那时的工作计划中。我心里还盘算了一下，大概七八年的时间项目建设就能完成，我也正好到了退休年龄，心里还挺乐意的，再不用全国各地到处跑了。建德山清水秀地方好，离杭州上海近，离家（苏州）也近，好的地方干了七年正好退休，很美好。我其实是忽略了这个项目环境上存在的问题，也算好事多磨吧。

2009年做风景名胜区规划时，乌龙山电站项目确实是包含在其中的。但2016年11月30日我们去了北京水电水利规划总院，他说你这个抽水蓄能项目现在不具备条件审查，因为还是备选项目，不是推荐项目，不在专项规划的范围。我们后来了解到那年的1月8日在北京国家能源局一次会议上，明确了如果项目没有被列入专项规划里边的，出现的项目一律不准开展前期工作，不能做"可研"，不能核准，更不能开工建设。等于建德项目没有完成立项，这几乎是当头一棒啊！

我开始梳理整个项目的始末。1992年，华东勘测设计研究院发现建德县乌龙山有适宜建设抽水蓄能电站的站址。在我们协鑫之前是宁波双林集团拿了乌龙山抽水蓄能电站项目，但后来又长期搁置，搁置的客观原因说到底还是因为抽水蓄能电站过去没有放开。

大约2003年，国家几个部委联合下发了关于推进抽水蓄能电站发展的一个指导意见，开始鼓励社会资本参与投资，然后2004年就出台了一个关于电价的政策，双林集团就是这时候进来的。可能是出于对成本的考虑，双林集团当时在选择设计院的时候选了西北勘测设计研究院对项目进行预可行性研究和可行性研究勘测设计。其实，整个华东地区的初始规划都是华东院做的，建德项目属于杭州地区，站址距离杭州也非常近，电站项目的容量最大，建设条件也比较好，结果华东院规划的项目被双林集团拿到西北院去了，其中难免产生一些沟通上的隔阂，随着国家对抽水蓄能电站项目建设政策的变化及种种因素导致后来每一次规划上报，批下来都是储备。

说到"可研"报告，这期间浙江省电力公司曾经要求我们把建德抽水蓄能机组的总装机容量从240万千瓦降到160万千瓦。乌龙山电站项目耽误了这么多年，不可能从240万千瓦降到160万千瓦，大家都在积极争取。好在项目正好遇到了国家大力发展抽水蓄能电站的好时机，老百姓对我们的工作也有一定的促进。浙江符合抽水蓄能项目的资源很多，尤其是华东地区，有山有水，符合建设。上海和江苏也需要抽水蓄能电站的，但他没有地理优势，没地方建。我们能源部、水规院这几十年规划都是没有完成的，因为在国家鼓励社会资本参与投资之前，抽水蓄能电站都是由国网自己投资。

对建德抽水蓄能项目而言，找一个有投资能力的民营企业是对的，可以解决历史遗留问题，项目的建成会更快。民企体制灵活，项目投产后所带来的一些经济效益，也能给地方增加税收，能为电网服务，提高电网调控和规避风险的能力。对协鑫而言，得加快推进，将项目从备选列入推荐。

三

早在2013年4月16日，国家能源局的规划里有九个项目，五个推荐，四个储备，建德项目就是四个储备中的一个。

过去国家在审批这种项目，都会牵扯到一些环境问题，比如土地问题，是不是国家保护区域？在不在风景区的范畴？生态环保红线，过去在立项做规划时，先看这个地方具不具备建设以及应急处理的条件，如果技术上具备的话，可以先立项做规划，然后规划做好后在审批的过程中再通过环评。但2017年国家对甘肃祁连山国家级自然保护区生态环境问题发出通报，指出祁连山局部生态长期破坏问题十分突出，在重大建设项目上破坏了环境。本来国家对这个项目的立项，做了环境因素的设置，在规划中再去做环评都来得及的。但后来因为出现问题后，对环境要求就高了，要求所有项目在进规划之前必须先解决这些问题，不能带着尾巴，带着问题。国家是担心进了规划后，由于环境因素解决不了，受制约，最后项目无法正常推进，规划变了，实施不了也是白搭。所以2017年的1月10日，国家统一调整浙江省抽水蓄能系统专项规划，要求为了提高今后规划的准确性和可实施性，在进规划之前把环境生态问题解决掉。

2017年7月，国家林业局专门下了一个关于在国家级风景名胜区国家级森林公园有关建设项目的环境征求意见，意见上明确说了不能建抽水蓄能电站。这可麻烦了，我们一边担心，一边努力做工作，积极争取，打着尊重历史的旗号去争取，因为建德项目在国家林业局征求意见之前就已经规划了很多年。我们的项目站址是在风景名胜区内，他们沿江画了一条线，这条线到江面一段就是核心区，按有关规定核心区不能搞大型项目建设。但电站项目占用的核心区实际上只有1万平方米，只占了很小一块。在项目争取过程中，当时浙江省住建厅的顾浩处长和陈航总工其实都表示理解和支持，但"两江一湖"一千多平方公里的总体规划图里没有包含乌龙山抽水蓄能电站项目，他说你哪怕有任何小小的标志，有"乌龙山"三个字，事儿都好办多了。

这些年国家机构改革，不是以前什么部门在管，我们重新去找那个部门就行。生态保护红线当时是环保部和发改委管，风景名胜区归住建部管，森林公园是林业局管，草原、湿地又属于农业局管。你看我们这个地方又是风景区，又是森林公园，这涉及的生态保护红线问题各个部门都管，要找很多部门，而且很多部门他掌握的这个政策尺度不一样。总之，很复杂，但都必须要解决。

建德抽水蓄能电站项目存在三个问题，一个是生态环保红线，当时是国务院授权国家发改委和环保部两家来管这个生态红线问题。报上去的文件给专家看了之后，也沟通过，问题也基本解决。第二个是电站项目选址涉及富春江国家森林公园的问题，应该说办得也还算顺利。当时咱们市林业局夏根清几位干部一直在积极地联系上级单位，国家林业局也是比较接地气的，项目建设中涉及森林公园的问题得到解决，同意我们用它来搞建设。但置换的面积要求比原来大，质量比原来好，好在咱们建德山清水秀地方太多了。第三解决风景名胜区严东关景区的问题，主管单位由原来的住建部转到国家林草局下属的自然资源部，我们认为还是原来住建部那一帮人，应该也会理解我们。你看森林公园的问题都给我们解决了，你这个风景名胜区不给我们解决，那不还是建设不了吗？本来自然资源部组织专家对各个省市自治区报上来的这个风景名胜区优化调整的方案进行评审。结果评审过程并不顺利，然后导致风景名胜区这项工作暂停，所以项目又搁置了。直到2018年的1月24日，我们才拿到这个同意批复。这期间，朱欢书记一直在省政府沟通，紧盯批复不放，因为1月25日、26日两天我们的电站项目要参加北京的评审会，批复拿不到，评审会没法开。

虽然环境问题还没有落实，但2018年9月28日国家能源局的规划里，建德项目和桐庐项目都从备选列入到推荐项目，这一步走得很不容易。国家能源局要求建德项目在相关环境问题协调落实后，根据华东电网电力系统发展需要适时开发建设。

一直到2022年，我们在省政府争取到重大项目可以单报单批的政策，在不违反国家有关规定的情况下向上报批。到2022年的4月份，当时两个方案，一是严东关景区详细规划的方案，一是重大建设项目选址的方案，报到北京，两个规划在同一天开评审会。项目"可研"三大专题报告也分别在次月获批。

四

这些年，我们协鑫集团一直在坚守。

从我刚到建德，直到去年，这七年一直是成与败两种不同的声音在耳边回响。说我们协鑫搞不定，毕竟项目太大，投资太大，时间太长；说我们会

2022 年项目开工建设，刘宝玉（右）向领导介绍有关情况

把项目卖了的也有。其实，我很理解大家的关心和担忧，关键项目要批下来，项目批不下来，你卖给谁？没有人会接盘，所以要卖也得把项目搞定才能卖个好价钱。那既然项目能搞定，协鑫又为什么要放弃呢？我工作几十年，就没什么事干不成，这就是坚持的意义。

我很喜欢建德。但最初的那几年的确有焦虑和苦闷，工作推不动，心里着急，忙起来就几个月都不回家。偶尔回集团汇报工作，或者雨季来了，回苏州家里看看房子有没有发霉，除此基本都在建德。建德协鑫公司成立的时候，公司的员工最多是九人，后来陆陆续续减少，最少的时候就两个人，一个我，一个办公室的小姑娘，两个人身兼数职，什么都干。我们不怕干活，是怕想干活都干不了，项目推不动啊。就好比你在高速公路上，你车开慢点没关系，或者多绕点路也不要紧，但一堵车你就难受。你绕路一个小时，不会感觉累，你在那堵半个小时，车停了半个小时，心里就会着急。不怕多跑一点路，就怕走着走着就动不了。我那几年就是这个心情。

　　每年都要报工作目标，特别是一开始的时候每周都要上报进度，那时候刚成立公司，忙投建忙开幕，每周还有进度可报。后来连续六年，项目报批一波三折，进度摆在那，推不动的时候工资都得扣完。现在回过头看看，我从2016年开始，每一年年度给我定的目标都在，结果一直到2022年才报给集团项目筹备工程开幕，相当于这几年每一年都没有完成任务。时间很快，一晃五六年过去，如果我退休了，这个项目在我手上没进展，多难为情。很庆幸，项目最终还是推动了，所以总体来讲还算体面。

　　2022年的9月15日，项目筹备工程终于开工。开工仪式在乌龙山东南侧、富春江北岸的方门举行。那个位置将来对整个旅游业，以及周边区域的综合性发展是有很大带动的。

　　还让人欣慰的是，现在我们建德项目的现场进度比桐庐快，我们上山的路修好了，目前是以勘察的方式在开工，因为"可研"没做完，好在现在干

的是地下工程，不需要动地表的土地，地表硐口的临时用地都已经报批过了。整个抽水蓄能电站项目要全面开工还要等到华东院可研报告审查过以后才行，前期工作都做充足了，预计不会有大的问题。而桐庐还得花上一两年修上山的道路。不管怎样，项目早启动就早完工，早完工就早获益，这也是建德人民共同的心愿。

现在项目尘埃落定，但回头再看这个过程，还是蛮感慨的。要感谢建德市委、市政府领导，特别感谢戴书记，是他的决策，启动了这项工作。我体会最深的还有咱们建德政府和建德人民对这个项目的感情，真的是倾注了很大的心血，我也从没遇到过有一个项目可以做到像建德人民这样家喻户晓，人人皆知。

作者简介：口述者刘宝玉，浙江建德协鑫抽水蓄能有限公司总经理、建德抽水蓄能电站建设指挥部副总指挥；整理者王娟，浙江省邮政作协会员、浙江省散文协会会员、杭州市作协会员，现就职于中国邮政储蓄银行建德市支行。

"协鑫"助力乌龙腾飞

沈晓 口述   邵晋辉 整理

2015 年，协鑫走进建德，开始参与建德市政府与宁波双林集团就乌龙山抽水蓄能水电站建设项目移交的谈判。2016 年 1 月，协鑫与建德市政府签署了战略合作框架协议，成立了项目开发公司。

早在 1991 年，建德市政府就开始了乌龙山抽水蓄能水电站项目的筹建工作，历时三十年，其时间跨度之大是少有的，其间的艰难曲折不难想象，但也反映了历届市委、市政府的高度重视和支持，也足见该项目对建德发展的重要性。1991 也是协鑫集团正式成立之年，冥冥之中似乎注定了协鑫与建德市抽水蓄能水电站的不解之缘。

双林集团是乌龙山抽水蓄能水电站的前期合作单位，为项目的前期提供资金保障，并协助当地政府开展立项申报工作。因为时间跨度大，原先最早设计的 40 万千瓦装机容量已不能满足立项要求，随着二次选址落定，容量提升到了 240 万千瓦，项目总投资 140.548 亿元。双林集团作为一家以制造业为主的企业，无论是专业技术还是资金规模，已经不能满足投资主体的条件和要求，需要协商退出合作。在此之前，虽经多轮谈判，一直未能达成共识，直到协鑫进入，和多方协调沟通，充分展示诚意，最后以 6000 万元收回开发权。向集团汇报请示后，我第一时间将 6000 万元款项打给项目公司，并支付给双林集团，从此正式宣告协鑫集团投资建设建德市抽水蓄能水电站。截至2022年，集团已拨付资金2亿多，用于项目开展的前期工作资金和协鑫驻建人员经费和办公经费，有力地保障了项目的推进。

作为重大项目，国家要考虑到整体规划和方方面面的要求。因为"两江一湖"风景名胜区落地条件的限制和"风景名胜区整体保留，范围不作调整"的新政策制约，国家林草局的审批要求非常严格。协鑫人开始齐心协力马不停蹄地协助建德市政府和指挥部跑项目落地。从建德到杭州、到北京，上上下下、来来回回不知跑了多少遍，不知跑了多少个部委办局，虽然很多时候我没有参与，但从财务差旅费报销看，我也能感受到个中的曲折和艰难。时至今日，我们仍然需要和电力公司沟通协调相关事宜。

每次项目座谈会上，各方针对阶段性难题如何攻关献计献策，集思广益，充分调动各级资源推进项目。我对总指挥吴铁民印象特别深刻，每次他都能指出关键所在，并提出自己的破解之法。我觉得他是一位非常实干的领导，从来不玩虚的，工作效率高，这正是我们企业所需要和追求的。

功夫不负有心人，2022年9月6日，项目终于获浙江省发改委核准，同年9月15日正式开工。作为时间最长的总指挥，吴主席对该项目倾注了大量心血，这次项目落地，我能感受到他的激动和欣慰。

作为参与了项目落地的协鑫人，我们也是欢欣鼓舞。

兵马未动粮草先行。项目前期即需要投入较大的资金，因为政府和国企对财经的管理有严格的规章制度约束，所以在立项之前资金安排很难操作，而民营企业的机制相对灵活，只要对项目认可，企业可以提前注入资金布局。这是协鑫能够投资建设乌龙山蓄能电站的优势，也是当初双林集团与之合作的原因之一。与双林谈判成功后，作为集团分管资金的财经管理委员会副主任，我马上进入工作状态，在吴铁民主席的介绍和斡旋下，开始与当地的银行开展业务对接，并积极和杭州市行、省行衔接，争取金融部门对项目的资金支持。

为了加快工程建设，建德市政府也一直没有闲着，项目落地前，已经建好了上山的道路，项目核准后又在山上建造了停机坪，并争取项目在乾潭牌楼开工建造国网浙江电力建设500千伏输变电工程，齐头并进争取蓄能电站按期投入生产和运行。

在协鑫总部展示厅二楼有一座乌龙山蓄能电站模型，山顶是可以容纳1000万立方米的上游水库，下游水库是调节库容达7000万立方米的富春江水库，水位自然落差达700多米，距高比达到最好技术指标参数，是难得的优良站点，也是该项目的最大优势，大大节省了建设投资。项目建成后将成为华东地区最大的抽水蓄能电站，将承担华东电网调峰填谷、调频调相、储能备用等任务。蓄能电站符合国家新能源建设的战略目标，以"绿色理念"深耕的协鑫和有着绿水青山的建德也将获得双赢。协鑫的投资有了回报，建德不但增加了财税收入，而且能带动"双碳"背景下三江口文旅板块立体化升级，让建德这座"水电之城"更加名副其实，让依水而建因水而兴的宜居建德更加美丽！

作者简介：口述者沈晓，协鑫电力集团执行总裁；整理者邵晋辉，建德市作家协会副主席。

重温项目的最初时光

吴洁 口述　王娟 整理

我是从 2015 年 5 月开始接触建德抽水蓄能电站项目，我记得到了第二年 1 月 24 日，协鑫与建德市政府、华东勘测设计研究院三方签订战略合作协议的那一天，窗外正下着大雪。瑞雪兆丰年，我心想这应该算是建德项目带来的好兆头。

2015 年，我是协鑫集团战略投资部的总经理助理。我们那会刚接触建德电站项目的时候，公司还是电能集团，后来主体有一些变更，才成为之后的协鑫集团，集团最早是民营电力企业，做火电项目的。

现在回想起来，我们朱共山董事长是很有眼光的。2015 年的协鑫集团其实名气并不大，当时也没有民营企业会对这种抽水蓄能电站项目感兴趣，但朱董事长就是看准了，要去做。那时候公司已经将业务延伸至组件和光伏电站，意图打通光伏全产业链，但董事长觉得还是不够，因为全国的电网，尤其是华东电网调控的压力依然很大，需要大型的蓄能电站去支撑，当时最成熟的就是抽水蓄能电站。所以董事长也希望投资一个这样的抽水蓄能电站，可以说董事长也在寻找好项目。

一切都是机缘巧合。差不多同时期，华东勘测设计研究院向我们推荐了建德抽水蓄能电站项目。其实，整个华东片区的抽蓄电站的资源和规划都是华东院编制，通常大部分好的资源都在国网自己手里了，华东院是不会放给你的，民营企业基本是没有机会去介入这种项目。建德项目正好有一点问题，但项目各方面条件都很好，只因前期的种种因素而被搁置，对协鑫来说，也算是一个机会吧。协鑫的业务领域范围，华东院是清楚的，他之所以推荐给我们，应该也是觉得协鑫作为一个民营企业是有能力解决建德项目的历史问题。

既然华东院做了推荐人，我们没有再请他们做中介人，已经推荐了项目，再做中间介绍人就不合适了。信息有了，接下来我得找渠道拓展，这是我的工作。我上网查到建德发改局的座机电话，我记得当时已经傍晚5点多了，是个快下班的时间。我心里想，要不先拨个电话试试，看看网上这个号码通不通，会不会是空号？主要是考虑到社会在发展，座机在当时很多家庭和单位的利用率已不大。

电话拨到建德发改局，还真就接通了，当时接电话的是发改局的招商科长洪源。我自报了家门，表示协鑫公司对乌龙山抽蓄电站项目有兴趣，想了解电站项目的一些相关情况。洪源应该对下班前这个突然造访的电话感到惊

讶的，但还是很耐心细致地把电站项目的基本情况，以及目前是一个什么样的状态讲述了一遍。电话中，很热心，也很细致。

敲门砖打开，我的内心是喜悦的。我跟洪源约好，我说我们想来看一下，过两天就来拜访。两天后，我们就去建德了。谈得还挺好，互相也比较信任，双方留下了非常好的印象。缘分就是这么美妙，因为一个电话而拉开了协鑫与建德日后的合作之旅。我很欣慰，算是做了一回系绳人。

到建德拜访之后，双方的互动就开始频繁了。我们到建德考察，完了也邀请建德的领导们，特别是市政协吴铁民主席也到我们协鑫来考察。从最初那个电话，到吴主席来协鑫，时间差不多已隔了半个月，刚对接上时，吴主席并没有接见我们，对于一个民营企业要做这么大的项目，政府持半信半疑的态度也是可以理解。但政府对民营企业的信任也需要建立在一个感性的认识上，不是我说我是谁，我就是谁。只有来了，领导们才知道协鑫公司原来是这样子的。

吴主席来过协鑫总部，也去看过我们太仓港的电厂。我特别希望建德政府对我们协鑫的企业以及产业有一个全面的认识，了解我们是个怎样的企业，从而认可协鑫是个有实力的民企。

在沟通和洽谈的过程中，我们最终取得了吴主席的信任。当时印象很深的就是，吴主席和发改局提供的乌龙山抽蓄电站项目节点之前的所有资料都特别完整，为我们后面尽调的时候提供了很大便利。几十年的所有资料，放在发改局一个比较大的会议室的桌上，哪一年到哪一年，整齐有序地排放着，整个桌子都放满了，非常完备的档案管理，为我们的尽调查阅节省了很多时间。吴主席也是开门见山的，他说你们协鑫要接这个项目就得把前面一系列的问题解决掉。

吴主席还说，这个项目如果不是因为有这个因素制约，那些国网电建都是愿意投的，但央企是解决不了这么大的一笔费用，这是项目进行不下去的症结所在。吴主席觉得我们协鑫是一个恰当人选的原因就是因为我们是做电的，我们是中国最大的民营电力企业。

既然协鑫是做电的，那么做电站也是够格的，所以吴主席认为抽水蓄能电站项目可能真的还有机会，后面就安排了双林集团跟我们进行见面。我们跟双林集团也交涉了一些时日，协鑫要收购双林的项目，双林就会有一系列的诉求，这些都是黄总在谈。

我们在双林集团也做了项目的尽调，了解他们之前的一些收支，情况基本摸透了后进行洽谈。这期间，协鑫和双林集团是谈过几轮的，最后这一轮是邬维静总经理到我们集团来，大家在会议室谈判了一天，这一天最核心的条款确定了，可能他们自己也觉得已经无力扭转这个局面。协议也就签下来了。

其实，跑项目前期也很痛苦，这么大的项目，是到国家层面的，只能一步步向前推进。跑项目前期是我们投资部的事情，直到我们把所有的投资协议都签掉之后，项目公司也就相应地落地。项目部和项目公司成立了，在当地就有了总经理，之后相关的推进工作就是总经理来负责了，我的任务也就基本结束了。

在整个过程当中，所有人都给我留下非常好的印象，尤其是吴主席。吴主席是个特别专业又特别有判断力和决断力的领导。我个人觉得这个项目如果说不是他的这种魄力和专业性，其实是很难把它扭过来能继续向前推进的。吴主席不是干投资的，但是我们觉得他很专业。包括谈协议什么的都觉得他很专业，但同时他又没有像我们碰到的其他地方政府的官员在谈条款的时候非常机械，说政府这些我也不能改。其实大家要互相换位思考一下，怎么才能向前推，这个是重点。

吴主席所承担的角色和对项目的助力，应该说没有人能及了。在很多困难的节点上，其实都是吴主席把项目向前推进的。包括我们后来和华东院签订的可研合同，这个也蛮难的，因为他们觉得这是从人家手上接来的项目，会跟我设置很多前提。虽然艰难，但最终我们和吴主席一起还是把"可研"合同谈回来了。

从我们的角度来说，任何大项目都会碰到问题，不是在这里，就是在那里。因为它涉及一个层层报批的问题，不管什么项目都会涉及报批、测评以及其他什么的，就一定会有被卡住的节点，这不是一个很奇怪的事情，我们已经很习惯了，大家都是要做工作的。

我对建德的印象非常好，建德的每一任书记、市长都对项目给予高度的支持和重视。我们跟朱欢书记开过比较多次会，接触的也相对多一点，他是个很典型的学者型领导，非常专业，又特别务实。我记得有一次项目一直推进不了，市里又在开"两会"，然后我们去拜访他。朱欢书记的会议很晚才结束，晚饭都安排在七八点钟了。吃完饭，朱欢书记又继续为我们开了这个电站项目的协调会。真的是一刻不停歇的，非常敬业。

发改局的洪源之后，接触的最多的就是许维元局长了。许局是个特别仔细、但是大事儿又特别有谱的那种人，很厉害。另外，我对叶建新、熊兴、陈益群等印象也很深，她们那时一部分工作是在指挥部的，人非常热情，工作务实有执行力，工作效率特别高，我也很喜欢她们。

作者简介：口述者吴洁，协鑫电力集团战略投资中心高级总监；整理者王娟，浙江省邮政作协会员、浙江省散文协会会员、杭州市作协会员，现供职于中国邮政储蓄银行建德市支行。

以镜头的名义

盛国民 口述　沈伟富 整理

一

那已经是三十年前的事了。

我很清楚地记得，那是 1992 年的 9 月 1 日，我接到台（建德电视台）里的通知，让我第二天去梅城，跟随拍摄乌龙山抽水蓄能电站项目的录像资料。

那时，在我的认知里，对什么叫抽水蓄能电站，是一片模糊。模糊管模糊，我还得要去，因为我又不是去考察的，我是去拍摄资料的。这是任务。

第二天一早，我就到台里领来了摄像机，和三位同事一起，坐上了去梅城的汽车。

车上有上级领导、建德的领导，还有很多专家，有华东电管局的，有国家水利水电部的。一路上，领导和专家们在交谈，我坐在一旁听。从他们的交谈中，我大致知道了一些关于抽水蓄能电站方面的知识。简单地说，就是在山上建一座水库，然后利用晚上的低谷电，把水抽到山上的水库里去，储存起来，等到白天用电高峰时，把水放下来发电，输送给国家电网。说白了，就是把便宜的电储存起来，让它发挥更大的作用。

这可是个大好事啊。我们新安江有座大型水电站，无论白天还是晚上，每时每刻都在向外输送大量的电。可是电是没有办法储存的，无论用与不用，用多或用少，都得发。这下好了，要在我们建德再建一座可以"存"电的水电站，那我们建德不是就有两座水电站了吗？所以，我接到这个任务，心里是很激动的，因为作为一名记者，能参与一项具有划时代意义的采访工作，是很幸运的。

我跟着领导、专家，一路来到设在梅城的建德林场，然后跟随林场领导和几位职工，到江边去坐船。经过半个多小时的航行，我们来到富春江七里泷中一个风景很美的地方停靠。大家下了船，都说这是一个好地方，特别是一些外地来的专家，都被这里美丽的风景吸引住了。我也打开摄像机，拍摄了几个领导欣赏风景的镜头。"出发了。"不知是谁大声地叫了一声。我收起摄像机，跟着大部队，向山里走去。林场的几位职工在前面带路。他们的腰上都系着一只木制的刀鞘，里插着一把磨得雪亮的柴刀，肩上斜挂着一条柴索。都说林业工人上山不空手，下山不空走。大概这是他们的标配吧。

山路并不太难走，林场职工说，他们几乎天天都要从这条路上走一趟。他们一边用刀砍去伸到路当中来的荆棘，一边用手中的棍子不停地敲击路两边柴草，说是打草惊蛇。我是记者，我拼命地往队伍的前头钻，为的是多拍几个镜头。林场职工一再提醒我"小心脚下"。

大约用了一小时，我们就来到了山顶。林场领导说，这个地方叫林山顶，是林场职工守山的据点之一。这里地势稍平，三面环山，是个建水库的地方。我用摄像机对着四周扫了一遍。不到半小时，我们就原路返回到林场吃中饭。

下午，在林场会议室听取专家们对林山顶地势的意见。专家们说，林山顶是个建蓄能电站地方，可是因为地势原因，最多也只能建一座40万千瓦的电站。

第一次考察就这样结束了。

二

我已经忘记隔了多少时间，我再一次接到跟踪拍摄有关蓄能电站方面资料的任务了。

2004年1月4日，建德市委市政府到义乌机场包了一架运5飞机专门到乌龙山拍摄乌龙山上水库地形地貌和环境资源，当时上机参与拍摄人员共七人。图中右起分别是胡建文、程社生、龚禩宏、盛国民、谭木森、钟森水、陈若珏（本照片由市广播电视台记者盛国民提供）

这一次我是一个人去的。

也是跟随有关领导，从新安江到梅城，只是这一次我们没有乘船，而是乘车直接到富春江边的姚坞。早已等在那里的工作人员给我们每人发了一双球鞋、一根竹杖、一瓶矿泉水、一条毛巾、一袋面包。装备可谓十分的齐全，但是，对我这个新闻记者来说，"负担"一下子就加重了。因为我的肩上，除了一只装摄像器材的皮包外，还有一架摄像机。好在那时的我身体素质不差。我把发来的这些物品一股脑地放到皮包里，穿上新球鞋，连竹杖都没拿，就首先进山了。

这次走的这条路比上次走的路要长很多。从姚坞口一直往山里走了好多路，才慢慢上山。路边的小溪时隐时现，溪里水声潺潺，时不时还有石鸡出没，从溪里的流水量就可判断，这条源要比上次走的源要长且深，难怪当地人把这个源叫作"水涧"。上山的路倒不太难走，估计平时走的人还是比较多的，至少每天都有林场工人从这里进出、上下。大约走了两小时，前面豁然开朗，两边的山好像有意拉开距离，然后又慢慢向着水坑的源头围拢过来，形成一个漏斗形，只留一个缺口，让水涧里水流出山外。专家和领导们站在缺口处，一边观望，一边议论。我扛着摄像机，拍下了这组镜头，然后对着四边的山扫了一遍。专家和领导们看过这个漏斗形的山后，都表示，在这里建蓄能电站，要比在林山顶理想得多。

也许是这里的地形吸引了专家和领导，也许是这里的风景让一行人忘了疲劳，反正，这一次大家的兴致都很高，大家继续往山里走，一直走到山顶。站在高高的山岗上往下看，整个"漏斗"尽收眼底。有人拿出自带的照相机，上上下下、左左右右地照了个遍，然后坐下来，拿出面包，就着矿泉水，吃起了"中饭"。

三

时间来到 2003 年的 5 月，时任浙江省副省长的王永明来到建德。这次他是特意来察看乌龙山蓄能电站选址情况的。台里又把这次的拍报任务交给了我。

林场工人说，5 月的乌龙山上，各种野花竞相开放，野笋也特别多。但我是有任务在身的，哪顾得了什么花呀笋的。走在前边的林声工人一边走，真的一边拔着笋。王永明省长看到林场工人拔得欢，半开玩笑地说，今天中午我们就吃咸肉烧野笋了。随行的几个年轻人看到路边有野花，忍不住采了几朵来玩赏。王副省长又开起了玩笑：路边的野花不能采。这么一路说着笑着，把大家的疲劳全给笑没了。很快，我们就进到了姚坞的深处。

乌龙山是一座很有"脾气"的山，就像谁家的小孩，它的脸说变就变。刚才还是好好的天，突然就阴了下来，浓浓的雾把整座山都给遮住了，不仅仅是两边的山，就连前面的路都看不太清了。"要下雨了"一位林场工人说，乌龙山一戴帽，肯定要下雨，这是我们多年来进出山积累起来的经验。

果然，没走多远，天真的下起了小雨，虽然大家事先都有了准备——带了雨伞，但路边的草木经雨水一打，湿漉漉的，每个人的裤脚都被打湿了，走起路来非常困难。我的摄像机也被雨淋湿了。为了保险，我把摄像机收起来，放到包里去。

是继续上，还是下山，一行人出现了不同的意见。王副省长说，先到前面那块岩石下避一下雨再说。果然，不到一小时，雨渐渐停了。王副省长挥了一下手说，上！大家沿着山道，一口气爬到了山口。

"漏斗"内的草木都已经被清理得差不多了，水库库区的雏形已经基本展现在眼前。王副省长看了很高兴，和大家一起也上到了山顶。这一次，我对着"漏斗"扫了一圈，初步估算，这一圈大约有十多公里。山口一拦，蓄水量真的有点大。

四

2000年5月，乌龙山抽水蓄能电站指挥部包了一架飞机，要对建德周边的水资源进行一次全方位的考察，带队的是当时的市政协领导，我作为摄像记者也应邀参加。随行的还有广电局、电视台相关负责人和电站筹建人员，飞机是从衢州机场租来的一架运5运输机。

5月16日，飞机从衢州机场起飞，以每小时280公里的速度飞向建德。驾驶员是飞行大队大队长陈润枝。随着飞机的起飞，我也开始了工作。飞机经过龙游，先沿寿昌江一直飞到庙嘴头，然后转向千岛湖，在淳安县上空转了两个圈，再沿新安江东下，经过洋溪、下涯、马目到梅城五马洲。接着，飞机开始爬升，向着乌龙山飞去。到了雷公庵附近，重新返回到梅城上空，盘旋两个圈后，经三江口到七里泷，到富春江水电站调头，沿富春江回到梅城三江口，最后沿兰江飞回衢州机场。

千岛湖（新安江）、兰江的来水和富春江水库库水，为乌龙山抽水蓄能电站下水库提供抽之不尽、用之不竭的水源保证。为了给专家和施工单位提供上水库的地形地貌和环境资源，2004年1月14日，市委、市政府又从义乌机场包专机飞向乌龙山，带队领导还是市政协的几位领导。中午 12 点半，飞机准时从义乌机场起飞，还是运 5 运输机。我仍旧担任摄像摄影记者。因摄像、摄影的需要，机舱的窗户都是开的，尽管那天晴空万里、艳阳高照，但还是感到寒风刺骨，机舱内的噪音震耳欲聋，飞机外的风有 12 级以上。我因摄像需要不能穿棉大衣，不能戴帽子。我用两根安全带，把自己牢牢地拴在机舱内，只有上身可以转动。

飞机经过浦江与建德交界的马岭、洪岭、梓里、三都，一路向西。因运输机不能直飞乌龙山上水库库区，只能从子胥渡口到乾潭镇，然后经大路上、黄立垟、程头、岭脚，到杨村桥，越过百旗山转向梅城的顾家、大石坞、黄泥垄，再到雷公庵、风东口，最后到达库区上空。

为了拍摄更多的资料，飞机在库区上空足足飞了十多圈，高度从 50 米到 200 米不等。两个多小时后，返回义乌机场。

作为一名记者，我以镜头的名义，参与了乌龙山蓄能电站的选址工作，其中甘苦，唯有亲历者方能体会。如今我已经退休多年，盼只盼这个伟大的项目能早日建成。

作者简介：口述者盛国民，时任建德市广播电视台记者；整理者沈伟富，中国作家协会会员、建德新闻传媒中心《今日建德》副刊原编辑。

两代人的难忘记忆

杨槐 口述　杨博 整理

2022 年 9 月 15 日，浙江建德抽水蓄能电站筹备工程开工仪式在杭州建德成功举行，标志着这座华东地区最大的抽水蓄能电站开启建设新纪元，它的建设将为建德市的发展带来新的重大机遇。

然而建德抽水蓄能电站从规划到落地并非一片坦途。从 1990 年华东院发现建德乌龙山有适宜建设抽水蓄能电站的站址，到 2022 年筹备工程开工，前后 30 余年时间，建德抽水蓄能电站已成为两代人青春的共同见证。

1990 年，初入建德

1990 年夏，刚刚参加工作的杨槐来到建德梅城镇，那个时候建德抽水蓄能电站的规划选点才刚刚开始，这也是他工作后参与的第一个项目。"当时，两个师傅带着我们两个小年轻，条件还是非常艰苦的。"回想起当初规划选点历程，杨槐感慨道。

"现在的江边有绿道，靠乾潭侧建好了上山公司车子可以直达上库附近、下库进出水口，当时连路都没有。"项目团队从梅城基地，车子最多送到方门，剩下的只能靠两条腿，到工作地点至少爬 3 小时山路。

规划选点那段时期，他们每天一大早就出门上山，一人带上两个馒头当作午餐。"两个师傅都 50 多岁了，跟着我们一起走三四个小时的山路，一天都在山上，晚上再走三四个小时回基地。"

经过一番努力，他们在乌龙山区域找到了两个合适建抽水蓄能电站的站址。一个大概就在今天建德抽蓄的位置，还有一个在林山顶。杨槐介绍，两处条件在当时看来都十分优越，林山顶站点的推荐规划容量是 40 万千瓦，另一个则是 100 万千瓦。

在当时经过统筹考虑后，1992 年，华东院审慎推荐了 40 万千瓦的林山顶站点，并在之后的两年围绕此站点展开预可行性研究。

地质、测量、水文、钻探等专业人员相继从各地赶来，原来 4 个人的队伍扩大到 30 多人，山林里也热闹了起来。"我们住在山上林场的废旧的老房子里，大家在上面打大通铺，席地而睡。"老房子阴暗潮湿，四壁透风，夏天蚊虫肆虐，冬天寒风凛冽。下雪天，20 公分厚的白雪将山岭覆盖，但那时候山上靠柴油发电，没有可用的取暖设施，只能"把衣服穿厚一点"。

华东院专家到乌龙山抽蓄厂房探硐查勘

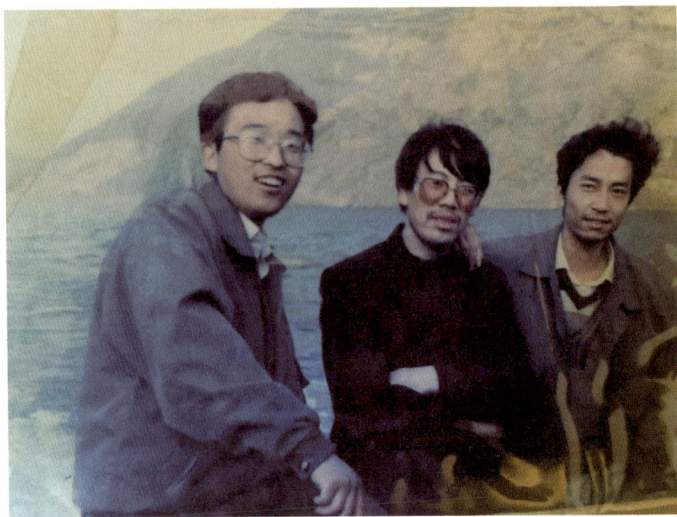

坐船沿富春江从梅城基地到项目现场

1993 年后，项目上配了一条柴油机发动的交通兼采购船，小小的船担负着整个项目团队生产、生活物资运输的重任。"开船个把小时到梅城去运设备或买东西，回来到山脚，再人工花个把小时或挑或抬到山上去。"杨槐说道。不仅是生活物资，即便是几百公斤重的钻探设备、柴油机，也是靠人力搬运到项目现场。

为确保水库的安全性和稳定性，项目团队对水库进行了全面的地质勘测和稳定性分析，"整个库区都要钻孔，拆卸后的钻机，也要 6 个人一起抬才抬得动。" 300 米高差、坎坷的山路都使设备搬运变得更加困难。项目团队凭着一股子韧劲儿，硬是肩挑背扛把任务完成。

即便团队中有些成员的家就在几公里外的梅城镇，但他们也只能两三个月回去一次。"阶段性的任务完成了，才能回家，这也是大家对项目负责的一种精神。"

后续，电站开发因种种原因一度搁置。直至 2016 年 1 月，协鑫集团与建德市人民政府签署战略合作框架协议并相继取得国家和省有关部门准入许可批文。2022 年 9 月 6 日，项目取得省发改委核准批复。

接力，攻坚克难

2016 年，华东院受协鑫集团委托，开展建德抽水蓄能电站可行性研究工作。此时，较第一批华东院人来到建德抽蓄，已经过去了 26 个年头。当年刚参加工作的小伙子，也已成为抽蓄业务领域的专家。

如今，建德抽蓄建设的接力棒，已经交到新一代华东院青年工程师的手中。在他们的努力下，2018 年 1 月，《浙江省抽蓄能电站选点规划调整报告（2018版）》编制完成；同年 9 月，国家能源局批复"原则同意建德作为推荐站点，在相关环境问题协调落实后，根据华东电网电力系统发展需要适时开发建设"。

今天的建德抽水蓄能电站，已不再是当年 40 万千瓦的装机容量，而是 240 万千瓦，它是国家能源局抽水蓄能"十四五"规划的重点实施项目、浙江省"十四五"期间规划的重大建设项目，其上库位于富春江左岸建德市林场梅城分场、乌龙山山顶盆地，

地质日常工作——岩芯鉴定

下水库利用已建成的富春江水库。建成后，它的光芒将辐射整片华东电网。

其设计年发电量可满足约 100 万户家庭一年的正常用电需求，与同等规模的火电相比，每年可节约燃煤消耗量约 48 万吨，减少碳排放 96 万吨。

项目建设内容主要由上水库、输水系统、地下厂房及地面开关站出线场组成。从库址选择，到坝址、坝线、坝型比选，从洞机组合到厂房位置比选……层层推进，每一次方案、每一个决定，背后都是项目团队的深谋研虑。地形地质条件、环境保护与水土保持、建设征地及移民安置、施工条件、工程投资等等都是项目团队必须充分考虑、反复比较的内容。

乌龙山抽蓄电站可行性研究报告审查会在建德召开

就拿输水系统洞机组合比选来说，项目团队提出"三洞六机"和"二洞六机"两种方案，两种方案下洞室尺寸规模相当，然而建德抽蓄如果采用"二洞六机"方案，将对钢岔管板材选择、设计与制造提出极高要求，"三洞六机"则对板材要求相对较低，进而成本更优、技术更可靠。基于大量的计算、论证，并结合考虑其他因素后，华东院团队推荐"三洞六机"方案，他们始终以严谨负责的态度，对待项目建设中的每一项工作。

"绿水青山就是金山银山"，对建德抽蓄项目来说下库进出水口、地面出线场等均位于富春江严东关风景名胜区，因此环境保护是其建设的重中之重。为将对环境影响降到最低，其选择直接利用富春江水库作为下水库，富春江水库控制流域面积达 31645 平方千米，水源充足，水质优良，而这也将为富春江水库，这座已建成 50 余年水库注入崭新活力。此外经过持续的方案优化，通过不断优化下库进出水口位置及布置形式，从而避免对山体大开挖和植被破坏，并充分考虑将电站建筑物"隐身"于周边的环境中，做到与自然的相容与和谐可研阶段的富春江上改为布置到方门一带，从而减少对富春江水生生物可能产生的影响。

抽蓄建设按下"快进键"

如今的建德抽水蓄能电站，已成为建德历史上投资最大的项目，与由华东院勘测设计的新安江水电站一同，作为华东电网上的耀眼明珠，不断激发江水中的澎湃绿能，并点亮千家万户、四海九州。

作为日调节纯抽水蓄能电站，建德抽蓄将主要承担华东电网调峰、填谷、储能、调频、调相、紧急事故备用等任务，年发电量约 24.25 亿千瓦时，对推动建德打造"浙西储能中心"具有重要意义。

华东院党委书记、董事长、总经理时雷鸣在建德抽蓄筹备工程开工仪式的致辞中指出，华东院将继续发挥在资源、技术和管理方面的优势，全面、优质、高效地完成浙江建德抽水蓄能电站建设任务。华东院长期助力建德经济社会建设，希望在良好合作的基础上，与建德市、协鑫集团进一步建立全方位多领域合作，为打造"浙西储能中心"和建德高质量发展提供强有力的支撑。

随着建德抽水蓄能电站的建设，未来三江口文旅板块将形成古城、三江、乌龙山的立体化发展格局，为加快推进建德经济社会高质量发展注入崭新活力。

建德抽蓄只是一个缩影。放眼全国，近年来，在"双碳"目标背景下，构建以新能源为主体的新型电力系统的步伐不断加快。作为当前技术最成熟、经济性最优、最具大规模开发条件的电力系统绿色低碳清洁灵活调节电源，抽水蓄能开发不断升温。

作为全球最大的抽水蓄能勘测设计单位之一，华东院早在 20 世纪 70 年代，就已着手抽水蓄能电站的开发研究。经过 40 多年抽水蓄能工程的实践，华东院在抽水蓄能工程的规划、勘测设计、工程建设管理等方面已形成先进成熟的技术和管理体系，拥有一支优质高效的工程设计和项目管理团队。由华东院承担勘测设计任务的已建、在建抽蓄项目共 39 座，装机容量约 5150 万千瓦。同时，作为国内最早开展抽水蓄能电站选点规划的单位，华东院主要负责江苏、浙江、安徽、福建、江西、上海五省一市抽水蓄能电站的选点规划，为我国抽水蓄能事业发展持续贡献力量。

从新安江水电站到千岛湖引水、新安江综合保护工程，再到浙江建德抽水蓄能电站，在一座座工程中，华东院人早已与建德结下了深厚情缘。华东院将充分发挥抽水蓄能核心技术优势，保障建德抽水蓄能电站成功建设，"为打造'浙西储能中心'和推动建德高质量发展持续提供全方位支撑"。

作者简介：口述者杨槐，中国电建集团华东勘测设计研究院有限公司副总工程师，浙江华东院控股有限公司执行总经理；整理者杨博，中国电建集团华东勘测设计研究院有限公司企业文化主办。

观察

第四章

2022 年 9 月 15 日，浙江建德抽水蓄能电站筹备工程正式开工。《中国日报》《中国能源报》《杭州日报》《浙江日报》以及新华网、中国新闻网、经济观察网、第一财经、搜狐网、中国证券网、上海证券网、华夏能源网、浙江在线、杭州网、北高峰观察等全国、省、市各级新闻媒体，对此予以了关注，他们用了较多的版面向广大读者介绍了这一项目，起到了鼓舞人心、推动项目建设的重要作用。本章将部分报道的信息集辑于后。

乌龙腾飞终有时

古城鸟瞰 王春涛摄

北高峰观察：
华东最大"充电宝"来了

依水而建，因水而兴的建德，继新安江水电站之后，又迎来新的重大的发展机遇。

2022年9月15日上午10：58，国家抽水蓄能"十四五"规划的重点实施项目、浙江省可再生能源发展"十四五"规划的开工项目，更是建德历史上投资最大的项目——批复总投资140.548亿元的建德抽水蓄能电站筹备工程在建德开工。

装机容量2400兆瓦，华东之最、全国第二

建德抽水蓄能电站位于建德林场，距建德市主城区、杭州、上海的直线距离分别为28公里、100公里、260公里。电站装机容量为2400兆瓦，为日调节纯抽水蓄能电站，共安装6台单机400兆瓦可逆式水泵水轮发电机组，年发电量24亿千瓦时。项目主要由上水库、输水系统、地下厂房及地面开关站组成，其中上水库位于富春江左岸建德市林场梅城分场、乌龙山山顶盆地，下水库利用已建成的富春江水库。

  "总投资超 140 亿，为建德市至今单体最大投资项目，这将是国内最大之一、华东地区规模最大的抽水蓄能项目。"建德市发改局相关负责人说，电站的功能为日调节纯抽水蓄能电站，主要任务为承担华东电网调峰、填谷、储能、调频、调相、紧急事故备用等任务。项目计划 2029 年投产发电，施工总工期 78 个月，首台机组发电工期 60 个月。值得一提的是，建德抽水蓄能电站站址地理位置优越，接入电网方便；地形地质条件好，防渗处理简单；站址天然成库条件好，水源充足；自然落差大，投资成本低；库区无移民，水库淹没损失少；对外交通方便，施工便利。

  "等到整体完成建设，将有力推动建德打造'浙西储能中心'，建德三江口文旅板块也将从现有的平面发展成为古城、三江、乌龙山的立体化发展格局，加快推进经济社会高质量发展。"建德抽水蓄能电站 1992 年首次选点，其间经过了 30 年的努力和坚持，真可谓"好事多磨"。1993 年 9 月，华勘院完成了 40 万千瓦乌龙山抽水蓄能电站项目选址。1998 年，国家计委认为建德抽蓄项目规模太小，项目暂时搁置。2001 年，项目再次选址，乌龙山抽蓄项目条件华东最优、规模最大，直到 2014 年，得益于国家宏观政策的重大调整和投资主体的确定，项目才再度重启。2016 年 1 月，协鑫集团与建德市人民政府签署战略合作框架协议，共同推动建德抽蓄项目发展。就在各方以为"天时地利人和"之时，"环保风暴"的刚性制约接踵而至，为此，建德及时地向国家和省有关审查部门提供了各类支撑性材料，并相继取得准入许可批文。2022 年 9 月 6 日，项目取得省发改委核准批复。

  "30 年不懈奋斗，终成硕果。这是建德人民政治、经济、社会、生活中的一件大事，更是一件喜事。这也是建德历史上最大的一个项目。"建德抽蓄电站建设指挥部负责人说。

不只建德，桐庐、临安、淳安、富阳都要建抽水蓄能电站

  无独有偶，近期在富阳人和桐庐人的朋友圈，也在分享着两地在争取新建抽水蓄能电站的消息。不打听不知道，一打听吓一跳。不只建德、桐庐、富阳，

还有临安、淳安，都在推进抽水蓄能电站项目，而且都想要在 2030 年前完成。这一消息从杭州市发改委能源处得到了证实——2030 年前，杭州将力争建成 5 个抽水蓄能电站，建设规模共计 740 万千瓦，预计投资总额超 400 亿元。

"这 5 个大型抽蓄工程分别位于建德乌龙山、桐庐白云源、临安高峰、淳安千岛湖以及富阳常安，不仅拉动投资，也填补了杭州抽水蓄能项目空白。我们已组建专班，统筹推进各抽蓄项目前期工作。"杭州市发改委能源处负责人说。同时，为保障这些抽水蓄能项目顺利接入电网，市发改委和国网杭州供电公司统筹区域电网资源，充分考虑抽蓄电站的站址分布和接入需求，合理规划电网布局，其中为乌龙山抽蓄提供并网的 500 千伏建德变已正式开工。

抽水蓄能就如"充电宝"，是杭州电网调峰填谷首选

"为什么要建这么多抽水蓄能电站？这也是满足杭州电网调峰需求增长的需要。"怎样来比喻抽水蓄能电站？其实一个抽水蓄能电站就是一个大型"充电宝"：在凌晨等用电低谷时，利用富余的电能把水抽到海拔较高的水库；在用电高峰期放水发电，将水的势能转化为电能，进而完成电网调峰填谷、电流频率调整等任务，是一种优质的快速灵活性调节电源。"这是当前最成熟、最经济的大容量储能技术，具有规模大、寿命长、运行费用低等优点，大型抽蓄电站效率一般在 75% 到 85% 左右，已大规模应用于系统调峰、调频和备用等领域，是新型电力系统重要组成部分。"杭州市发改委能源处工作人员介绍。据测算，一座规模为 120 万千瓦的抽水蓄能电站"充满电"后，可以充满约 12 万辆电动汽车。5 个抽水蓄能项目完成建设后，在现行抽水蓄能价格机制测算下，年发电收入可达 75 亿元，对西部山区经济发展具有良好的投资效益。

杭州电网是典型的受端电网，面临着"大规模外来电"和"占比日益上升的新能源"两个不确定因素。当前，杭州外来电占比超过 80%。到 2023 年，白鹤滩特高压项目（白鹤滩水电站是中国西电东输的重大项目之一，装机容

量 1600 万千瓦，其全部发电能力仅次于三峡大坝，主要供江苏、浙江使用）正式投运，同时本地光伏装机快速增长，会使得电力供应的"靠天吃饭"等不确定性特征将更加突出。此外，受产业结构的影响，全市居民及三产用电比例逐年上升，电力负荷峰谷差不断拉大。2016 年杭州市最大日峰谷差 412 万千瓦，2021 年则达到 735 万千瓦，电网调峰能力面临更加严峻的考验。"就像是高速公路堵车，一年就是节假日那几天的时候特别明显，但不可能为了满足这几天的需求去新建足够多的高速公路，所以要采取别的办法。"能源处工作人员说，灵活可调节的抽水蓄能电站，是目前杭州电网调峰填谷的最佳选择。业内人士评价称，"这些项目对于保证电网安全、稳定运行作用明显。尤其对于大规模接受长距离外来电力，且核电比重不断增大的华东电网而言，显得更加重要。""从全省抽蓄站点分布、各抽蓄站点供电区域分析来看，作为浙北负荷中心的杭州，抽水蓄能项目建成后，还可以辐射华东电网，支援上海和江苏电网的调峰需求。"能源处工作人员说，同时，它们还将带动周边山道建设、居民就业、旅游资源以及城镇化建设，让水利工程成为富民强村的"聚宝盆"。

拉动山区投资、旅游和就业，抽水蓄能项目还有更多"可能"

除了满足杭州电网调峰填谷，抽水蓄能项目还有诸多好处。湖州安吉的天荒坪抽水蓄能电站，不仅是中国首批大型抽水蓄能电站之一，也是天荒坪风光游的核心。电站建于竹海浩瀚的大溪峡谷内，电站建设钻透了整个一座大山，地下厂房、上、下水库落差 607 米，迂回曲折，盘桓而上，公路两边翠竹连绵，遥看对面峡谷，就像看一幅秀美的江南山水长卷。除了每年能产生上亿元的发电效益以外，天荒坪抽水蓄能电站更是安吉生态旅游中的王牌之一。再来看看杭州 5 个抽蓄站点，选址均在风景优美的山水胜地，周边有浙西大峡谷、龙门山景区、白云源景区、新安江景区、千岛湖景区等优质旅游资源，也有能成为下一个天荒坪的天赋。目前，富春山居集团以富阳常安抽水蓄能电站项目开发为契机，多次对接常安镇政府等单位和部门，并邀请专业策划、规划团队实地考察，收集基础资料，着手开展配套文旅综合体项目规划设计工作。

根据有机统筹抽水蓄能项目总体初步规划以及项目周边龙门山森林公园、壶源溪流域和常安镇等自然资源优势，富春山居集团将因地制宜谋划打造集科普研学、休闲度假、生态观光、户外体验等功能于一体的特色旅游综合体，促进周边区域文旅产业融合发展，推动当地二、三产业发展，助力乡村振兴，让抽水蓄能电站项目带动"旅游资源整体优势"协同发挥，成为撬动共同富裕的"新支点"。龙门山片区文旅开发规划设计方案有望于今年下半年形成。"我们借鉴天荒坪抽水蓄能电站的经验，结合桐庐白云源的实际情况，也将因地制宜进行开发建设，进一步挖掘其文旅价值，打造一个有核心竞争力的大景区。"桐庐县文化和广电旅游体育局相关负责人说。

（文章来源：北高峰观察 记者 周辰璐 周涛）

第一财经：
14 年与 140 亿：首家民企探路抽水蓄能的筹备清单

"无数的迂回曲折，那么多的沟沟坎坎。"

"感慨万千。"

协鑫能科董事长朱钰峰评价建德抽水蓄能项目时说。

等待了七年之后，协鑫浙江建德抽水蓄能电站在 9 月 15 日得以开工。这一项目投资 140.5 亿元，是华东地区最大的抽水蓄能项目。

政策近年来鼓励发展抽水蓄能，不过这些项目多由电网企业推动，协鑫是第一家吃螃蟹的民营企业。抽水蓄能项目投资规模巨大，回报周期很长，激发更多民营企业的参与热情显非易事。

两个七年

"无数的迂回曲折，那么多的沟沟坎坎。"朱钰峰在建德抽水蓄能项目开工现场说。

协鑫能科投资的这座抽水蓄能电站位于浙江省建德市的富春江畔，由上水库、下水库和输水发电系统等部分构成。电站上水库位于富春江上游左岸、乌龙山最高峰北坡的山顶谷地；下水库则利用已建的富春江水库，输水发电系统位于上、下库之间的山体内。

抽水蓄能电站的工作原理并不复杂。抽水蓄能电站具有上、下两个水库，在用电低谷时，用电将山下水库的水抽到山上，在用电高峰时，放水发电，能够有效保障电网安全稳定运行，提高火电机组发电效率，有利于风电、光伏等新能源消纳。

在前期，抽水蓄能的项目难点在于要符合国家规划、景区规划，以及设计方案满足环保要求。

协鑫七年前接手这一项目的时候，朱钰峰没有预料到会耗时如此之久，项目才得以实质性推进。以至于他在项目开工现场表示"无比欣慰，又感慨万千"。

这座电站占地面积约 161.44 公顷，规划建设 6 台 40 万千瓦抽水蓄能机组，总装机容量 240 万千瓦。它是华东最大规模的抽水蓄能电站，也是建德市历史上投资最大的项目。

建德项目的施工，需要另一个七年。施工单位需要在上下水库之间的山体内打通三条隧道，以供上下水和发电机组安装。从现在到第一台机组安装完成，需要 60 个月，协鑫能科估计项目完全投产要到 2029 年的时候。

投产后的项目将一定程度满足浙江能源削峰填谷的需要。

建德抽水蓄电电站距离杭州市 100 公里，距离上海市约 260 公里，地处华东电网和浙江省用电负荷中心附近。浙江、上海以及江苏构成的长三角，是中国经济最繁荣的地区，对电力的需求远超其他省份。与此同时，长三角当地电力供给明显不足。

"我省是能源消费大省、能源资源小省。2021 年，我省能源消费总量超 2.67 亿吨标准煤，电力消费量超 5500 亿千瓦时，最大电力负荷已超过 1 亿千瓦。但我省能源自给率只有 15% 左右，火电发电量仍超全省发电量 70%，电力峰谷差超 3000 万千瓦。"浙江省能源局局长周卫兵表示："能源自给率低、化石能源比重大和峰谷差大等是我省能源行业亟待解决的重大问题。"

浙江省将发展抽水蓄能作为能源转型的手段之一。据《浙江省能源发展"十四五"规划》，浙江加快推进抽水蓄能电站建设，开工抽水蓄能电站1000万千瓦以上，到2025年，抽水蓄能电站装机达798万千瓦以上。

激发民企

中国正在寻求快速的能源市场转型，大型的光伏、水电等项目备受青睐。不过这些新能源项目有一些显著缺点。比如风光发电受到地理位置和气候的限制，发电量不稳定易冲击电网；风光发电量最大的地区，往往并非用电量大的经济省份。

这也造成弃风弃电现象难以根绝。

评级机构惠誉对于第二季度电力市场的回顾性研究显示："由于受电省份用电量下降，而储能应用覆盖率仍然较低，用电需求疲软叠加大型可再生能源基地项目装机规模迅速扩大导致5月弃风率升至5.3%。"

储能可部分解决这些问题。国家能源局在其发布的《抽水蓄能中长期发展规划（2021—2035年）》中表示，抽水蓄能是当前技术最成熟、经济性最优、最具大规模开发条件的电力系统绿色低碳清洁灵活调节电源，与风电、太阳能发电、核电、火电等配合效果较好。

中国的抽水蓄能发展始于20世纪60年代后期的河北岗南电站。目前我国已投产抽水蓄能电站总规模3249万千瓦，主要分布在华东、华北、华中和广东；在建抽水蓄能电站总规模5513万千瓦，约60%分布在华东和华北。中国已建和在建抽水蓄能规模均居世界首位，它也是国内主要的储能方式。

不过抽水蓄能项目，多是在国家电网和南方电网内部运转，作为其削峰填谷的手段。民营企业往往退避三舍。国家能源局在《抽水蓄能中长期发展规划（2021—2035年）》中评价说："市场化获取资源不足，非电网企业和社会资本开发抽水蓄能电站积极性不高。"

麦肯锡一位合伙人接受第一财经采访时表示："储能是光伏和其他间歇性新能源长期高速增长的瓶颈，目前主要原因是电力市场获益机制未理顺、储能成本较高，使得社会资本投资经济性较低。"

"目前没有可借鉴的民营企业，我们就是第一次吃螃蟹的。"浙江建德协鑫抽水蓄能有限公司总经理刘宝玉接受第一财经采访时表示。这意味着协鑫建德抽水蓄能项目得自己摸索如何精打细算地节约成本，并寻找一切有助于盈利的方式。

据第一财经记者了解，根据目前的电价机制，协鑫能科测算建德抽水蓄能项目约 22 年能够收回投资成本。

国内正在推动抽水储能项目大发展。国家能源局出台的《抽水蓄能中长期发展规划（2021—2035 年）》显示，到 2025 年，抽水蓄能投产总规模 6200 万千瓦以上；到 2030 年，投产总规模 1.2 亿千瓦左右。比照当下的投产规模，需要三年内倍增，八年内增长约四倍。

这样大规模的投资，如何激发社会资本参与？

"为了支持以新能源为主的新型电力系统，需要进一步改革电力体制机制。"上述麦肯锡合伙人表示："比如，用市场来引导电力价格，激发用户侧的潜力，让电力机制反映供求关系和资源的稀缺性等。"

对于中国的能源政策决策者，以及身处其中的企业，抽水蓄能项目的推进必然是一个"干中学"的过程。

"回想我们电力行业，政策在推出来以后，执行政策过程中遇到问题或者遇到一些不利因素，会慢慢地完善。"刘宝玉对第一财经表示，"我们现在到投产还有接近七年时间，等到投产那一天，相信电价政策会比较完善，比较划算。"

（文章来源：2022 年 09 月 16 日第一财经网　作者 彭海斌）

杭州网：
华东地区最大抽水蓄能电站筹备
工程在建德开工

建德历史上投资最大的项目来了。

9 月 15 日上午，华东地区最大、总投资 140.5 亿元的协鑫浙江建德抽水蓄能电站筹备工程开工仪式在建德市梅城镇举行。

据了解，该项目计划 2029 年投产发电，施工总工期 78 个月，首台机组发电工期 60 个月。

装机规模华东地区最大、相当于 3 个新安江水电站

建德抽水蓄能电站位于建德林场，占地面积约 161.44 公顷，由协鑫能源科技股份有限公司投建，电站装机容量为 240 万千瓦，为日调节纯抽水蓄能电站，年发电量 24 亿千瓦时，是华东地区最大的抽水蓄能项目，装机量相当于三个新安江水电站规模。

项目主要由上水库、输水系统、地下厂房及地面开关站，其中上水库位于富春江左岸建德市林场梅城分场、乌龙山山顶盆地，下水库利用已建成的富春江水库。

据协鑫集团副董事长、总裁，协鑫能科董事长朱钰峰介绍，电站设计年发电量可满足约 100 万户家庭一年的正常用电需求，与同等规模的火电相比，每年可节约燃煤消耗量约 48 万吨，减少碳排放 96 万吨。

什么是抽水蓄能电站？为何选址建德？

什么是抽水蓄能电站？建德市抽水蓄能电站指挥部总指挥吴铁民说，"充电宝"是个非常贴切的比喻。

据介绍，抽水蓄能电站可以实现在深夜等用电低谷时，利用富余的电能把水抽到海拔较高的水库；在用电高峰期放水发电，将水的势能转化为电能，进而完成电网调峰填谷、电流频率调整等任务，是一种优质的快速灵活性调节电源。

选址建德，考虑到距建德市主城区、杭州、上海的直线距离分别为 28 公里、100 公里、260 公里，地处华东电网和浙江省用电负荷中心附近，对外交通方便，施工便利，且位于国家林场范围内，库区无移民，水库淹没损失少。

电站上水库位于富春江上游左岸、乌龙山最高峰北坡的山顶谷地，站址天然成库条件好，自然落差大，投资成本低；下水库则利用已建的富春江水库，水源充足，水质优良，可节约投资 20 多亿元。

从 1992 年华东勘测设计研究院发现建德乌龙山有适宜建设抽水蓄能电站的站址，到 2022 年筹备工程开工，建德乌龙山抽水蓄能电站项目生成至今整整 30 年，历经诸多波折，直至今年 9 月，该项目取得省发改委核准批复。

建德抽水蓄能电站也是适应新型电力系统建设和大规模高比例新能源发展需要，助力实现碳达峰、碳中和目标的建设工程。

"项目建成后将主要承担华东电网调峰、填谷、储能、调频、调相和紧急事故备用等任务，提高华东区域电力系统调峰能力，促进电网内风电、光伏等新能源消纳，改善电网供电质量，减少受电区的火电装机容量，促进供电和受电地区经济的可持续发展。"吴铁民告诉记者，此外，电站还将带动建德周边山道建设、居民就业、旅游资源以及城镇化建设。

新闻＋：杭州还将新建 5 个抽水蓄能电站

根据杭州市发改委消息，不止建德，富阳、临安、桐庐、淳安都要建抽水蓄能电站。

2030 年前，杭州将力争建成 5 个抽水蓄能电站，这 5 个大型抽蓄工程分别是建德乌龙山、桐庐白云源、临安高峰、淳安千岛湖以及富阳常安等项目，均处于风景优美的山水胜地，是天然的旅游观光、健康休闲、科普教育和工业文化展示等一体化结合的文旅健康产业基地。建设规模共计 740 万千瓦，预计投资总额超 400 亿元。

据了解，杭州市发改委将统筹推进全市抽水蓄能电站项目，同时联动属地做好区域统筹开发，充分发挥绿水青山的经济效益、社会效益和生态旅游效益。带动周边山道建设、居民就业、旅游资源以及城镇化建设，让水利工程成为富民强村的"聚宝盆"。

（来源：杭州网、杭州通客户端　作者：记者 方建飞　通讯员 方祺 胡珺 江涛）

华夏能源：
历时30年，华东最大抽水蓄能电站终获批，这家民企入局！

从发现项目到正式获得核准批复，华东最大抽水蓄能电站整整等待了30年。

华夏能源网获悉，近日，浙江建德抽水蓄能电站获浙江省发展改革委核准批复。该电站规划建设4台60万千瓦抽水蓄能机组，总装机容量240万千瓦，总投资140.5亿元，是华东地区最大抽水蓄能电站，同时是建德市历史上投资最大的项目，并已被列入国家能源局发布的《抽水蓄能中长期发展规划（2021–2035年）》、"十四五"重点实施项目。

在国内，抽水蓄能电站的投建方多为电力央国企，比如中国电建（SH：601669）、中国能建（SH：601808）和粤水电（SZ：002060）等，尤其是中国电建，在国内抽水蓄能规划设计方面的份额占比约九成，承担建设项目份额占比约80%。

然而，这座华东地区最大抽水蓄能电站的投建方却出人意料，不仅不是中国电建、中国能建等电力央国企巨头，甚至都不是国企，而是个地地道道的民营企业——协鑫能源科技股份有限公司（以下简称"协鑫能科"，SZ：

002015）。

华夏能源网了解到，协鑫能科是"协鑫系"重要成员企业，公司以热电联产起家，2019 年，借壳霞客环保上市。此后，协鑫能科借助上市公司资源平台，加速整合国内优质热电联产资源以及继续加大清洁能源的投放。时至2021 年，公司基本完成了从能源生产向综合能源服务商的转型。

对于此次投建建德抽水蓄能电站项目，协鑫能科表示，公司聚焦移动能源、清洁能源等核心业务，发挥协鑫集团产业协同优势，致力于打造源网荷储一体化、风光水储一体化、光储换充一体化等适配多种场景的新型电力系统。在此过程中，建设抽水蓄能项目对于协鑫能科深度参与电力市场现货交易、扩大售电规模、发展风光水储、调节充换运营高峰时的电网负荷均具有重要意义。

值得一提的是，早在 1992 年，建德抽水蓄能电站项目就被华东勘测设计研究院发现。该项目地理位置优越，接入系统方便；而且地形地质条件好，水源充足，天然成库条件好；自然落差大，投资成本低；库区无移民，水库淹没损失少；且对外交通方便，施工便利，可谓是华东电网建设条件不可多得的优良站点。

但由于种种原因，该项目自发现后历经 20 多年也未能启动。

时至 2015 年，浙江建德市委、市政府专门成立了建德抽水蓄能电站项目推进工作小组，具体负责该项目的整体推进工作，在市四套班子领导以及有关部门、乡镇的共同努力下，项目启动条件才逐步成熟。

2016 年 1 月 24 日，建德市政府与协鑫能科、华东勘测设计研究院，就建德抽水蓄能电站项目正式签署合作协议。

随后，该项目的核准事项也开始有序推进，同时，上山道路、变电站等配套工程也在紧锣密鼓开展。

自"十四五"以来，国家政府机构陆续出台了一系列政策，明确要大力推动抽水蓄能行业发展。

2021 年 9 月，《抽水蓄能中长期规划（2021—2035）》出台，提出到2025 年，抽水蓄能投产总规模 6200 万千瓦以上；到 2030 年，投产总规模达 1.2

亿千瓦左右，省级电网基本具备 5% 以上的尖峰负荷响应能力。

在国家大力推动下，多个地区也出台了推进抽水蓄能开发的相关政策，并且明确了"十四五"期间抽水蓄能的具体目标，同时，也加快了抽水蓄能电站建设。

其中浙江省提出：到"十四五"末，抽水蓄能累计装机要达到 798 万千瓦。仅在杭州市，在 2030 年前就要建成 5 个抽水蓄能项目，其中就包括建德乌龙山抽水蓄能电站项目。

在此背景下，有消息称，建德乌龙山抽水蓄能电站有望在 2022 年底前开工。

（文章来源：华夏能源网）

建德发布：
绿水青山定不负建德

2022 年 9 月 15 日，浙江建德抽水蓄能电站项目筹备工程正式开工！

从 1992 年华东勘测设计研究院首次进行抽水蓄能电站选点开始，三十年的追梦历程满含艰辛。直至现在，51 万建德人民翘首以盼的"大喜事"终于尘埃落定。

该项目是国家和浙江省"十四五"规划重点能源建设项目，设计装机容量为 240 万千瓦，年发电量 24 亿千瓦时。作为抽水蓄能项目，装机规模居全国第二、华东第一。项目总投资 140.5 亿元，为建德历史之最！

争取这一项目难不难？难！用三十年争取项目值不值？值！

念念不忘，必有回响。随着国家"双碳"战略的全面实施，"清洁、节约、安全"的能源发展需求越来越迫切，今年 9 月该项目正式获批。

———

浙江建德抽水蓄能电站位于梅城镇乌龙山之巅。

熟悉建德的人都知道，乌龙山自古便是兵家必争必守的战略要地，又是

浙江建德抽水蓄能电站项目筹备工程开工

一道天然的生态和气候屏障，资源独特、条件优越。当年，电站选址时在国家水规总院和省发改委共同主持的"预可研"审查会议上，对乌龙山给出了这样的评审意见："华东电网建设条件不可多得的优良站点之一。"

"抽水蓄能"是个什么意思？

抽水蓄能电站，简单来说可以理解为一个巨大的"蓄电池"，一个重要的"调节"工具。

举个例子，我们都知道电力难以储存，社会对电力的使用存在峰、谷时间段，比如早上7点到晚上11点是用电高峰，深夜到凌晨属于用电低谷，各式发电机在生产生活需要的时候全力发电满足用电高峰需求，然而一旦用电低谷到来，大量电力就会被白白浪费。

以运行灵活、反应快速特点著称的抽水蓄能电站，刚好解决了这一困扰。它能有效承担尖峰负荷供电任务、缓解电网调峰压力，促进新能源发展，优化电源结构，推动低碳经济、节能减排和环境保护战略的实施。

二

人依地栖，地以人传。

依山傍水的建德，一直以来便是"因水而建、因水而兴"。

1957 年，新中国第一座自行设计、自制设备、自己施工建造的大型水力发电站新安江水电站在建德正式开工建设。

两万余名来自五湖四海的电站建设者"白手起家、战天斗地"，新安江水电站的建设给建德带来了翻天覆地的变化。斗转星移，这座曾经担负着华东电网七成电力供应的水电站，至今仍在为华东地区经济社会作出贡献。

1996 年，"有点甜"的"农夫山泉"从建德出发，走向全国、走向世界，成为当下中国饮用水行业的领军企业之一。

过去没有人会相信，一个偏远闭塞的小渔村，会发展成为今天宜居宜业的幸福城，造就了天下独绝的"白沙奇雾"和"17℃新安江"。

"叫高山低头、要河水让路"的"三自精神"也延续至今，成为每个建德人自立自强、攻坚克难的精神图腾。

从 1992 年首次选点至今，三十年来受制于种种因素，并没有消磨建德人的毅力与斗志。曲曲折折，多年梦萦，锲而不舍，建德从未放弃这一项目，只为做成这件事。

在新时代"三自精神"的感召下，坚持与团结成为建德乌龙山抽水蓄能电站参与者新的"座右铭"，在两代建德人和六届党委、政府的共同坚持下，千磨万击还坚劲，不破楼兰终不还。

三

与历史相遇，向未来出发。

百亿抽水蓄能电站如何改变建德？

20 世纪五六十年代，在国家"小三线"的布局之下的建德，传统资源型产业在计划经济时代"享尽红利",但随着时间发展,却在市场经济中"吃尽苦头"。

"计划经济时代的辉煌,市场经济时期的彷徨。"一度领先的城市工业变得"弱不禁风",建德人觉得很憋屈。面对未来的发展,建德是甘居人后享安逸,还是破釜沉舟再出发?

重塑新优势,绘就新图景。建德人太盼望、太渴望。

但建德人明白,我们的干事创业之本,始终是头顶的蓝天、脚下的土地和环绕身边的自然生态。

"绿水青山就是金山银山",建德知之深,行之远。

为了保护好一江秀水,更好打通"两山"转换的通道,建德从未停下前

建协城区图

进的脚步。

谋定而后动，建德找准跑道，持续做好生态文章，大力推动水泥建材产业整改提升，碳酸钙企业转型升级，化工企业集聚入园，全力发展清洁能源等行业，斩获颇丰，战果累累。中国首个气候宜居城市、全国首批绿化模范城市、国家级生态示范区、国务院农村人居环境整治成效明显激励县、全国文明城市……"宜居建德"的金字招牌越擦越亮。

践行"双碳"战略，赋能绿色未来，建德乌龙山抽水蓄能电站项目乘势而上，应势而为。

项目建成后带来的效应将是全方位的：将为全省乃至华东电网的供电质量和运行安全提供更有力的保障，助力建德打造"浙西储能中心"；促进三

产服务业和全域旅游发展，项目本身也会因现代化的外观设计成为网红打卡点……

唯进步不止步，心若在，梦就在。

过去，在新安江水电站建设的"三自精神"的激励下，建德勇往直前不曾停歇，才有了今天的活力建德。

现在，关于建德的发展前景，"叫好"声不绝于耳，偶尔也会有"唱衰"声传至耳畔。但有质疑才有前行的动力，有质疑才有背水一战的决心和勇气。

乌龙山脉自巍峨，新安奔流永不息。

今天，时与势的机遇再一次来到了建德人手中，不管前路如何漫漫、过程如何曲折，坚守初心铿锵前行，建德未来可期！

绿水青山，代代相传。

建德不负绿水青山，绿水青山定不负建德！

（文章来源于建德发布　作者宣青军）

经济观察网：
协鑫加码储能赛道 140 亿元投建华东第一大抽水蓄能电站

　　"我们这个项目基本没有（收益）风险"，"国家出台'两部制电价'就是要体现抽水蓄能多元价值，引入社会投资，确保抽水蓄能项目有盈利，项目肯定不会是暴利的，但它是稳定的"，浙江建德协鑫抽水蓄能有限公司总经理刘宝玉 9 月 15 日接受经济观察网等媒体采访时表示。

　　当日，协鑫浙江建德抽水蓄能电站筹备工程在浙江省建德市梅城镇方门开工。据介绍，该电站项目占地面积约 161.44 公顷，总投资 140 亿元，规划建设 6 台 40 万千瓦可逆式水轮水泵发电机组，总装机容量 240 万千瓦，是华东地区最大的抽水蓄能项目，也是由民营企业全资投建的最大的抽水蓄能电站项目。

　　抽水蓄能电站是储能方式的一种，具有调峰填谷、调频、调相、储能、事故备用、黑启动等多种功能，就像一个"用水做成的巨型充电宝"，有助于电网系统安全、可靠、稳定、经济运行。

　　储能行业随着我国新能源转型加快，已成为一大"风口"。国家发改委和国家能源局发布的《关于加快推动新型储能发展的指导意见》，明确到 2025 年我国新型储能装机规模超 30GW。依此计算，2020—2025 年我国新型储能的装机规模有 8 倍的增长空间。

庞大的市场前景吸引了大量资本涌入。光大证券预测称，到 2025 年，我国储能投资市场空间将达到约 0.45 万亿元，2030 年增长到 1.3 万亿元左右。

目前，储能技术路线主要分为以抽水蓄能为代表的物理储能，以及锂离子电池、钠离子电池为代表的化学储能。近两年来，宁德时代、国轩高科等动力电池企业切入储能赛道后积极布局电池储能。动力电池企业布局电池储能，依靠的是自身电池主营业务的先天优势。

而协鑫之所以选择加码抽水蓄能，也与自身业务模式不无关系。作为一家综合性能源企业，协鑫集团新能源业务涵盖风能、光伏等发电领域，在发电环节拥有较多经验。而抽水蓄能电站就是一种特殊的水力发电站。

"大家都知道，风能、光伏等新能源发电不稳定，但电力的特点是产、供、用同时，它对安全稳定运行的要求就比较高，抽水蓄能恰好能够帮助稳定电网安全运行，消纳更多风能、光伏等新能源。"刘宝玉说。

"电池健康度"永远是 100%

从原理上来看，抽水蓄能电站是利用电力系统剩余电力抽水到高处储存，在电力系统电力不足时放水发电的水电站；与常规水电站不同，抽水蓄能电站既是发电厂，又是用电户；通常由上水库、下水库、输水道、厂房及开关站等部分组成。

在刘宝玉看来，抽水蓄能电站在"充放电"速度、效率和寿命上有着其他储能难以比拟的优势，抽水蓄能电站永远能够保持在 100% 的额定电量下工作，且不会随着时间的推移而衰减，使用寿命甚至达到 100 年以上。

对于抽水蓄能，政策层面一直是支持的态度。今年 6 月，国家能源局发布的《抽水蓄能中长期发展规划（2021—2035 年）》称，抽水蓄能是当前技术最成熟、经济性最优、最具大规模开发条件的电力系统绿色低碳清洁灵活调节电源，与风电、太阳能发电、核电、火电等配合效果较好。

另外，刘宝玉还表示，抽水蓄能电站项目还具备盈利确定性强的优势，"等到电站真正投产的那一天，我们相信电价政策会更加完善、更加科学"。

根据《抽水蓄能中长期发展规划（2021—2035 年）》，到 2025 年，抽水蓄能投产总规模较"十三五"翻一番，达到 6200 万千瓦以上；到 2030 年，抽水蓄能投产总规模较"十四五"再翻一番，达到 1.2 亿千瓦左右。

从签约到投产需要 13 年

对于协鑫集团而言，此次抽水蓄能电站项目也是一次前所未有的考验。"可借鉴的这个民营企业的经验没有，因为我们是第一家。协鑫集团就是在一次次'吃螃蟹'的过程中摸索发展起来的。"刘宝玉说。

与电池储能项目相比，抽水蓄能电站项目周期更长，不确定性也更多。而建德抽水蓄能电站项目历经近 7 年时间的前期筹备，才走到了开工阶段。"无数的迂回曲折，那么多的沟沟坎坎。"协鑫集团副董事长、总裁朱钰峰在开工仪式上这样回顾建德抽水蓄能项目。

公开信息显示，2016 年 1 月，协鑫集团与建德市人民政府签署合作协议，共同推动建德抽蓄项目发展。2021 年 8 月，建德站点被列入国家《抽水蓄能中长期发展规划(2021—2035 年)》重点实施项目。2022 年 4 月，建德抽蓄项目被国家能源局列入年内核准计划。2022 年 9 月 6 日协鑫浙江建德抽水蓄能电站获得浙江省发展改革委核准批复。

除了科研设计等前期工作，电站建设本身也需较长时间。据介绍，协鑫建德抽水蓄能电站站址具有独特优势，属于优良站点。电站地处华东电网和浙江省用电负荷中心附近，对外交通方便，施工便利，且库区无移民，水库淹没损失少。站址天然成库条件好，自然落差大。

"即便是建站条件非常好，电站也要 6 年左右的时间才能建成投产。"刘宝玉透露，协鑫建德抽水蓄能电站项目计划 2029 年全部投产发电。经过计算，项目的投资回收期大约是 22 年。

（作者：记者 濮振宇 来源：经济观察网）

上海证券报：
协鑫携手浙江建德投资 140 亿元，华东新添巨型"充电宝"

富春江畔，乌龙山中，协鑫浙江建德抽水蓄能电站工程于 9 月 15 日正式开工建设。

上证报从前方了解到，这座水电站占地面积约 161.44 公顷，由协鑫能源科技股份有限公司投建，总投资额达 140 亿元。项目规划建设 6 台 40 万千瓦抽水蓄能机组，总装机容量 240 万千瓦，计划 2029 年投产发电。

据悉，该蓄水电站不仅是华东地区目前体量第一的抽水蓄能电站，同时也是浙江省重大能源项目、建德市历史上投资最大的项目，已被列入国家能源局发布的《抽水蓄能中长期发展规划(2021—2035 年)》、"十四五"重点实施项目。

选址：独特的地理优势可节约投资 20 多亿元

为什么选址在浙江建德建水电站？协鑫集团相关负责人介绍，建德抽水蓄能电站站址具有独特的优势，是华东电网建设条件不可多得的优良站点之一。这里是新安江、富春江、兰江三江汇聚之处，水资源丰富，每年带来了18.58 亿立方米的水资源、6.81 万千瓦的水能蕴藏量。

更重要的是，新建的建德水电站地处长三角优势区位内，这里距杭州市100 公里，距离上海市约 260 公里，地处华东电网和浙江省用电负荷中心附近，四周电网调节需求巨大，新电站贴近需求、贴近用户，有望实现"近水"解"近渴"。

同时，项目选址地位于国家林场范围内，库区无移民，水库淹没损失少。电站上水库位于富春江上游左岸、乌龙山最高峰北坡的山顶谷地，站址天然，成库条件好，自然落差大，投资成本低；下水库则利用已建的富春江水库，水源充足，水质优良，可节约投资 20 多亿元。

规划：论证历时 30 年建成后年发电量 24 亿千瓦时

据介绍，从 1992 年华东勘测设计研究院发现建德乌龙山有适宜建设抽水蓄能电站的站址，到 2022 年筹备工程开工，建德乌龙山抽水蓄能电站项目生成至今整整 30 年。直至 2022 年 9 月，该项目取得浙江省相关部门核准批复。

根据前期项目论证和规划设计，该项目将建成日调节型抽水蓄能电站，设计年发电量 24 亿千瓦时。建成后将为浙江电网输送源源不断的绿色能源，推动华东电网进一步优化电源结构，同时还可承担华东电网调峰、填谷、储能、调频、调相和紧急事故备用等任务，并可支援上海和江苏电网的调峰需求。

此外，该水电站项目建设，还可带动周边山道建设、居民就业和旅游资源开发。

建设：协鑫能科将提供系统性解决方案

在建设过程中，协鑫能科（002015）将借助项目建设，全方位导入源网荷储一体化、风光水储一体化等系统性解决方案。预计电站投产后，可实现每年节约燃煤消耗量约 48 万吨，每年减少碳排放 96 万吨。

"碧流飞千里，绿电进万家。"协鑫集团副董事长、总裁，协鑫能科董事长朱钰峰表示，"协鑫将聚焦建德'生态立市、创新兴市、工业强市、文旅活市'四大战略，充分发挥 32 年清洁能源项目建设的丰富经验，瞄准国际前沿，聚焦国家战略，在规划设计、工程建设、装备优化、技术提升等方面全面发力，导入物联网、云计算和大数据等技术，用科技护航，以'协鑫速度'全力打造最新一代引领型、示范型标杆项目，为华东电网提供高品质的服务，助推浙江省能源结构绿色转型，碳达峰、碳中和工作走在前列。"

多年来，协鑫能科秉持绿色理念深耕能源行业，清洁能源装机占比已超过 90%，领先于行业。业内人士认为，此次建设抽水蓄能项目，对协鑫能科深度参与电力市场现货交易、扩大售电规模、发展风光水储、调节充换运营高峰时的电网负荷，也将具有重要意义。

趋势：各地加快布局抽水蓄能电站千亿蓝海呼之欲出

当下，我国正在加快构建以新能源为主体的新型电力系统。作为当前技术最成熟、经济性最优、最具大规模开发条件的电力系统绿色低碳电源，抽水蓄能是构建以新能源为主体的新型电力系统、保障电力系统安全稳定运行最重要的支撑。

加上政策支持，我国多个省份在加速布局抽水蓄能电站。截至今年 8 月，全国 39 个抽水蓄能电站更新了动态，规模超 46.85 吉瓦。

根据国家能源局发布的《抽水蓄能中长期发展规划(2021—2035 年)》，到 2025 年，抽水蓄能投产总规模较"十三五"翻一番，达到 6200 万千瓦以上；到 2030 年，抽水蓄能投产总规模较"十四五"再翻一番，达到 1.2 亿千瓦左右。

有专业机构测算，作为储能优质赛道上的新模式，抽水蓄能有望迎来千亿级市场。预计 2021—2030 年抽水蓄能电站投资总金额将达到 4973 亿元。

（文章来源：《上海证券报》）

搜狐：
华东最大抽水蓄能电站开工　协鑫浙江建德项目设计年发电量达 24 亿 kWh

大力发展抽水蓄能，正是浙江加快能源转型，高质量实现碳达峰的重要途径之一。2022 年 9 月 15 日上午，协鑫浙江建德抽水蓄能电站筹备工程开工仪式在建德市梅城镇举行。

该项目由协鑫能源科技股份有限公司投建，占地面积约 161.44 公顷，总投资达 140.5 亿元的电站，规划建设 6 台 40 万千瓦抽水蓄能机组，总装机容量 240 万千瓦，设计年发电量预计 24 亿 kWh，年抽水电量 32 亿 kWh，装机规模为华东地区最大，同时也是建德市历史上投资最大的项目，已被列入国家能源局发布的《抽水蓄能中长期发展规划（2021—2035 年）》、"十四五"重点实施项目，项目计划 2029 年投产发电。

"这座巨型电网'充电宝'不仅兼具环保性与经济性，还能有效提升电力系统的安全性与稳定性。项目投运后预计每年可节约燃煤消耗量约 48 万吨，减少碳排放 96 万吨，不仅有助于华东电网进一步优化电源结构，还将带动周边山道建设、居民就业、旅游资源以及城镇化建设，促进共同富裕。"

协鑫集团副董事长、总裁，协鑫能科董事长朱钰峰表示，"协鑫能科将充分发挥 32 年清洁能源项目建设的丰富经验，以'协鑫速度'全力将建德抽蓄项目打造成最新一代引领型、示范型标杆项目；同时借助项目建设全方位导入源网荷储一体化、风光水储一体化等系统性解决方案，谱绘建德三江六岸生态文明新画卷，打造美丽中国示范窗口，助推浙江省能源结构绿色转型，碳达峰、碳中和工作走在前列。"

从 1992 年华东勘测设计研究院发现建德乌龙山有适宜建设抽水蓄能电站的站址，到 2022 年筹备工程开工，建德乌龙山抽水蓄能电站项目生成至今整整 30 年，历经诸多波折，直至今年 9 月，该项目取得省发改委核准批复。

建德抽水蓄能电站站址具有独特的优势，是华东电网建设条件不可多得的优良站点之一。电站距杭州市 100 公里，地处华东电网和浙江省用电负荷中心附近，对外交通方便，施工便利，且位于国家林场范围内，库区无移民，水库淹没损失少。电站上水库位于富春江上游左岸、乌龙山最高峰北坡的山顶谷地，站址天然成库条件好，自然落差大，投资成本低；下水库则利用已建的富春江水库，水源充足，水质优良，可节约投资 20 多亿元。

建德抽水蓄能电站也是适应新型电力系统建设和大规模高比例新能源发展需要，助力实现"碳达峰、碳中和"目标的建设工程。项目建成后将主要承担华东电网调峰、填谷、储能、调频、调相和紧急事故备用等任务，提高华东区域电力系统调峰能力，促进电网内风电、光伏等新能源消纳，改善电网供电质量，减少受电区的火电装机容量，促进供电和受电地区经济的可持续发展。

中信证券指出，"碳中和"背景下，以风、光发电为代表的新能源装机规模快速扩容，大幅提升电力系统对储能技术应用的需求，而抽水蓄能凭借技术成熟、连续储能时间长、装机容量大、度电成本低等多项优势，将继续作为主流储能技术。我国当前抽水蓄能装机规模远低于未来潜在需求，近 10 年间抽蓄建设将大幅提速，同时，2021 年抽水蓄能电价改革的落地也将在保障投资方基本收益的同时，释放向上盈利弹性。

浙江在线：
装机规模华东地区最大 建德抽水蓄能电站筹备工程开工

华东地区最大的"充电宝"来了。9月15日上午，浙江建德抽水蓄能电站筹备工程在建德乌龙山开工，总装机容量240万千瓦，相当于三个新安江水电站，装机规模为华东地区最大。

抽水蓄能电站，是指能向上水库抽水蓄能的水电站。"在深夜等用电低谷时，电站利用富余的电能，把水抽到海拔较高的水库，在用电高峰期放水发电。"建德市抽水蓄能电站指挥部总指挥吴铁民说，这意味着抽水蓄能电站能辅助完成电网"削峰填谷"、电流频率调整等任务。

该电站上水库位于建德梅城乌龙山最高峰北坡的山顶谷地，下水库利用已建的富春江水库，占地面积约161.44公顷，总投资达140.5亿元，规划建设6台40万千瓦抽水蓄能机组，计划2029年投产发电。

据了解，2030年前，杭州将力争建成5个抽水蓄能电站，建设规模共计740万千瓦，预计投资总额超400亿元。"除了建德，其他四个分别是桐庐白云源、临安高峰、淳安千岛湖以及富阳常安项目，不仅拉动投资，也填补了杭州抽水蓄能项目的空白。"杭州市发改委能源处负责人说。

记者从杭州市发改部门了解到，5个抽水蓄能项目完成建设后，在现行抽水蓄能价格机制测算下，年税收可达 10 亿元以上，对西部山区经济发展具有良好的投资效益。

项目投建方协鑫集团副董事长朱钰峰介绍，建德抽水蓄能电站设计年发电量为 24 亿千瓦时，可满足约 100 万户家庭一年的正常用电需求，与同等规模的火电相比，该项目每年可节约燃煤消耗量约 48 万吨，减少碳排放 96 万吨。

（浙江在线 9 月 16 日讯　记者 吴佳妮 胡静漪　通讯员 方祺 胡珺）

中国能源报：
华东新添巨型"充电宝"，建德抽水蓄能电站今日开建

9月15日，浙江协鑫建德抽水蓄能电站筹备工程开工仪式在建德市梅城镇方门举行。项目总投资达140亿元，由协鑫能源科技股份有限公司投建，规划建设6台40万千瓦抽水蓄能机组，总装机容量240万千瓦，是华东第一大抽水蓄能电站。它的开建对我国抽水蓄能建设具有重要的示范意义，将进一步优化华东电网电源结构、缓解电网调峰压力，增强电力系统运行安全性、可靠性，对维护国家"五大安全"将起到积极作用。

据悉，该项目从规划到开工建设历时30年，是日调节抽水蓄能电站，占地面积约161.44公顷，设计年发电量24亿千瓦时，已被列入国家能源局发布的《抽水蓄能中长期发展规划（2021—2035年）》、"十四五"重点实施项目。项目计划2029年投产发电。

抽水蓄能电站相当于大型的"充电宝"。在用电低谷时，利用富余的电能把水抽到海拔较高的水库；在用电高峰期从高处放水，将水的势能转化为电能，实现调峰、填谷、调频、调相、储能和事故备用等多种功能，是当前技术最成熟、最具大规模开发、最具安全性和经济性的电力系统绿色低碳清洁灵活调节电源。

值得注意的是，建德抽水蓄能电站是截至目前我国社会资本投资容量最大的抽水蓄能电站。抽水蓄能电站虽具有诸多优点，但因其投资大、建设周期长、收益小，一直以来多数都是央国企投资运营，该电站对保障华东地区电力供应具有重要作用，同时意味着我国抽水蓄能发展实现了又一重大突破。

据浙江建德协鑫抽水蓄能总经理刘宝玉介绍，该电站具有独特优势。首先，电站选址优良。上水库位于富春江上游左岸、乌龙山最高峰北坡的山顶谷地，站址天然成库条件好，自然落差大，投资成本低；下水库则利用已建的富春江水库，水源充足，水质优良，可节约投资 20 多亿元。同时，它也是华东电网建设条件不可多得的优良站点之一。电站距杭州市 100 公里，距离上海市约 260 公里，地处华东电网和浙江省用电负荷中心附近，对外交通方便，施工便利，且位于国家林场范围内，库区无移民，水库淹没损失少。

浙江省能源局总工程师俞奉庆表示，浙江省是能源消费大省、能源资源小省。2021 年，全省能源消费总量超 2.67 亿吨标准煤，电力消费量超 5500 亿千瓦时，最大电力负荷已超过 1 亿千瓦。但本省能源自给率只有 15% 左右，火电发电量仍超全省发电量 70%，电力峰谷差超 3000 万千瓦。能源自给率低、化石能源比重大和峰谷差大等是本省能源行业亟待解决的重大问题。在"碳达峰、碳中和"背景下，浙江省能源行业安全保供和绿色转型压力将持续增大。

"新时代加快发展抽水蓄能，有利于浙江省可再生能源发展和大规模吸纳省外电力，是促进新能源大规模高比例发展、助力实现'双碳'目标的重要举措，是提高电力系统安全稳定运行水平、保障电力安全的必然要求，是打造现代化新兴产业、扩大有效投资和促进经济社会发展的重要内容。"俞奉庆说。

协鑫集团副董事长、总裁朱钰峰表示，建德抽蓄电站开工是协鑫能科大力推进新型电力系统构建取得的又一项重大成果。该项目不仅有助于华东电网进一步优化电源结构，为浙江电网输送源源不断的绿色能源，预计年节约燃煤消耗量约 48 万吨，减少碳排放 96 万吨，还将带动周边山道建设、居民就业、旅游资源以及城镇化建设。

当下，我国正在加快构建以新能源为主体的新型电力系统。作为当前技术最成熟、经济性最优、最具大规模开发条件的电力系统绿色低碳清洁灵活调节电源，抽水蓄能是构建以新能源为主体的新型电力系统、保障电力系统安全稳定运行最重要的支撑。抽水蓄能装机规模远低于未来潜在需求，近10年间抽蓄建设将大幅提速，将成为实现"双碳"目标的重要驱动力。

（记者 吴莉《中国能源报》）

中国日报：
践行双碳战略　锚定两个先行
浙江建德抽水蓄能电站筹备工程
在建德梅城镇开工

9月15日，协鑫浙江建德抽水蓄能电站筹备工程开工仪式在建德市梅城镇举行。

这座占地面积约161.44公顷，总投资达140.5亿元的电站，由协鑫能源科技股份有限公司投建，规划建设6台40万千瓦抽水蓄能机组，总装机容量240万千瓦，设计年发电量预计24亿kWh，年抽水电量32亿kWh，装机规模为华东地区最大，同时也是建德市历史上投资最大的项目，已被列入国家能源局发布的《抽水蓄能中长期发展规划（2021—2035年）》、"十四五"重点实施项目，项目计划2029年投产发电。

"这座巨型电网'充电宝'不仅兼具环保性与经济性，还能有效提升电力系统的安全性与稳定性。项目投运后预计每年可节约燃煤消耗量约48万吨，减少碳排放96万吨，不仅有助于华东电网进一步优化电源结构，还将带动周边山道建设、居民就业、旅游资源以及城镇化建设，促进共同富裕。"协鑫集团副董事长、总裁，协鑫能科董事长朱钰峰表示，"协鑫能科将充分发挥32年清洁能源项目建设的丰富经验，以'协鑫速度'全力将建德抽蓄项目打造成最新一代引领型、示范型标杆项目；同时借助项目建设全方位导入源网荷储一体化、风光水储一体化等系统性解决方案，谱绘建德三江六岸生态文明新画卷，打造美丽中国示范窗口，助推浙江省能源结构绿色转型，碳达峰、碳中和工作走在前列。"

从 1992 年华东勘测设计研究院发现建德乌龙山有适宜建设抽水蓄能电站的站址，到 2022 年筹备工程开工，建德乌龙山抽水蓄能电站项目生成至今整整 30 年，历经诸多波折，直至今年 9 月，该项目取得省发改委核准批复。

建德抽水蓄能电站站址具有独特的优势，是华东电网建设条件不可多得的优良站点之一。电站距杭州市 100 公里，地处华东电网和浙江省用电负荷中心附近，对外交通方便，施工便利，且位于国家林场范围内，库区无移民，水库淹没损失少。电站上水库位于富春江上游左岸、乌龙山最高峰北坡的山顶谷地，站址天然成库条件好，自然落差大，投资成本低；下水库则利用已建的富春江水库，水源充足，水质优良，可节约投资 20 多亿元。

建德抽水蓄能电站也是适应新型电力系统建设和大规模高比例新能源发展需要，助力实现"碳达峰、碳中和"目标的建设工程。项目建成后将主要承担华东电网调峰、填谷、储能、调频、调相和紧急事故备用等任务，提高华东区域电力系统调峰能力，促进电网内风电、光伏等新能源消纳，改善电网供电质量，减少受电区的火电装机容量，促进供电和受电地区经济的可持续发展。

据介绍，浙江是电力需求大省，"十四五"期间，浙江当地风电、光伏发电将快速发展，区外清洁电源受入将持续增加，产业结构调整也将导致负荷峰谷差进一步拉大，电网调节需求巨大。大力发展抽水蓄能，正是浙江加快能源转型，高质量实现"碳达峰"的重要途径之一。2022 年 7 月印发的《浙江省能源发展"十四五"规划》明确，将加快推进抽水蓄能电站布局建设，开工抽水蓄能电站 1000 万千瓦以上，到 2025 年，抽水蓄能电站装机达 798 万千瓦以上。

（来源：中国日报网）

中国新闻网：
华东地区最大抽水蓄能电站筹备工程
在浙江建德开工

15 日，记者从浙江建德官方获悉，华东地区最大抽水蓄能电站筹备工程在该市开工，该电站总投资达 140.5 亿元，总装机容量 240 万千瓦。

据悉，上述抽水蓄能电站占地面积约 161.44 公顷，总投资达 140.5 亿元，规划建设 6 台 40 万千瓦抽水蓄能机组，总装机容量 240 万千瓦，设计年发电量预计 24 亿 kWh，年抽水电量 32 亿 kWh，装机规模为华东地区最大。该项目是建德市历史上投资最大的项目，已被列入国家能源局发布的《抽水蓄能中长期发展规划 (2021—2035 年)》、"十四五"重点实施项目，项目计划 2029 年投产发电。

"这座巨型电网'充电宝'不仅兼具环保性与经济性，还能有效提升电力系统的安全性与稳定性。项目投运后预计每年可节约燃煤消耗量约 48 万吨，减少碳排放 96 万吨，不仅有助于华东电网进一步优化电源结构，还将带动周边山道建设、居民就业、旅游资源以及城镇化建设，促进共同富裕。"该项目投建方，协鑫集团副董事长、总裁，协鑫能科董事长朱钰峰表示。

从 1992 年华东勘测设计研究院发现建德乌龙山有适宜建设抽水蓄能电站的站址，到 2022 年筹备工程开工，建德乌龙山抽水蓄能电站项目生成至今整整30年，历经诸多波折，直至今年9月，该项目取得浙江省发改委核准批复。

建德抽水蓄能电站站址具有独特的优势，是华东电网建设条件不可多得的优良站点之一。

电站距杭州市100公里，地处华东电网和浙江省用电负荷中心附近，对外交通方便，施工便利，且位于国家林场范围内，库区无移民，水库淹没损失少。电站上水库位于富春江上游左岸、乌龙山最高峰北坡的山顶谷地，站址天然成库条件好，自然落差大，投资成本低；下水库则利用已建的富春江水库，水源充足，水质优良，可节约投资20多亿元。

浙江是电力需求大省。大力发展抽水蓄能，正是浙江加快能源转型，高质量实现"碳达峰"的重要途径之一。2022年7月印发的《浙江省能源发展"十四五"规划》明确，将加快推进抽水蓄能电站布局建设，开工抽水蓄能电站1000万千瓦以上，到2025年，抽水蓄能电站装机达798万千瓦以上。

建德市抽水蓄能电站项目建设总指挥吴铁民表示，建德抽水蓄能电站也是适应新型电力系统建设和大规模高比例新能源发展需要，助力实现"碳达峰、碳中和"目标的建设工程。该项目建成后，将主要承担华东电网调峰、填谷、储能、调频、调相和紧急事故备用等任务，提高华东区域电力系统调峰能力。

（来源：中国新闻网　9月15日电　钱晨菲）

中国证券：
124 亿建设抽水蓄能电站　浙江建德史上最大投资项目获"身份证号码"

近日，浙江建德抽水蓄能电站项目获取浙江省发改委登记赋码，意味着该项目取得了"身份证号码"，正式启动核准程序。

据悉，浙江建德抽水蓄能电站项目估算总投资约 124 亿，是建德历史上投资最大的项目。目前，项目可行性研究阶段已完成枢纽布置规划、正常蓄水位选择、施工总布置规划三大专题报告。

资料显示，建德抽水蓄能电站位于浙江省建德市境内，上水库位于富春江左岸建德市林场梅城分场、乌龙山山顶盆地，下水库为已建富春江水库。电站上水库正常蓄水位 738 米，相应库容 1206 万立方米；死水位 690 米，相应库容 164 万立方米。下水库利用 1968 年建成的富春江水库，为一日调节水库。富春江水库控制流域面积为 31645 平方公里，正常蓄水位 23 米，死水位 21.5 米，总库容 87300 万立方米，正常蓄水位库容 44100 万立方米，调节库容 7700 万立方米。电站装机容量 2400MW(6 台 ×400MW)，平均年发电量 28.8 亿 kWh。

据了解，建德抽水蓄能电站为日调节纯抽水蓄能电站，主要任务为承担华东电网调峰、填谷、储能、调频、调相、紧急事故备用等任务。建成投产后，其可替代造价较高的其他发电装机容量2400MW，大大节省系统的电源建设投资。通过削峰、填谷，可发挥双倍调峰功效，有效缓解电力系统调峰困难；并可减少火电机组的调峰幅度，提高其运行效率，从而节约系统总煤耗。

业内人士评价称，"该项目对于保证电网安全、稳定运行作用明显。尤其对于大规模接受长距离外来电力，且核电比重不断增大的华东电网而言，显得更加重要。"

另外，位列全国大型水库前五的新安江水电站，同样坐落于浙江省建德市，地处钱塘江上游干流新安江的铜官峡谷，是新中国成立后第一座"自己设计、自制设备、自行施工"的大型水电站。作为钱塘江上游的关键性控制工程，新安江电站于1959年截留蓄水，迅速解决了当时长江三角洲地区特别是上海市的电力供需紧张局面。

（文章来源：中国证券网）

纪事

这是浙江建德抽水蓄能电站筹建工作的大事记，从初生之日延续至今已经有三十余年。这在我市的经济建设工作中并不多见。三十年，不过是历史长河的一瞬，但于建德抽水蓄能电站这一项目而言，却艰难走过初生期的青涩、推进中的兴奋和低落时的徘徊……三十年，有太多值得铭记的大事件。本章选出这三十年来围绕乌龙山抽水蓄能电站项目筹建中的一些主要事件，回望这一段难忘的历史。

乌龙腾飞终有时

江水泱泱　　洪樟潮摄

▍浙江建德抽水蓄能电站筹建工作纪事

1989 年

11 月，华东勘测设计研究院（以下简称"华东院"）受原国家电力部委托，对华东三省抽水蓄能电站项目进行资源普查，1990 年 3 月完成《浙江省抽水蓄能电站普查报告》，提出建德县梅城镇乌龙山有适宜建设 40 万千瓦抽水蓄能电站的站址。

1990 年

8 月，经能源部、水利部水电规划设计总院（以下简称"水规总院"）同意，华东勘测设计研究院对乌龙山站址开展规划选点勘测设计，对电站站址、坝址、地质条件进行实地复查。

1991 年

11 月，水规总院会同浙江省电力开发公司（以下简称"省电力公司"）、建德县人民政府与华东院签订协议，启动乌龙山抽水蓄能电站可行性研究报告的编制。

1993 年

8 月，华东勘测设计研究院完成可研报告编制。

1994 年

3 月中旬，水规总院会同浙江省计划与经济委员会在浙江省建德市共同主持召开了"浙江省乌龙山抽水蓄能电站可行性研究报告"审查会议。会议同意华东勘测设计研究院提出的该可行性研究报告。

6 月 28 日，获电力工业部审查通过。

8 月，建德与瑞士苏尔寿公司签订引进 6000 万美元意向书。

1996 年

6 月，浙江省计划与经济委员会将该项目上报国家计划委员会审批，但在 1998 年国家计划委员会拟批复该项目建议书时，省政府及省电力公司基于秦山核电站二、三期工程的配套需要，决定先行建设装机容量更大的桐柏 120 万千瓦抽水蓄能项目，因此乌龙山 40 万千瓦项目未获批准建设。

2001 年

2001 年，华东院受华东电管局委托，再次对浙江省抽水蓄能电站资源进行普查，发现建德市乌龙山具备建设 240 万千瓦抽水蓄能电站的新站址（与原 40 万千瓦站址距离 6 公里），并出具选点查勘报告。

2002 年

2月，建德市委托华东院进行乌龙山240万千瓦抽水蓄能电站项目的选点规划勘测设计工作，华东院于当年8月完成并提交《乌龙山抽水蓄能电站选点规划勘察设计报告》。

2003 年

7月7日，宁波双林集团股份有限公司（以下简称"双林集团"）董事长邬永林应邀来建德洽谈合作，表达投资意向。

7月15日，建德市政府组团赴宁海考察，洽谈合作开发乌龙山抽水蓄能电站项目。

8月14日，建德市政府与宁波双林集团签订《乌龙山抽水蓄能电站项目开发协议》。随后，双林集团成立浙江建德乌龙山资源开发有限公司，委托西北勘察设计研究院（以下简称"西北院"）对项目进行"预可研"和可研勘测设计。

12月2—5日，水规总院在建德市主持召开对西北院编制的《浙江省乌龙山抽水蓄能电站选点规划报告》审查会议，并原则同意乌龙山抽水蓄能电站作为华东地区近期后备开发项目。

12月25—26日，中国水电顾问有限公司在北京主持召开了《浙江省乌龙山抽水蓄能电站预可行性研究报告（咨询稿）》咨询会议，经与会专家、代表的认真讨论，形成了《浙江省乌龙山抽水蓄能电站预可行性研究报告（咨询稿）咨询报告》。

2004 年

1月12日，国家发展和改革委员会下发《国家发展改革委关于抽水蓄能电站建设管理有关问题的通知》，明确抽水蓄能电站要统一纳入电力中长期发展规划。

4月27—29日，水规总院和浙江省发展和改革委员会（以下简称省发改委）在杭州市共同主持召开《浙江省乌龙山抽水蓄能电站预可行性研究报告》审查会议，认为"建德乌龙山抽水蓄能电站是华东电网建设条件较好的优良站点之一"，并基本同意"预可研"报告设计内容。

5月，西北院编制完成《浙江省乌龙山抽水蓄能电站预可行性研究勘测设计可研大纲》。

8月9—11日，中国水利水电建设工程咨询公司在陕西省西安市召开咨询会议，并原则通过。

2005 年

1月5日，浙江省发改委印发《浙江省2010年抽水蓄能电站布局规划及2020年展望》的通知，根据浙江电网和华东电网发展规划，提出浙江省抽水蓄能电站"推二备三"布局规划，乌龙山抽水蓄能电站列为备选项目。

6月，国家环境保护总局环境工程评估中心签发《关于浙江省乌龙山抽水蓄能电站环境影响评价大纲的评估意见》。

8月3日，建德市政府与中国华能集团公司在北京签订《乌龙山抽水蓄能电站合作框架协议》，协议商定由华能集团控股、建德参股，共同开发乌龙山抽水蓄能电站。在明确引进华能集团参与项目开发后，建德市政府与宁波双林集团多次协商协议中止事宜，但因双方对中止协议的部分条款无法达成共识，谈判陷入僵局，致使与华能集团合作未果。

12月，项目完成选址初审、地质灾害评估、地下厂房位置选择、水土保持方案等专题报告，中国水利水电建设工程咨询公司陆续对可研阶段的相关专题报告成果进行咨询，但限于国家政策调整等因素，项目可研工作暂停。

2009 年

8月31日，国网新源公司与建德市政府于签订抽水蓄能电站合作意向书。

8月，水规总院、浙江省发改委、国网新源控股有限公司共同委托华东院开展浙江省抽水蓄能电站新一轮选点规划工作，规划水平年为 2020 年。

2012 年

5月，华东院编制完成《浙江省抽水蓄能电站选点规划报告（2012年版）》，并通过水规总院、浙江省发改委等部门的审查。

2013 年

4月，国家能源局下发《关于浙江省抽水蓄能电站选点规划的批复》，将建德抽水蓄能电站作为浙江省抽水蓄能电站储备站点。

2015 年

3月8日，中国华能集团新能源浙江筹备处皮富强副主任、金德智主任助理来建德了解乌龙山抽水蓄能电站情况，建德市发改局局长许维元、副局长程霄负责接待和介绍项目情况。

4月10日，市政协主席吴铁民到市发改局调研乌龙山抽水蓄能电站情况。

5月27日，保利协鑫能源控股有限公司投资发展部总经理梁锋锋、投资发展部总经理助理吴洁来建德了解乌龙山抽水蓄能电站情况，程霄负责接待和介绍项目情况。

6月29日，保利协鑫能源控股有限公司副总裁黄岳元、投资发展部总经理梁锋锋、投资发展部总经理助理吴洁，华东勘测设计院有限公司抽水蓄能设计院副院长赵佩兴来建德考察了解乌龙山抽水蓄能电站情况，吴铁民、许维元、程霄负责接待和介绍项目情况。

8月18日，吴铁民主席赴上海市青浦区，与双林集团股份有限公司副总裁邬维静女士、法务部部长叶宇程洽谈商讨遗留问题（开发权转让）处理。

8月21日，市委书记戴建平、市长童定干、政协主席吴铁民、常务副市长周友红专题研究乌龙山抽水蓄能电站项目情况，许维元作专题汇报。

8月24日，吴铁民、许维元、程霄赴杭州，拜访华东勘测设计院有限公司张春生院长、王小军副院长、投资管理部沈一鸣主任、抽水蓄能设计院赵佩兴副院长等有关负责人，商讨推进乌龙山抽水蓄能电站项目。

9月2日，市政协主席吴铁民、市府办副主任王田、市发改局副局长程霄赴江苏苏州，与协鑫电力集团有限公司副总裁黄岳元、保利协鑫能源控股有限公司总裁王东、副总裁杜忠义、可再生能源事业部总经理包文峰、投资部总经理邢亚琴、投资部经理助理陈伟宏洽谈推进乌龙山抽水蓄能电站项目。

9月11日，吴铁民、程霄、胡敏和双林集团股份有限公司副总裁邬维静、法务部部长叶宇程赴陕西西安，与西北勘测设计院有限公司副总经济师谢志勇、副总经理张枫等有关负责人商讨遗留问题处理。

10月8日，吴铁民、许维元、程霄、杨强在杭州（省委党校）接收双林集团股份有限公司副总裁邬维静、法务部部长叶宇程送达的《关于建德乌龙山抽水蓄能电站项目投入成本测算报告》。

10月10日，保利协鑫能源控股有限公司副总裁杜忠义、投资部总经理邢亚琴、投资部经理助理陈伟宏到建德实地考察了解乌龙山抽水蓄能电站项目情况。吴铁民、许维元、程霄负责接待和介绍项目情况。

10月15—16日，市领导戴建平、童定干、吴铁民赴国网集团联系有关工作。

10月28日，市长童定干、市政协主席吴铁民赴华东勘测设计院有限公司，与浙江省能源局副局长金毅、华东勘测设计院有限公司院长张春生、副院长王小军等有关负责人洽谈战略合作事宜。

11月18日，吴铁民赴宁波双林集团，召集协调双林副总裁邬维静、法务部部长叶宇程与协鑫副总裁杜忠义、投资部经理助理陈伟宏之间的谈判。

11月20日，市委书记戴建平、市政协主席吴铁民、常务副市长周友红专题研究乌龙山抽水蓄能电站项目推进情况。

12月3日，市领导戴建平、童定干、吴铁民、周友红赴安吉县考察天荒坪抽水蓄能电站。

12月7日，浙江省能源集团规划部主任李玲晓、可再生能源分公司省水利水电投资集团副总经济师贺元启和抽水蓄能设计院副院长赵佩兴等有关负责人来建德实地考察了解乌龙山抽水蓄能电站项目情况。

12月9日，市领导童定干、张早林与华东勘测院有关负责人联系有关工作。

12月9—11日，市政协主席吴铁民赴江苏苏州，第二次召集协调协鑫电力集团执行总裁王世宏、投资发展部总经理梁锋锋、投资发展部总经理助理吴洁、保利协鑫副总裁杜忠义、投资部经理助理陈伟宏与双林副总裁邹维静、副总裁王冶、法务部部长叶宇程、律师应满仓之间的谈判。

12月15日，吴铁民赴省发改委，向省发改委副主任、省能源局局长吴胜丰，省能源局副局长金毅，能源处副处长周小玫汇报乌龙山抽水蓄能电站项目推进情况。

2016 年

1月4—6日，市政协主席吴铁民和华东勘测设计研究院抽水蓄能院副院长赵佩兴、企业发展部副主任陈宏钧赴陕西西安，与西北勘测设计院有限公司副院长张枫、副总经济师谢志勇、市场开发部主任赵光竹、市场开发部副主任文宁等有关负责人商讨遗留问题处理。

1月7日，吴铁民主持召开乌龙山抽水蓄能电站项目上山道路设计研讨会，市林业局、交通设计有限公司有关负责同志参加会议。

1月8日，市长童定干、市政协主席吴铁民、常务副市长周友红、市府办主任夏喜生、市发改局副局长程霄，与浙能集团副总经理范小宁、投资总监柴锡强、计划发展高级主管吴光富、浙能集团可再生资源分公司总经理朱永健、浙能集团科服分公司副总经理李玲晓、华东勘测设计研究院抽水蓄能院副院长赵佩兴等有关领导洽谈战略合作事宜。

1月14日，童定干、吴铁民、周友红召开会议专题研究协鑫电力集团相关投资协议，市府办、市发改局、市财政局、市国土局、市林业局、市供电公司、市旅投公司等相关负责人参加会议。

同日，市政协主席吴铁民、常务副市长周友红主持召开会议专题协商乌龙山抽水蓄能电站项目上山道路，市委常委、副市长叶万生，副市长张早林，市府办、市发改局、市住建局、市交通运输局、市林业局、市旅商局、市旅投公司、梅城镇、乾潭镇主要负责人参加会议。

1月15日，吴铁民、周友红与协鑫电力集团投资发展部总经理梁锋锋、投资发展部总经理助理吴洁就双方的协议进行洽谈，市府办、市发改局、市旅商局、市财政局等有关领导参加会议。

1月21日，吴铁民到华东勘测设计研究院对接乌龙山抽水蓄能有关事宜。

同日，市领导戴建平、童定干、吴铁民、周友红、尤荣福专题研究乌龙山抽水蓄能电站项目情况。

1月21日，市政府召开十五届51次常务会议，专题研究协鑫电力集团到建德投资的战略合作协议、投资协议等有关材料。

同日，市委召开十三届市委常委会第75次会议，专题研究协鑫电力集团到建德投资的战略合作协议、投资协议等有关材料。

1月24日，乌龙山抽水蓄能电站项目正式签约。

2月18日，市政协主席吴铁民、市发改局副局长程霄、市旅游商务局副局长蒋华平陪同协鑫电力集团投资发展部总经理梁锋锋、投资发展部总经理助理吴洁等一行赴杭州市两江一湖办公室与杭州市旅委副书记副主任孙喆、规划处处长石利群、副处长韩伟忠进行对接。

2月25日，吴铁民与华东勘测设计研究院有限公司抽水蓄能院副院长赵佩兴、项目主管王东锋、项目组组员曾建平等就乌龙山抽水蓄能电站项目山上道路进行研究。程霄及交通设计有限公司总经理刘文忠等陪同。

2月26日，市领导戴建平、童定干、吴铁民、周徐胤、周友红、尤荣福等一行考察乌龙山抽水蓄能电站项目。

2月29日，吴铁民与双林集团股份有限公司副总裁邬维静、法务部部长叶宇程、法律顾问童丽玲就乌龙山抽水蓄能项目历史遗留问题进行对接。

3月2日，市领导戴建平、童定干、吴铁民接待浙江建德协鑫抽水蓄能有限公司总经理刘宝玉、经理助理陈伟宏。

3月9日，市政协主席吴铁民陪同协鑫电力集团副总裁黄岳元实地察看办公场地。

同日，协鑫电力集团副总裁黄岳元与戴建平、童定干、吴铁民等建德市领导陪同省委常委、杭州市委书记赵一德现场视察乌龙山抽水蓄能项目。

3月15日，吴铁民与浙江建德协鑫抽水蓄能有限公司总经理刘宝玉就乌龙山抽水蓄能项目有关工作进行交流。

4月11日，吴铁民走访乌龙山抽水蓄能电站项目建设指挥部，并就有关问题进行座谈。

4月13—14日，吴铁民与浙江建德协鑫抽水蓄能有限公司总经理刘宝玉、总经理助理陈伟宏赴仙居调研国网新源浙江仙居抽水蓄能有限公司，并与浙江仙居抽水蓄能有限公司总经理姜成海、党委书记倪晋兵、副总经济师蒋茂庆、安质部主任曹玺、办公室副主任游志刚进行交流座谈，市发改局局长许维元、旅投公司董事长项智东参加座谈。

4月18日，吴铁民赴梅城、乾潭镇实地调研乌龙山抽水蓄能电站上山道路建设方案。

4月21—22日，吴铁民陪同双林集团股份有限公司副总裁邬维静、法务部部长叶宇程与西北勘测设计院有限公司总经理廖元庆就乌龙山抽水蓄能电站前期设计成果有关情况进行对接。

4月22日，吴铁民接待浙江华东测绘地理信息有限公司副总经理林永刚一行。

5月6日，邀请华勘院交通与市政工程院道路工程所所长杨君儿、工程师王华福来项目指挥部就乌龙山抽水蓄能电站前期工作进行对接，提出项目EPC模式的运作。乌龙山抽水蓄能电站项目建设指挥部办公室主任许维元、副主任熊兴、叶建新、成员陈益群参加。

5月17日，市委书记戴建平听取乌龙山抽水蓄能电站项目推进情况汇报。吴铁民、周友红、尤荣福等市领导参加。

6月1—2日，乌龙山抽水蓄能电站项目总指挥吴铁民赴江苏拜会协鑫电力（集团）有限公司董事长沙宏秋先生、协鑫电力（集团）有限公司副总裁黄岳元，共同协商推进乌龙山抽水蓄能电站项目可研等前期工作，督促协鑫公司按照与建德市的战略合作协议要求，加快与华勘院设计委托合同的签约进程。

6月13日，吴铁民赴华东勘察设计研究院与投资部主任沈一鸣、交通与市政工程院副院长韦华等洽谈上山道路项目总承包有关事宜。

6月20日，市发改局召集市财政局、市国土资源局、市住建局、市水利水产局、市环保局、市交通运输局、市林业局、市旅商局、乾潭镇、市旅投公司、蓄能电站指挥部、交警大队及杭州市交通规划设计研究院陈自辉、华勘院杨君儿、郑锦辉专家召开乌龙山上山道路可行性研究报告评审会。审查通过了乌龙山上山道路可行性研究报告。市领导吴铁民、周友红参加。

6月21日，华东勘察设计研究院交通与市政工程院副院长韦华等一行6人和指挥部人员赴乌龙山上山道路（乾潭入口）现场踏勘。

7月1日，建德协鑫与华东勘测设计研究院在华东勘测设计研究院一号楼第五会议室签订工程可研阶段勘测设计合同，合同约定于2017年5月完成可研设计。建德市政协主席吴铁民参加。协鑫电力集团执行总裁王世宏，副总裁黄岳元，建德协鑫总经理刘宝玉，协鑫电力集团吴洁、陈伟宏、李慧敏，华东勘测设计研究院副院长王小君，市场总监姜忠见，抽水蓄能设计院副院长赵佩兴、企业发展部仇庆松、副主任陈宏钧、王东锋、方盛参加签订仪式。

7月14日，华东勘测设计研究院抽蓄院副院长赵佩兴带队来建德就项目可研阶段资料收集召开专题培训会，建德市政协主席吴铁民、建德协鑫总经理刘宝玉、指挥部全体成员及协鑫公司工作人员参加培训会。华东勘测设计研究院水文、环保、移民等各专业组与建德市15个部门、梅城镇、乾潭镇进行资料收集工作对接。

同日，华东勘测设计研究院交通与市政工程院副院长韦华、交通与市政工程院道路工程所所长杨君儿、交通与市政工程院 EPC 总承包项目负责人曾建新来建德商议乌龙山上山道路 EPC 项目推进事宜。

7 月 15 日，华东勘测设计研究院抽蓄院副院长赵佩兴、抽蓄项目总设计师王东锋及水文、环保、移民等专业组共 13 人赴项目现场，查勘上库库盆及施工场地、下库进／出水口、进场交通洞口、通风洞等布置情况。建德市政协主席吴铁民陪同。

同日，华东勘测设计研究院交通与市政工程院副院长韦华、华东勘测设计研究院交通与市政工程院道路工程所所长杨君儿带队踏勘乌龙山上山道路项目现场。

7 月 26 日，指挥部许维元、叶建新、陈益群赴华东勘察设计院对接乌龙山上山道路 EPC 总承包招标事宜。华东勘察设计研究院交通与市政工程院副院长韦华、华东勘测设计研究院交通与市政工程院道路工程所所长杨君儿、曾建新接待。

8 月 4 日，市长办公会听取指挥部关于乌龙山道路（一期工程）设计施工 EPC 总承包招标报价的建议的汇报。

同日，华东勘察设计研究院可研勘探正式进场。

8 月 10 日，乌龙山上山道路工程发布 EPC 总承包招标公告，项目总投资约 2.7 亿元。

8 月 22 日，市人大常委会副主任童文扬到指挥部了解蓄能电站项目进展及乌龙山上山道路前期工作开展情况。

8 月 29 日，指挥部总指挥吴铁民、副总指挥刘宝玉、办公室副主任熊兴、国网新源水电有限公司新安江水力发电厂厂长李建华、厂长助理余敬基走访富春江水电厂。

8 月 30 日，乌龙山上山道路 EPC 项目开标，由中国电建集团华东勘察设计研究院有限公司中标。

9 月 5 日下午，华东勘测院杨君儿、王华福、旅投公司章红顺、徐挺辉、建德市交通设计有限公司刘文忠到指挥部对接上山道路项目设计有关参数。指挥部许维元、叶建新参加。

9月7日，召开乌龙山抽水蓄能电站项目建设指挥部成员（扩大）会议，参会人员先赴项目现场，实地踏勘乌龙山道路开工典礼及两个作业面的选址，后赴乾潭镇四楼会议室开会，会议通报该项目现阶段的推进情况，部署开工前的准备工作。市政协主席吴铁民、常务副市长周友红参加会议。

9月8日上午，缙云县考察团来建德市考察学习乌龙山 EPC 总承包项目招投标的相关做法，指挥部许维元接待。

9月21日，市委书记戴建平督察在建重大产业项目乌龙山上山道路（一期）工程。

9月29日，吴铁民主持召开抽水蓄能电站可研设计涉及有关事宜对接会，会上对项目可研设计涉及的"风景名胜区问题""富春江国家森林公园问题""环境功能区划中自然生态红线区问题"等事宜进行对接交流。

9月30日，市发改局召开乌龙山上山道路（一期）工程初步设计审查会，会议讨论并通过了乌龙山上山道路（一期工程）初步设计方案。

10月24日，市长童定干带队督察乌龙山上山道路项目，踏勘了 I、II 工区工地现场，听取 EPC 项目总承包、旅投公司、指挥部等相关单位对于该项目实施情况的汇报。总指挥吴铁民参加。

10月27日，举行乌龙山上山道路开工仪式，参加开工仪式的人员有华东勘测设计研究院院长张春生，建德市委书记戴建平，市长童定干，市政协主席、市乌龙山抽水蓄能电站项目建设指挥部总指挥吴铁民，市委常委、常务副市长周友红，市委常委、市委办主任尤荣福，市人大副主任赵志荣，浙江建德协鑫公司总经理、市乌龙山抽水蓄能电站项目建设指挥部副总指挥刘宝玉，华东勘测设计研究院交通院副院长韦华，及相关部门及乡镇（街道）领导、有关村两委负责人、项目业主单位代表、施工方及监理方代表。仪式由周友红主持，第一项议程由旅投公司总经理朱红霞介绍项目情况。第二项议程由 EPC 项目总承包单位华东勘测设计研究院交通院韦华、监理单位杭州交通工程监理咨询有限公司陈卫疆、乾潭镇党委书记王百金作表态发言。第三项议程由童定干致辞，第四项议程由戴建平宣布项目正式开工，并与张春生、童定干、吴铁民共同摁启动球。

11月15日，建德市新安旅游投资有限公司与中国电建集团华东勘测设计研究院有限公司正式签订乌龙山上山道路（一期工程）设计施工EPC总承包合同。

11月14—18日，项目指挥部和项目公司组成7人考察小组赴重庆蟠龙抽水蓄能电站进行为期5天的考察。考察小组先后与重庆蟠龙抽水蓄能项目的施工方中国水电五局项目经理和该项目总设计师、中南勘测设计院邱树先进行了深入的探讨与交流。

11月27日，朱欢代市长督察乌龙山上山道路一期工程，朱欢一行实地踏勘了项目工地现场，并听取指挥部负责人有关项目实施情况的汇报。

12月1日，总指挥吴铁民率指挥部副总指挥刘宝玉、办公室主任许维元赴华勘院拜访抽蓄院院长吴万飞、副院长赵佩兴、交通院副院长韦华，就抽蓄项目的可研报告及支撑性专题报告审查等事项进行了咨询，华勘院表示将加快编制进度，加强与国家、省有关部门的衔接，尽快提交设计成果进入审查程序。

12月7—9日，总指挥吴铁民、协鑫电力集团执行总裁王世宏、华勘院抽蓄院副院长赵佩兴、建德协鑫总经理刘宝玉、指挥部办公室主任许维元赴国家水电水利规划设计总院对接乌龙山抽水蓄能电站项目可研报告审查工作。水规总院党委委员、副院长李昇，水规总院计划发展部副主任刘一兵等领导听取项目进展情况汇报，并就可研审查等工作进行探讨。

2017 年

1月12日，市政府在浙江省城乡规划设计研究院召开严东关景区详细规划专家咨询会，会议邀请了省住建厅陈航、张延惠，浙江大学刘正官、杭州市规划设计研究院候成哲，"两江一湖"办韩正伟、郑轶民等多名专家，各专家详细了解了乌龙山抽水蓄能电站项目实施与两江一湖景区关系的相关问题。副市长何亦星、俞朝辉参加会议。

1月23日，葛洲坝集团张键美经理到指挥部了解乌龙山抽水蓄能电站项目推进情况，并与协鑫洽谈业务合作事宜，总指挥吴铁民、建德协鑫总经理刘宝玉、指挥部办公室主任许维元参加。

同日，华勘院王东锋、于海兰到指挥部对接蓄能电站项目环评、总平面布置调整相关事宜，指挥部许维元、熊兴、建德协鑫刘宝玉参加。

2月20日上午，市委书记、市人大常委会主任童定干带领相关部门负责人，督察乌龙山上山道路（一期工程）进展情况。市政协主席吴铁民，市委常委、常委副市长吕平和副市长何亦星参加督察。

2月21日，市政府朱欢市长、吕平常务副市长听取乌龙山抽水蓄能电站项目推进情况汇报。

2月23日，召开乌龙山上山道路（一期工程）入口接线方案审查会，会议对设计单位提出的六个方案进行了深入讨论和比较，最终确定以原方案进行实施。市领导吴铁民、吕平参加会议。

2月28日，全南县常务副县长韩相云、交通局局长刘军等一行来指挥部学习、交流EPC项目建设相关事宜，指挥部许维元、华勘院交通院副院长韦华、交通所所长杨君儿参加。

3月7—8日，华勘院抽蓄院院长胡万飞、市场总监姜忠见、副院长赵佩兴、工会主席徐跃明、王恕林、电站项目设计总工王东锋一行来指挥部对接抽蓄项目实施推进情况，总指挥吴铁民、指挥部许维元、熊兴、叶建新、建德协鑫公司刘宝玉参加或陪同考察。

3月16—17日，为快速推进浙江建德抽水蓄能项目建设，指挥部与建德协鑫公司一起赴江苏考察溧阳抽水蓄能电站。

3月31日—4月1日，协鑫电力集团副董事长兼智慧能源总裁费智、协鑫电力集团总裁兼智慧能源执行总裁王世宏一行到建德市考察，商议促进乌龙山抽水蓄能电站项目落地进度，实地考察乌龙山上山道路建设、乌龙山抽水蓄能电站站址、项目前方营地、项目后方基地选址，以及三江两岸绿道、梅城镇城镇建设、草莓小镇，对乌龙山抽水蓄能电站项目各项工作进展表示满意。市领导童定干、朱欢、吴铁民、吕平参加会见或陪同考察。

5月17日晚，市长朱欢督察乌龙山抽水蓄能电站项目，召开座谈会上听取乌龙山抽水蓄能电站项目指挥部和协鑫公司关于项目推进情况的汇报。市政协主席吴铁民、常务副市长吕平参加。

6月16日，省住建厅向建设部提交《关于要求审批富春江—新安江风景名胜区建德分区严东关景区详细规划的请示》。

7月25日，吴铁民总指挥赴乌龙山上山道路一期工程I、II工区现场检查项目建设情况，并慰问了项目高温作业工人。

8月7日，市长朱欢、市政协主席吴铁民、常务副市长吕平偕市水利局局长金斌、指挥部办公室许维元、熊兴赴省水利厅汇报，要求将富春江水库作为乌龙山抽水蓄能电站下水库事宜。省水利厅长陈龙及规划计划处、水资源与水土保持处、防指办、水库管理总站、河道管理总站等5个处室负责人听取了建德方面的情况汇报，并就相关问题进行了讨论。

8月17日，朱欢、吴铁民、尤荣福、夏喜生等市领导在协鑫智慧能源执行总裁王世宏、建德协鑫总经理刘宝玉、华勘院市场总监姜忠见的陪同下，赴北京拜访北京水电总院院长郑声安，副院长李昇，院长助理宋欣、赵增海，副总工钱钢粮等，交流和探讨了建德抽水蓄能项目的推进情况。

8月23日，市委书记童定干、市政协主席吴铁民偕市发改局局长徐俊、市旅商局局长龚鑫、市旅投公司董事长项智东、指挥部许维元赴江苏走访协鑫集团。协鑫集团副董事长、协鑫智慧能源董事长朱钰峰、协鑫集团副总裁顾强，协鑫智慧能源总裁费智、王世宏、黄岳元、王永生、刘宝玉等领导参加接待。

9月4日，市委书记童定干、市政协主席吴铁民、市政府副市长钱晓华、市政协副主席洪国根和市环保局局长黄朝光、市抽蓄办许维元等专程赴省环保厅对接生态保护红线一事，请求省环保厅对建德市抽蓄电站上水库用地范围从生态红线中划出给予支持。省环保厅副厅长卢春中、生态处顾培龙、葛伟华处长及规财处、环科院有关人员参加会议。

9月8日上午，省发改委副主任、省能源局局长蔡刚，省能源局副局长王京军、省能源局运行监测处处长董忠等领导在省发改委三楼会议室接待了建德市委书记童定干、市政协主席吴铁民、市委常委、常务副市长吕平一行。

同日，省林业厅厅长林云举，厅党组成员、办公室主任陆献峰，森林资源处处长李荣勋、省国有林场和森林公园保护总站站长蒋仲龙在省林业厅接待了建德市委书记童定干、市政协主席吴铁民。童书记作了工作汇报。

9月18—19日，吴铁民赴江苏协鑫集团协商项目环保事宜，协鑫智慧能源股份有限公司总裁王世宏、协鑫智慧能源股份有限公司副总裁黄岳元、建德协鑫公司总经理刘宝玉参加。

9月20—21日，协鑫集团副总裁、智慧城市执行总裁、小镇事业部总裁余钢，协鑫集团副总裁、智慧城市文化事业部总裁顾强，协鑫智慧能源股份有限公司副总裁黄岳元、协鑫智慧城市小镇事业部投资总监汪晟斐、江苏美曝文化投资公司设计总监张冬青、协鑫智慧城市小镇事业部规划设计经理赵龙等一行到建德市考察智慧小镇建设，市委书记童定干、市政协主席吴铁民、市委常委胡海龙、副市长何亦星及相关部门负责人参加考察活动。

10月16日，朱欢、吴铁民、胡海龙、何亦星等市领导及市旅商局、指挥部负责人一行专程赴省住建厅汇报乌龙山抽水蓄能电站项目选址方案。省住建厅总工程师顾浩、省住建厅风景名胜区管理处处长陈航、副处长虞建华等参加会议。

11月24日，省建设厅会同建德市人民政府在建德市组织召开浙江建德抽水蓄能电站下库工程项目选址咨询会。会议邀请了住建部和省风景园林、建筑专家朱坚平、曹礼昆、李铭、曹跃进等组成专家组，杭州市建委、规划局、富春江—新安江风景名胜区管委会和建德市领导吕平、何亦星及市发改、旅商、住建、国土、水利、林业、交通、旅投、乾潭镇、梅城镇、协鑫集团等有关单位负责人。会议听取设计单位关于浙江建德抽水蓄能电站下库工程项目选址方案的汇报，并进行了认真讨论，出具了评审意见。

11月29日，市政协主席吴铁民率市水利局、指挥部有关人员专程赴省水利厅汇报抽水蓄能电站项目下水库利用一事，省水利厅处长赵法元等听取相关情况汇报。

12月1日，浙江省向国家发改委、环境保护部提交《关于审核浙江省生态红线划定方案的函》。

12 月 15 日，市政协主席吴铁民、市委常委副市长孟关良专程拜访兰溪市人民政府，协商抽水蓄能电站项目下水库利用问题。

12 月 26 日，市政协主席吴铁民、市政府副市长张早林专程拜访桐庐县人民政府，协商抽水蓄能电站项目下水库利用问题。

2018 年

1 月 2 日，富春江—新安江风景名胜区管委会向杭州市建委提交《关于要求转报〈富春江—新安江风景名胜区严东关景区详细规划（修改稿）〉的请示》。

1 月 4 日，杭州市建委向建设厅上报《关于要求审批"富春江—新安江风景名胜区严东关景区详细规划"的请示》。

同日，建德市人民政府向浙江省水利厅上报《关于恳请同意建德乌龙山抽水蓄能电站利用富春江水库部分库容的请示》。

1 月 17 日，省水利厅在水利厅三楼会议室召开建德市乌龙山抽水蓄能电站下水库利用富春江水库部分库容专题协调会，省水库管理总站主任赵法元、省水资源水保处副处长李荣绩、省水库管理总站副主任王宁、省水资源水保中心科长舒畅、杭州市林业水利局副处长姚志明、金华市水利渔业局副处长葛跃平、富春江水利发电厂朱德康、桐庐县水利水电局副局长陈伟民、兰溪市水务局站长章越峰、科长姚美龙及建德市委常委、常务副市长吕平，建德市水利水产局局长金斌、副局长赖建军，杭州市港航管理局高工张向东，指挥部办公室主任许维元，华东勘测设计研究院杨立峰、王红、章燕喃参加了会议。

1 月 18 日，浙江省林业厅在杭州组织召开《建德乌龙山抽水蓄能电站项目选址对富春江国家森林公园影响评估报告》专家论证会，国家林业局华东林业调查规划设计院、浙江省林业科学研究院、浙江省森林资源监测中心、浙江省城乡规划设计研究院、浙江自然博物馆的专家应邀参加论证会。

1 月 19 日，省林业厅向国家林业局森林公园管理办公室上报《浙江省林业厅关于建德乌龙山抽水蓄能电站项目选址涉及富春江国家森林公园的函》（浙林造〔2018〕7号）。

1月23日，国家、省专家现场查勘浙江建德乌龙山抽水蓄能电站项目。

1月24日，省住建厅向建设部城建司上报《关于报送富春江—新安江风景名胜区严东关景区详细规划修改稿的函》（函景字〔2018〕128号）。

1月25日，《浙江省水利厅关于建德市乌龙山抽水蓄能电站利用富春江水库部分库容意见的复函》（浙水函〔2018〕47号），原则同意建德乌龙山抽水蓄能电站利用富春江水库作为抽水蓄能电站下水库使用的方案。

1月25—26日，受国家能源局委托，国家水电水利规划设计总院、国家电网公司华东分部和浙江省能源局在北京召开浙江省抽水蓄能电站站点规划调整报告（2025）审查会。

2月14日，国家环保部、国家发改委关于北京市15省份生态保护红线划定方案的复函（环生态函〔2018〕24号），乌龙山抽水蓄能电站项目符合生态红线划定要求，项目用地未划入浙江省生态红线范围之内。

2月28日，浙江省环境保护厅关于建德市乌龙山抽水蓄能电站项目与生态保护红线的相关情况出具说明，电站项目所涉区域不在《方案》中划定的生态保护红线范围内。

3月1日，市长朱欢、市政协主席吴铁民、副市长何亦星、市府办主任郑志华、旅商局局长龚鑫赴住建部，向该部风景园林管理处汇报有关"两江一湖"严东关详细规划等事宜。

3月2日，副市长张早林在省林业厅森林总站站长陈林陪同下前往国家林业局，向国家林业局提交建德抽水蓄能电站项目建设用地从国家森林公园调出的规划方案。

同日，市长朱欢、市政协主席吴铁民、市府办主任郑志华、市旅商局局长龚鑫、指挥部办公室主任许维元一行赴协鑫集团商议蓄能电站调规事宜。协鑫集团朱钰峰、余刚、费智、王世红、黄岳元等负责接待。

3月6日，召开市委书记专题会，会议由许维元汇报关于乌龙山抽水蓄能电站项目相关情况，童定干、朱欢、吴铁民、周友红、吕平、王江、柴国庆、童文扬、张早林、何亦星等市领导参加会议。

3月7日，吴铁民赴省住建厅对接电站项目事宜。

3月8日，吴铁民赴华东勘测设计研究院对接电站项目事宜。

3月14日，市林业局赴北京争取国家林业局对富春江国家森林公园改变经营范围的许可。国家林业局表示原则同意。

3月14—16日，朱欢、吴铁民、何亦星等赴住建部、国网新源控股有限公司、水规总院汇报乌龙山抽水蓄能电站项目建设情况。

3月23日，国家林业局下发《关于准予浙江富春江国家森林公园改变经营范围的行政许可决定》。

4月10日，国网新源控股有限公司关于建德乌龙山抽水蓄能电站利用富春江水库部分库容复函，表示全力支持建德市发展，积极配合抽水蓄能电站项目规划建设。

4月20日，省发改委副主任、省能源局局长蔡刚，省能源局煤炭石油天然气处副处长陈云中，省能源局综合规划处副调研员何京扬，杭州市发改委能源处处长杨水忠一行到乌龙山抽水蓄能电站项目考察指导。朱欢、吴铁民、吕平等建德市领导及华东勘测设计研究院总工吴关叶、华东勘测设计研究院副院长赵佩兴、华东勘测设计研究院建德项目设总王东锋、协鑫智慧能源股份有限公司执行总裁王世宏、协鑫智慧能源股份有限公司副总裁黄岳元，建德市发改局局长徐俊及指挥部办公室主任许维元、副主任熊兴陪同。

7月6日，市委副书记、市长朱欢，市政协主席吴铁民赴上海国家电网华东分部对接乌龙山抽水蓄能电站电网接入事宜，国家电网华东分部副主任、党委委员（正局级）张怀宇，副总工程师刘亨铭，财务部主任范斌，规划统计部主任罗讯，调控分中心主任励刚，办公室副主任魏琳琳，规划统计部规划前期处处长陆建忠参加接待。

8月28日，省能源局上报浙江省蓄能电站规划调整方案至国家能源局，待审批。

9月28日，《国家能源局关于浙江抽水蓄能电站选点规划调整有关事项的复函》原则同意建德站点作为推荐站点，在相关环境问题协调落实后，根据华东电网电力系统发展需要适时开发建设。

11月6—8日，市政协主席吴铁民、市政府常务副市长俞伟，及市乌龙山抽水蓄能电站项目建设指挥部许维元等赴江苏协鑫集团洽谈抽蓄电站"调规"结束后下一步项目推进有关事宜，集团领导朱钰峰、副董事长费智总裁、沈晓执行总裁、黄岳元副总裁、李岩财务总监等分别参加有关活动。

2019 年

1月21日，华勘院抽蓄院院长胡万飞、副院长赵佩兴到建德介绍乌龙山抽水蓄能电站项目进展情况，常务副市长俞伟参加座谈。

3月12日，吴铁民、俞伟调研乌龙山抽水蓄能电站项目指挥部。

3月21日，吴铁民赴省林业厅汇报乌龙山抽水蓄能电站项目推进情况。

6月3—5日，指挥部许维元、陈益群，协鑫智慧能源茹欣，建德协鑫公司刘宝玉、李昊赴江苏连云港考察连云港抽水蓄能电站项目。

8月30日，乌龙山上山道路一期工程毛路全线贯通。

9月5日，江苏国信公司领导一行10人赴建德考察乌龙山抽水蓄能电站项目，并就项目报批遇到的困难和解决路径等进行了深入交流。

10月31日，吴铁民主持召开乌龙山上山道路（一期工程）项目建设推进会。

10月14—17日，吴铁民、协鑫集团电力执行总裁王世宏、指挥部办公室许维元、陈益群，林业局唐建飞，协鑫公司刘宝玉、李昊、李慧敏，杭州咨询公司李光赴北京国家林业和草原局对接电站项目事宜。

11月6—8日，协鑫公司王世宏、霍广则、吴洁等一行6人到建德考察项目推进工作，吴铁民、俞伟等陪同。

12月2—6日，指挥部会用建德协鑫公司赴北京等地，拜访国家林业局自然保护地管理司、国网新源公司、水规总院等单位有关领导，咨询自然保护地方案整合，《长江三角洲区域一体化发展纲要》列入重大项目审批等事宜，寻求突破口。

2020 年

1 月 14 日，国家林业和草原局自然保护地管理司副处长孙铁，省林草局自然保护地管理处处长吾中良、副处长虞建华，杭州市林水局李军副局长等一行 12 人到建德调研自然保护地方案整合优化工作，实地踏勘"两江一湖"风景名胜区范围内涉及乌龙山抽水蓄能电站项目下水库库区及部分设施选址，并听取指挥部办公室现场有关情况介绍。副市长钱晓华参与有关活动。

5 月 6 日，市委书记办公会议专题研究建德市自然保护地优化整合工作预案。省林勘院副院长周天焕详细介绍了国家、省有关自然保护地优化整合工作的时间安排、报批流程以及建德市本级预案编制涉及的相关内容。根据这一预案，乌龙山抽水蓄能电站项目选址涉及的范围从"两江一湖"风景名胜区调出，总计约 581 公顷。编制单位认为乌龙山抽水蓄能电站项目选址从"两江一湖"风景名胜区调出的理由充分、支撑材料完备，符合国家林草局明确的调整优化意见。该预案 6 月下旬通过省级专家论证。

5 月 8 日，华东勘察设计研究院抽蓄院院长胡万飞，副院长赵佩兴、陈宏钧，华东院咨询公司执行总经理韦华、上山道路项目经理李如一行到建德，实地踏勘上山道路和抽蓄电站上库库区选址，并就可研报告修改完善等事宜与建德协鑫公司进行对接。

6 月 10—11 日，受总指挥委托，指挥部办公室刘宝玉、许维元、熊兴等赴衢江抽水蓄能电站有限公司学习交流项目核准相关工作，衢江公司基综处处长郑树清详细介绍了抽水蓄能电站项目审批流程、可研审查、各项专题审查、需重点关注的因素等情况。考察组实地踏勘项目现场和进场道路，并与当地政府（筹备组）交流了政策处理、移民安置、农用地调整等相关工作。

6 月 30 日上午，总指挥吴铁民主席率有关单位负责人检查乌龙山上山道路（一期工程）完工验收相关工作。吴铁民就道路交叉口施工、边坡治理、绿化提升、渣场利用、标识标牌设置、道路入口周边环境整治及验收准备等工作提出了具体要求。

7月29—31日，协鑫集团原副董事长沙宏秋、协鑫电力集团董事长王世宏、协鑫电力集团执行总裁沈晓、协鑫集团协调办副主任马洪金、协鑫电力集团战略投资中心高级总监吴洁一行7人，在建德市政协主席吴铁民、副市长俞伟陪同下，考察了乌龙山上山道路、乌龙山抽蓄电站（南坡）库区选址、姚坞地块等项目空间区域配套设施，并与市长朱欢举行会谈。

8月5日下午，省能源局规划处（新能源处）处长董忠，副处长王毅恒、胡万里，华东公司抽蓄院陈宏钧副院长一行到建德，实地考察乌龙山抽水蓄能电站上山道路和上水库库址。市委常委、常务副市长俞伟陪同考察。

8月6日下午，杭州市委常委、常务副市长戴建平，杭州市政府副秘书长姚吉锋，杭州市发改委副主任孙刚锋，在建德书记市委童定干陪同下，实地考察乌龙山抽水蓄能电站上山道路和上水库库址，现场了解项目前期进展情况。

9月3—5日，吴铁民、俞伟率建德考察团赴江苏协鑫总部，考察交流协鑫公司新能源建设，并召开座谈会，就乌龙山抽水蓄能电站项目可研审核、项目核准及开工准备等事宜与协鑫高层领导对接洽谈。建德市委常委夏喜生、市人大副主任童文扬、市政协副主席王百金参加考察活动。协鑫能源科技股份有限公司总经理费智、协鑫电力集团执行总裁沈晓、协鑫能源科技股份有限公司副总经理黄岳元、协鑫电力集团战略投资中心高级总监吴洁及刘宝玉、李昊等参与接待和洽谈。

9月9日，刘宝玉、许维元一行4人赴杭州，专程拜访国家水电总院总工程师彭德才和副总工程师王化中、杨德权，汇报乌龙山抽水蓄能电站项目前期工作进展情况，请示可研报告审查等工作流程。华东勘测设计研究院有限公司韦华、赵佩兴、陈宏钧等领导陪同拜访。

10月16日，乌龙山上山道路（一期工程）进行工程验收。

2021 年

2月24日晚，市委召开乌龙山抽水蓄能电站项目前期工作专题会议。市委书记朱欢、代市长富永伟、市政协主席吴铁民及副市长钱晓华、袁思明，市委办、政府办、考评办、发改局、财政局、生态环境分局、林业局、水利局、资规局、指挥部等部门负责人参加会议，会议邀请协鑫电力集团副董事长王世宏、沈晓及高级总监吴洁、建德协鑫刘宝玉总经理等参加。

3月1日，常务副市长俞伟率市发改局负责人专程赴杭拜访省能源局局长周卫兵等领导，了解全省"十四五"能源类各专项规划编制工作，请求省能源局在全省"十四五"能源类规划中继续保留乌龙山抽蓄项目。

3月4日，副市长袁思明率市林业局负责人专程拜访省林业局处长吾中良，对接风景名胜区整合优化工作。

3月24日上午，省林业局局长胡侠实地踏看乌龙山抽水蓄能电站项目选址。吴铁民、袁思明等陪同考察。

同日，市政协主席吴铁民专程赴杭，拜访省能源局局长周卫兵、副局长金毅，对接乌龙山抽蓄电站项目规划、核准等事项。新能源处二级调研员洪善祥及许维元、刘宝玉、陈益群等参加了有关活动。

3月31日，三峡建工（集团）有限公司浙江分公司副总经理杨少荣、开发部经理朱昕等一行5人到建德，考察了解乌龙山抽蓄电站前期工作进展情况，洽谈项目前期、建设和运营等事宜。指挥部刘宝玉、许维元、熊兴等参加了有关活动。

4月27日，市委书记朱欢、市政协主席吴铁民率有关部门负责人专程赴国家林草局拜访自然保护地管理司副司长严承高、处长刘红纯，沟通汇报建德乌龙山抽水蓄能电站项目选址有关情况，请求国家局支持帮助。省林业局副处长郑轶民、建德市委办主任黄朝光、市林业局副局长宣永培以及指挥部刘宝玉、许维元、唐永强等参加了有关活动。

5月7日上午，朱欢主持召开专题会议，研究乌龙山抽水蓄能电站项目前期工作。市领导富永伟、吴铁民、俞伟、钱晓华及市委办、市府办、发改局、规资局、生态环境分局、水利局、财政局、林业局、指挥部等单位负责人参加会议。

6月3日，省林业局局长胡侠到建德参加现场会，专题听取建德市委书记朱欢有关乌龙山抽水蓄能电站项目选址等情况的汇报，市长富永伟、市政协主席吴铁民、市林业局局长傅定辉参加了有关活动。

6月18日下午，朱欢、富永伟、傅定辉一行专程赴省林业局汇报乌龙山抽水蓄能电站项目选址有关情况。省林业局局长胡侠和自然保护地管理处处长吾中良、副处长郑轶民等参加了会议。会议原则同意乌龙山抽水蓄能项目选址审批按浙江省林业局《关于规范风景名胜区内重大建设项目活动审批事项的通知》（浙林保〔2019〕97号）有关规定操作。

6月30日，省委副书记、省长郑栅洁率省政府秘书长，省发展改革委、省生态环境厅、省政府研究室相关负责人到建德调研，听取建德市委书记朱欢的工作汇报，对建德提出的有关事项明确提出了相关要求。省政府办公厅于2021年7月2日下发了《郑栅洁省长赴建德市、桐庐县调研纪要》，就乌龙山抽水蓄能电站项目，明确：省林业局牵头协调《严东关景区详细规划》报批工作，争取尽早获得国家林业和草原局批复；省发展改革委牵头，抓紧研究乌龙山抽水蓄能电站项目纳入省"十四五"重大项目规划清单和《浙江省抽水蓄能电站新一轮中长期规划》问题。

7月3日，省能源局在杭州召开部分县（市）区能源工作座谈会，建德市市长富永伟、市政协主席吴铁民和市发改局、指挥部负责人参加了会议。

8月3日下午，杭州市政府常务副市长戴建平率杭州市政府办公厅、市发改委等部门负责人到建德检查指导工作，专题听取建德市关于乌龙山抽水蓄能电站项目前期工作情况汇报，并就项目审批过程中出现的问题进行了专题协调。朱欢、富永伟、吴铁民、俞伟、陈文岳等建德市领导及有关部门负责人参加了会议。

8月18—20日，市政协吴铁民主席率乌龙山抽蓄电站指挥部和发改局、协鑫公司相关人员，赴温州泰顺县学习考查泰顺抽水蓄能电站项目前期审批流程，听取泰顺抽蓄电站指挥部副总指挥钟宗格、新源公司浙江前期办主任钱建华就泰顺抽蓄电站指挥部管理构架、运行模式、人员配备，项目核准前期审批流程和需要重点关注的问题的介绍，并实地考察泰顺抽蓄电站项目下水库。指挥部刘宝玉、许维元、施树康、姚钟书、陈益群，市发改局洪源等参加了有关活动。

8月23日，市林业局于8月16日上报《建德市人民政府〈关于上报富春江—新安江风景名胜区严东关景区详细规划的函〉要求》给杭州市林水局。8月23日，杭州市林水局上报《杭州市林业水利局关于转报〈富春江—新安江风景名胜区严东关景区详细规划〉的请示》给省林业局。

9月1—2日，市政协吴铁民主席率乌龙山抽蓄电站指挥部和协鑫公司相关人员，赴台州天台县学习考察天台抽水蓄能电站项目前期审批流程，泰顺县政协主席卢益民、政协秘书长许英雷，天台抽蓄电站指挥部副总指挥陈少瑜、办公室主任梅千秋，三峡建工集团天台抽蓄电站筹备组副组长周友新陪同，听取天台方人员就指挥部管理构架、运行模式、人员配备，项目核准前期审批流程和需要重点关注的问题的介绍，并实地考察天台抽蓄电站项目下水库项目建设。指挥部刘宝玉、许维元、施树康、姚钟书、陈益群参加考察学习。

9月2日，省林业局行文将《严东关景区详细规划》修改稿上报国家林草局。

9月14—16日，市政协主席吴铁民率乌龙山抽蓄电站指挥部和协鑫公司相关人员赴北京国家林草局沟通严东关景区详规审批事宜，拜访国家林草局自然保护地司副司长严承高和自然保护地管理处处长刘红纯。指挥部刘宝玉、许维元、姚钟书、陈益群、唐永强同行。

9月23日，国家林草局自然地保护司将严东关景区详细规划初审意见反馈到省林草局。

9月26日，市长富永伟、市政协主席吴铁民率相关部门赴江苏协鑫集团商议蓄能电站项目事宜。协鑫集团朱钰峰、黄越元、王世宏、袁建波、刑亚琴、刘宝玉等参与会商。双方就如何加快推进乌龙山蓄能电站项目达成共识。

11月4日，省林业局王章明、郑轶民一行赴国家林草局自然地保护司对接风景区详规审批事宜，国家林草局于2021年9月26日下发《国家林业和草原局关于印发〈关于支持浙江共建林业践行绿水青山就是金山银山理念先行省、推动共同富裕示范区建设的若干措施〉的函》，国家林草局同意《严东关景区详细规划》继续由该局审批。11月13日，详规完成省级公示，11

月 16 日，浙江省林业局正式行文国家林草局，上报严东关景区详规修改稿。

11 月 29 日，浙江省能源局局长周卫兵一行到建德乌龙山抽蓄电站上库区调研指导工作，听取关于乌龙山抽水蓄能电站项目前期工作情况汇报，并就项目审批和建设工作提出具体要求，代市长王新锋、市政协主席吴铁民及有关部门负责人参加现场调研。

12 月 2 日，华东院乌龙山抽蓄电站团队一行 9 人，由王东峰带队实地对上下水口、上库区、开关站等进行来踏勘，并对相关问题进行研究和讨论。

2022 年

1 月 17 日，省城院完成专家函询意见修改，浙江省林业局正式行文国家林草局，上报《严东关景区详细规划》修改稿。

1 月 20 日，华东院设计院总工程师王东峰一行到建德就方门绿道提升、施工土石方处置、上下库连接道路、选址论证报告、前后方营地选址、临时施工场地等问题进行对接。

1 月 24 日，代市长王新锋专题听取乌龙山抽水蓄能电站项目前期工作情况汇报。市政协主席吴铁民、市委常委陈文岳及市府办、市发改局负责人参加了会议。

2 月 24—25 日，24 日下午，国家林草局组织《严东关景区详细规划》线上专家评审会，浙江省林业局自然保护地管理处处长吾中良、副处长郑轶民在建德林业局分会场参加视频会议，省城乡规划设计院张赛汇报详规编制和专家意见修改落实情况。会议原则通过《严东关景区详细规划》。24 日下午，省林业局组织王章明、唐进群、于明坚、杨小茹、唐军 5 位专家到建德乌龙山抽蓄电站下库区（方门），实地踏勘进出水口、前方营地、开关站等设施选址。市政协二级巡视员吴铁民总指挥、市政府副市长方华及市林业局、梅城镇、指挥部、协鑫公司等部门单位负责人陪同踏勘。25 日上午，在建德雷迪森大酒店，吾中良主持召开"风景区内项目选址方案专家评审会"。会议原则同意乌龙山抽水蓄能电站项目涉及风景名胜区的选址。与会的五位专家和省林业局副处长郑轶民、吴韵参加评审会，吴铁民、陈文岳及市发改局、林业局、规资局、水利局、指挥部、协鑫公司等相关部门单位负责人参加会议。

3月1日，华勘院胡万飞、赵佩兴、王东峰一行到建德项目指挥部对接项目前期推进工作。

3月5日，吴铁民专题听取"上下库连接道路线位比选方案"汇报，华勘抽蓄院副院长赵佩兴等介绍了姚坞和大石坞二个比选方案。指挥部办公室许维元、施树康、姚钟书、陈益群、唐永强，协鑫公司刘宝玉、王正林、李培基等参加会议。

3月8日，华勘院王东峰、董飞到建德专题对接建设征地和移民安置专题相关工作，与建德市有关部门就该专题所涉及的审批流程、支撑材料、审批关键节点等重要事项进行沟通。市规资局、民政局、文广旅体局、旅投公司等部门负责人和指挥部办公室、协鑫公司相关人员参加了对接沟通。

3月14日，市委书记富永伟主持召开乌龙山抽水蓄能电站项目专题会，听取项目前期工作推进情况汇报，部署项目核准开工准备工作。富永伟指出，在历届市委市政府的高度重视和上级有关部门的大力支持下，经过全市各级各部门特别是指挥部全体成员的不懈努力，《严东关景区详细规划》和风景区内项目选址工作分别通过了国家林草局和省林业局的专家论证，这标志着乌龙山抽水蓄能电站项目的前期工作取得了重大突破，项目即将进入烦琐的核准程序，时间紧，任务重。接下去，要切实加强组织领导，咬定年内开工总目标，倒排时间，将任务清单化、项目化。要落实责任，各有关部门"一把手"亲自抓，全力以赴。要正确处理好与项目投资主体的关系，为项目顺利推进提供保障。市领导王新锋、陈文岳、何瑞洪，总指挥吴铁民及领导小组成员单位主要负责人、指挥部办公室、建德协鑫公司负责人参加会议。

3月15日，市委、市政府召开乌龙山抽蓄电站项目建设领导小组成员会议。市委副书记、市长王新锋指出，建德人民孜孜以求30年的乌龙山抽水蓄能电站项目，既是"梦想"，更是发展动力。今年，项目要开工，就意味着现在各项工作进入了"冲刺"阶段。全市各有关部门单位都要拿出"冲刺"的精神状态，集中精力和智慧，整合资源，加快工作进度。会议由常务副市长陈文岳主持，总指挥部吴铁民讲话，领导小组成员单位、指挥部、建德协鑫公司等单位负责人参加会议。

3月16日，总指挥吴铁民带队赴省民政厅，重点对接"建设征地和移民安置专题"相关工作，省厅移民安置处处长王辉、二级调研员薛云、一级主任科员邵洪高等参加座谈并作业务指导。

3月18日，吴铁民主持召开乌龙山抽蓄电站项目建设指挥部全体成员第一次会议，研究部署项目核准开工阶段任务分解、关键节点重要事项及当前重点工作。指挥部成员、建德协鑫公司等单位负责人参加了会议。

3月21日，吴铁民带队赴省发改委（基综办、能源局），就"要求将乌龙山抽水蓄能电站项目列入2022年省重点项目名单"等事宜向省发改委相关领导作了专题汇报。省发改委基综办主任孔德泉、二级调研员王志坚、能源局规划处处长董忠参加座谈，并予以指导。

3月23日，吴铁民实地踏勘姚坞区块施工布置点位现场，并主持召开坟墓迁移协调会。

3月24日，中国电建集团西部区域总经理章立峰、中国电建华东勘测设计院有限公司总经理时雷鸣、中国电建水电七局副总经理刘劲松一行10人到访指挥部，共商合作开发建设乌龙山抽水蓄能电站项目等工作。吴铁民参加了有关活动。

3月29日，省能源局召开全省能源项目建设推进视频会议。会议由副局长金毅主持，处长董忠通报一季度全省能源项目建设进展情况，宁波市、建德市等七个市（县）作了典型发言，局长周卫兵作了重要讲话。建德市政府常务副市长陈文岳在建德分会场，代表市委、市政府向省能源局汇报了建德抽水蓄能电站前期工作推进情况。吴铁民和市府办、发改局、指挥部办公室负责人参加了会议。

4月7日，省民政厅安置处处长王辉、移民安置处二级调研员薛云、安置处一级主任科员邵洪高、杭州市民政局一级调研员朱庭安、移民办副主任杨娴、移民办高璐杰、华东院城乡建筑工程院工程移民所所长胡坚、工程师张鹏程一行8人到建德市调研。

4月11—15日，中国水利水电建设工程咨询公司和水电水利规划设计总院分别组织了浙江建德抽水蓄能电站可行性研究阶段正常蓄水位选择、施工总布置规划、枢纽总布置等三大专题报告审查（咨询）会议。审查（咨询）会议由中国水利水电建设工程咨询公司总工程师赵全胜和水电水利规划设计总院副总工程师钱钢粮、常作维主持，来自全国各地的60余位专家参加各专题审查（咨询）。浙江省能源局副局长金毅，建德市委书记富永伟，市委副书记、市长王新锋，市委常委、常务副市长陈文岳，建德抽水蓄能电站项目总指挥吴铁民等出席会议。省发改委、省自然资源厅、省农业农村厅、省水利厅、省民政局、省林业局、省移民局及杭州市、本市相关部门单位相关负责人参加会议。

4月18日，《富春江—新安江风景名胜区严东关景区详细规划》获国家林业和草原局批复。

4月25日，浙江建德抽水蓄能电站下库工程区项目涉及富春江—新安江风景名胜区重大建设项目活动选址获省林业局批复。

4月25日，总指挥吴铁民主持召开指挥部周例会，专题研究坟墓迁移扫尾、"三大专题"审查支撑材料补充、移民专题调查、长探硐推进等阶段性重点工作。

4月26日，建德抽蓄项目完成省发改委项目赋码。

5月18日，市委副书记、市长王新锋到建德抽水蓄能电站调研，指挥部、协鑫公司、规划资源局、旅投公司、梅城镇等单位参加了调研，听取指挥部许维元、协鑫公司刘宝玉汇报，听取各部门工作进展汇报，了解存在的主要问题，研究加快项目推进办法。

5月18日，市人大常委会主任吕平专题听取建德抽水蓄能项目建设情况汇报。

5月5日、26日、6月1日，国家水规总院先后批复了浙江建德抽水蓄能电站《可行性研究阶段正常蓄水位选择》《施工总布置规划》《枢纽总布置》三大专题报告。

6月5日，常务副市长陈文岳到指挥部调研。

　　6月7日，市委副书记、市长王新锋赴江苏协鑫能源中心，与协鑫集团副董事长、协鑫能科董事长朱钰峰围绕浙江建德抽水蓄能电站的项目推进事宜进行了交流探讨，双方表示将充分整合资源，倒排计划，全力推动项目早日核准和开工。市委常委蒋哲远，市府办主任龚鑫，商务局长叶鹃，指挥部许维元、唐永强、建德协鑫公司刘宝玉等参加活动。

　　6月9日，杭州市副市长刘嫔珺在建德市副市长方华陪同下，到建德进行"巡河巡山"并详细了解建德抽水蓄能电站情况。

　　6月16日，根据《建德抽水蓄能电站项目"百日攻坚"开工计划》安排，为加快推进建德抽水蓄能电站项目建设征地实物指标专题工作，经市政府同意，决定开展实物指标调查工作。因调查内容复杂，涉及面广，为保证本次实物指标调查工作顺利进行，指挥部在民政局七楼召开浙江建德抽水蓄能电站建设征地实物指标调查工作启动动员暨培训会。

　　6月23日，召开了浙江建德抽水蓄能电站社会风险评估评审会。

　　6月24日，浙江省水库移民安置办公室在丽水市松阳天元名都酒店召开浙江建德抽水蓄能电站、浙江景宁抽水蓄能电站建设征地实物指标调查工作大纲评审会，师祥辉代表协鑫介绍项目进展，华东院介绍调查报告起草过程及成果，张江平主持组织了专家和省发改能源局、水利局、林业局、规划和资源局、移民办联合审查，出具了浙江建德抽水蓄能电站建设征地实物指标调查工作大纲评审意见，建德市副市长李俊作了表态发言。

　　6月30日，协鑫集团副董事长兼总裁、协鑫能源科技股份有限公司董事长朱钰峰，协鑫集团副董事长、协鑫集成科技股份有限公司总裁舒桦，协鑫集团执行董事、协鑫能源科技股份有限公司总裁费智，协鑫能源科技股份有限公司执行总裁、协鑫智慧能源（苏州）有限公司总裁刘斐、协鑫能源科技股份有限公司副总裁黄岳元、协鑫智慧能源（苏州）有限公司副总裁黄涛、协鑫智慧能源（苏州）有限公司副总裁邢亚琴、协鑫集成科技股份有限公司助理副总裁陈晓春、浙江建德协鑫抽水蓄能有限公司总经理刘宝玉一行到访建德。富永伟、王新锋、陈文岳等市领导陪同。

　　7月8日，项目用地预审与选址意见书经杭州市规划与自然资源局审核批准。

8月4—10日，完成浙江建德抽水蓄能电站建设征地影响实物指标调查成果公示。

8月8日，建德市发展和改革局向杭州市发展和改革委员会报送《关于要求转报浙江建德抽水蓄能电站项目申请报告的请示》（建发改〔2022〕77号）。

8月12日，吴铁民主持召开指挥部工作会议，专题研究项目实物指标调查工作推进问题，副总指挥姜建生及市规划与自然资源局、市林业局、市旅投公司、梅城镇、指挥部办公室负责人参加会议。

8月15日，抽蓄指挥部组织召开浙江建德抽水蓄能电站《建设征地和移民安置规划大纲》征求意见会。

8月25—26日，浙江省水库移民安置办公室汇通水电水利规划设计总院在建德市新安江街道半岛凯豪大酒店，召开浙江建德抽水蓄能电站建设征地移民安置规划大纲审查会议。会议由省移民办二级调研员薛云和水规总院副总工郭万侦主持，省移民办、省自然资源厅、省水利厅、杭州市民政局相关领导及建德市政府副市长李俊、建德有关部门参加了会议，会议特邀水规总院专家刘国阳、徐静出席，专家冯琳玲以视频形式参加会议。

9月6日上午，市委书记富永伟带领有关部门负责人到指挥部专题调研抽蓄电站项目推进情况。市委常委、常务副市长陈文岳，总指挥吴铁民参加调研，听取指挥部办公室和协鑫公司就当前抽水蓄能电站项目推进和开工仪式有关情况的汇报，市发改局、梅城镇、市公安局、市府办、市委办相关负责人作交流发言。

9月6日，浙江省发展和改革委员会下发《关于浙江建德抽水蓄能电站项目核准的批复》（浙发改项字〔2022〕335号），同意建设浙江建德抽水蓄能电站项目（项目代码：2204-330000-04-01-493521），项目单位为浙江建德协鑫抽水蓄能有限公司。同时对建设地点、内容及规模、投资估算、资金来源、项目管理和建设社条件等予以明确。

9月15日，浙江建德抽水蓄能电站筹备工程开工。浙江省林业局党组成员、总工程师李荣勋，浙江省能源局总工程师俞奉庆，杭州市政协主席马卫光，杭州市人大常委会副主任戴建平，杭州市人民政府副市长刘嫔珺，杭州市政协党组成员、秘书长柴世民，杭州市发改委党组书记、主任孔春浩，国网浙江省电力有限公司杭州供电公司副总工程师霍山舞，协鑫集团副董事长、总裁、协鑫能科董事长朱钰峰，协鑫集团执行董事、协鑫能科副董事长费智，中国电建华东勘测设计研究院有限公司董事长张春生、总经理时雷鸣，建德市委书记富永伟，建德市人大常委会主任吕平，建德市委副书记、建德市政协主席俞伟，浙江建德抽水蓄能电站项目建设指挥部总指挥吴铁民，建德市级机关部门、各乡镇（街道）主要负责人，项目业主代表，设计施工单位代表，金融机构代表，以及项目指挥部全体人员参加了开工仪式。建德市长王新锋主持开工仪式，吴铁民介绍项目情况，时雷鸣发言，朱钰峰、俞奉庆、富永伟致辞，马卫光宣布项目开工。

10月24日，总指挥吴铁民主持召开项目推进专题会，研究项目可研阶段后续审查、洞室工程专勘方案及项目用地政策处理等工作。副总指挥陈文岳、姜建生出席会议，市发改局、市司法局、市规划与自然资源局、市林业局、梅城镇、旅投公司、抽蓄指挥部办公室、协鑫公司和设计单位等参加会议。

10月30日，市委召开会议专题听取抽水蓄能电站项目推进情况，富永伟、王新锋、陈文岳、吴铁民等市领导参加会议。

12月9日，应新安旅游投资有限公司请求，吴铁民主持召开乌龙山上山道路（一期工程）竣工结算协调会。市发改局、财政局、审计局、国资服务中心、旅投公司、抽蓄指挥部办公室、总承包（EPC）单位（华东勘测设计研究院有限公司）相关人员参加了会议。

2023 年

1月3日，市委副书记、市长王新锋带队专题调研建德抽水蓄能电站项目建设工作，市委常委、常务副市长陈文岳、指挥部总指挥吴铁民等陪同调研。

3月10日，浙江省民政厅副厅长陈平一行到建德调研抽水蓄能电站建设，建德市副市长李俊、市政协副主席周伟清、总指挥吴铁民陪同。调研组一行现场考察了乌龙山上水库和梅城姚坞地块，在杭州富春芳草地度假酒店召开座谈会。

3月13日，市委书记富永伟专题听取抽水蓄能电站项目推进事宜，王新锋、陈文岳、李俊、吴铁民等参加会议。

3月16日，富永伟带队赴江苏协鑫集团参观考察，市政协党组书记、主席俞伟，陈文岳，吴铁民参加考察活动。

2月11日，取得国家林业和草原局使用林地审核同意书。

3月8日，项目《工程防恐专题设计报告专题》评审会顺利通过。

3月31日，取得项目环评批复。

4月4日，王新锋带队赴国网新源公司对接工作，市府办、抽蓄指挥部负责人参加。

5月10日，富永伟专题听取抽水蓄能电站项目推进事宜，王新锋、俞伟、陈文岳、吴铁民参加会议。

5月24日，俞伟、吴铁民专题研究抽水蓄能电站项目推进事宜。

5月30日，富永伟专题研究抽水蓄能电站项目推进事宜，俞伟、陈文岳、吴铁民参加会议。

6月2日，市长李俊带队赴杭州参加省司法厅组织的建德抽蓄项目移民专题省政府法律顾问咨询会，市司法局、市民政局、抽蓄项目指挥部、建德协鑫公司相关负责人参加会议。

6月16日，建德市人民政府出具《关于浙江建德抽水蓄能电站工程社会风险评估报告的审核意见》，原则同意《评估报告》提出的项目风险等级为"中低"风险的结论。

8月15日，浙江省人民政府下发《关于浙江建德抽水蓄能电站建设征地移民安置规划大纲的批复》（浙政函〔2023〕97号），原则同意《规划大纲》提出的项目建设征地处理及影像范围等内容。

8月16日，浙江鸿海工程勘察设计有限公司组织召开《浙江建德抽水蓄能电站下库进／出水口临富春江航道通航条件影响评价报告》座谈会，浙江省港航管理中心、杭州市公路与港航管理服务中心、杭州市交通运输行政执法队建德港航执法大队、建德市水利局、建德市山水道体育发展有限公司、浙江建德协鑫抽水蓄能有限公司、建德抽水蓄能电站项目建设指挥部、华东勘测设计研究院有限公司、杭州港湾交通设计咨询有限公司（航评编制单位）等单位参加。

8月19日，建德抽水蓄能电站项目指挥部组织召开建德抽水蓄能电站建设移民安置规划报告征求意见会，市发改局、市民政局、市规划资源局、市交通运输局、市水利局、市农业农村局、市林业局、市生态环境局、梅城镇人民政府、乾潭镇人民政府、旅投公司、市供电公司、华数数字电视有限公司、建德林场、富春江国家森林公园旅游有限公司、协鑫公司等单位分管领导参加。会上，华东勘测设计院对《规划报告》相关内容进行讲解，与会人员展开讨论。

8月19—20日，各相关单位提交浙江建德抽水蓄能电站建设征地移民安置规划设计成果的确认意见。

8月21日，浙江省水利水电技术咨询中心受省水利厅委托，在杭州召开《浙江建德抽水蓄能电站水土保持方案报告书》评审会，省水利厅农村水利水电与水土保持处、省水资源水电管理中心（省水土保持监测中心）、杭州市林业水利局、建德市水利局、浙江建德抽水蓄能电站项目建设指挥部、浙江建德协鑫抽水蓄能有限公司、中国电建集团华东勘测设计研究院有限公司等单位代表参加会议。

8月22日，建德市人民政府向浙江省水库移民安置办公室报送《关于请求审核浙江建德抽水蓄能电站建设征地移民安置规划报告的函》。

8月23—25日，水电总院受浙江省发改委委托，在建德半岛凯豪大酒店主持召开浙江建德抽水蓄能电站可行性研究暨初步设计报告审查会议，水电水利规划设计总院总工程师、审查会专家组组长赵全胜主持会议。浙江省发改委、浙江省能源局、浙江省人力资源和社会保障厅、浙江省交通运输厅、浙江省水利厅、浙江省移民办、浙江省林业局、浙江省地震局、浙江省消防救援总队、国网浙江省电力有限公司国网新源控股有限公司、杭州市发改委、杭州市民政局、杭州市交通局、杭州市林水局、建德市委、市政府及相关部门、协鑫能源科技股份有限公司、浙江建德协鑫抽水蓄能有限公司、中国电建集团华东勘测设计研究院有限公司等单位代表参加会议。会前，与会领导和专家们实地勘查了建德抽水蓄能电站项目现场。会上，与会专家和代表听取华东勘测设计研究院关于建德抽水蓄能电站可行性阶段成果的汇报，经规划、地质、水工、机电、施工、环保、概算等10个小组分别进行讨论和研究后，审议通过《浙江建德抽水蓄能电站可行性研究报告审查意见》。

8月25—26日，完成项目安全监测会议评审。

8月28—29日，浙江省水库移民安置办公室会同水电水利规划设计总院在杭州千岛湖皇冠大酒店主持召开了浙江建德抽水蓄能电站建设征地移民安置规划报告评审会议。参加会议的有省自然资源厅、水利厅、能源局，杭州市民政局，建德市人民政府、发展和改革局、民政局、规划和自然资源局、林业局、水利局、梅城镇人民政府、乾潭镇人民政府，浙江建德抽水蓄能电站建设指挥部，协鑫能源科技股份有限公司、浙江建德协鑫抽水蓄能有限公司、中国电建集团华东勘测设计研究院有限公司等单位的领导、专家和代表。会议听取华东院关于《移民规划》的汇报，分组进行审议和讨论。审查认为，《移民规划》的编制基本贯彻执行了国家和浙江省有关水电工程移民安置法律法规、政策规定，拟定的移民安置任务明确，规划目标、安置标准和规划方案基本合理，移民安置规划听取了权属单位意愿、征求了地方政府意见，编制内容基本符合《规划大纲》和水电工程建设征地移民安置规划设计技术标准有关要求，基本同意《移民规划》。

9月5日，俞伟专题研究乌龙山抽水蓄能电站项目35KV线路走向，市交通局、市供电公司、梅城镇、抽水蓄能项目指挥部、建德协鑫公司相关负责人参加会议。

9月26日，市委、市政府印发《关于更名并调整乌龙山抽水蓄能电站项目推进工作领导小组和指挥部成员的通知》（市委办发〔2023〕29号），对乌龙山抽水蓄能电站项目推进工作领导小组进行更名，更名为建德抽水蓄能电站项目推进工作领导小组，并对指挥部成员进行调整。组长：富永伟、王新锋；常务副组长：俞伟；副组长：程星火。领导小组下设指挥部，负责日常工作，由俞伟任总指挥，程星火任副总指挥，姚钟书为办公室主任。

9月12日，俞伟专题研究乌龙山抽水蓄能电站项目35KV线路走向，市交通局、市水利局、市供电公司、梅城镇、经开集团、抽蓄项目指挥部、建德协鑫公司相关负责人参加会议。

10月7日，水电总院对设计单位提交的《浙江建德抽水蓄能电站建设征地移民安置规划报告》（审定本），组织专家进行复核审议，形成《浙江建德抽水蓄能电站建设征地移民安置规划报告评审意见》，报送浙江省水库移民安置办公室。

10月17日，俞伟带队赴省移民办对接研究工作，市司法局、市民政局政府法律顾问、抽水蓄能项目指挥部、建德协鑫公司、华东院相关负责人参加会议。

10月18日，市委书记富永伟专题听取建德抽水蓄能电站项目移民安置规划审批事宜，市长王新锋、政协主席俞伟及市发改局、市司法局、抽蓄项目指挥部主要负责人参加会议。

10月20日，浙江省水库移民安置办公室印发《浙江建德抽水蓄能电站建设征地移民安置规划报告的审核意见》（浙移安〔2023〕54号），基本同意《规划报告（审定稿）》。

10月23日，俞伟专题研究建德抽水蓄能电站项目35KV线路走向，市交通局、市水利局、市供电公司、梅城镇、抽蓄项目指挥部、建德协鑫公司相关负责人参加会议。

10月27日，俞伟带队赴省水利厅对接水土保持方案审批事项，市水利局、抽水蓄能项目指挥部、华东院负责人参加。

10月30日，浙江省水利厅印发《关于浙江建德抽水蓄能电站水土保持方案的批复》（浙水许〔2023〕34号）文件，基本同意项目水土保持方案报批内容。

10月30日，水电水利规划设计总院印发《浙江建德抽水蓄能电站可行性研究报告审查意见》（水电规水工〔2023〕349号），基本同意《可行性研究报告》上报内容，审定电站装机容量240MW，工程施工总工期75个月，静态投资1034703万元，总投资1252457万元。

10 月 30 日，水电水利规划设计总院向浙江省发展和改革委员会报送《浙江建德抽水蓄能电站项目初步设计评估审查意见》的函（水电规水工〔2023〕350 号）。

11 月 3 日，浙江省发展和改革委员会印发《省发展改革委关于浙江建德抽水蓄能电站项目初步设计批复的函》（浙发改项字〔2023〕326 号），对项目初步设计涉及工程地点及任务、工程建设条件、工程规模、工程布置及建筑物、机电及金属结构、消防设计、施工组织设计、建设征地与移民安置、环境保护与水土保持、劳动安全、工业卫生、节能及工程信息化、项目管理、设计概算、竣工验收等主要内容进行批复。

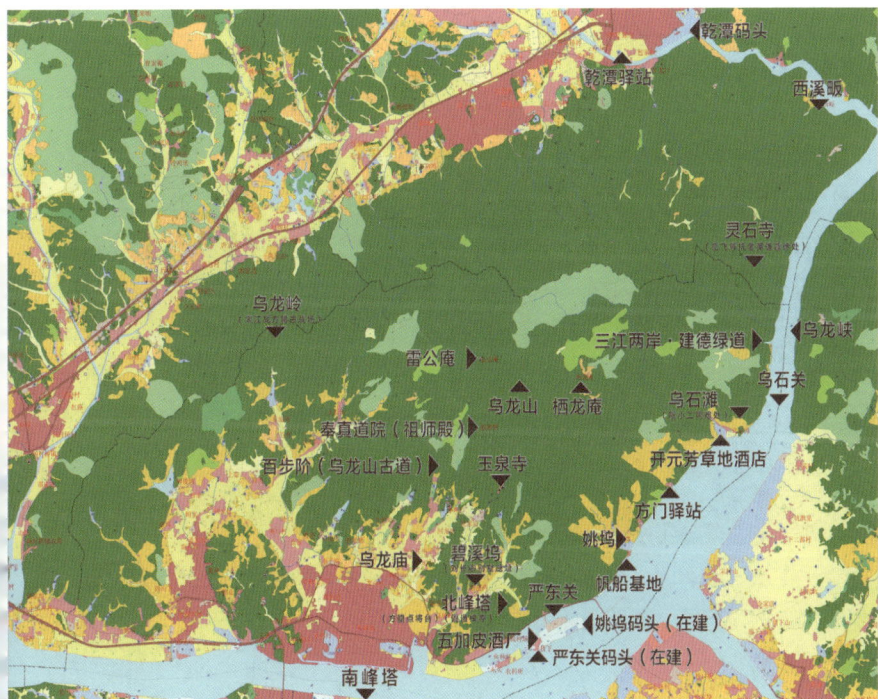

乌龙山全域图

乾潭码头
乾潭驿站
西溪畈
灵石寺
乌龙岭
三江两岸·建德绿道
乌龙峡
雷公庵
乌石滩
乌石关
乌龙山 栖龙庵
秦真道院（祖师殿）
玉泉寺
开元芳草地酒店
百步阶（乌龙山古道）
方门驿站
姚坞
乌龙庙 碧溪坞
筏船基地
北峰塔
严东关
五加皮酒厂
姚坞码头（在建）
南峰塔
严东关码头（在建）

乌龙山：
海拔高度915.7米，
周长65.8公里，
绿道长13.6公里，
总面积5604.73公顷（84070亩）。

乌龙山抽水蓄能电站示意图

引水调压室
上库进出水口
引水隧洞
主厂房
上水库大坝
出线平洞
开关站
进厂交通洞
下库进出水口
主变洞
尾闸室
尾水隧洞
下水库大坝

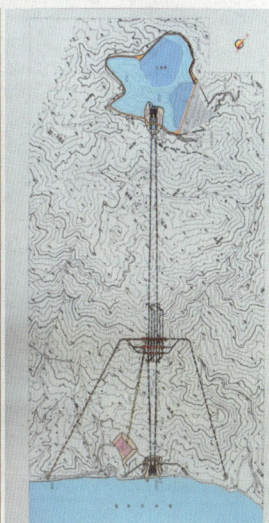

　　2023年10月23日，建德市政协主席俞伟专题研究建德抽水蓄能电站项目35KV线路走向，市交通局、市水利局、市供电公司、梅城镇、抽蓄项目指挥部、建德协鑫公司相关负责人参加会议

华勘院来建德对接项目推进情况

后记

    浙江建德抽水蓄能电站项目的开工建设，是建德人民政治、经济、文化、生活中的一件大事，更是建德发展史上的一件盛事。从 20 世纪 90 年代初华东勘测设计研究院首次进行抽水蓄能电站选点开始，到 2022 年项目最终开工建设，历时整整三十年。古人称三十年为一世，宋代邵雍在《三十年吟》有句："三十年间更一世，其间堪笑复堪愁。"在浙江建德抽水蓄能电站项目三十年的追梦历程中，饱含的正是艰辛和曲折，汗水和付出。为留存历史发展印记，充分发挥文史资料记录历史、服务社会作用，建德市政协组织编纂了《乌龙腾飞终有时——浙江建德抽水蓄能电站筹建工作实录》一书。

    建德市政协党组书记、主席俞伟在百忙中为本书作序，是对我们极大的鼓励和鞭策。俞伟主席身兼浙江建德抽水蓄能电站总指挥，他把三十年的发展过程分为项目初生、暂时搁置、艰难推进、加速发展和审查核准五个阶段，具有清晰的逻辑结构，有助于读者理解把握浙江建德抽水蓄能电站项目曲折的筹建过程，是一篇笔带感情的序言，也是一篇具有导读性质的序言。

    全书按照内容侧重主要分为五个部分，包括了项目概况、领导关怀、口述史料、媒体报道、历年纪事等，通过点面结合的图文记录，从多个侧面真实反映浙江建德抽水蓄能电站项目筹建的过程和历史。

    当我们开始采访工作时，不少征稿对象我们素未谋面，但他们热情的回应让我们感动。本书文章的口述者或作者，有很多是年高德劭的专家学者，他们满怀激情地向我们讲述了自己参与这个项目勘探、规划与开发的历历往事；有些是政府机关的老领导，虽然离开工作岗位多年，但依旧保留着一份执着认真的干劲，细致查找整理相关资料以便准确无误地还原当时的情景；有些是企业领导和负责人，尽管工作繁忙，但还是在百忙中接受我们的访谈或执笔撰稿，他们专业负责的处事态度和一丝不苟的敬业精神让我们由衷地敬佩。由于我们对选题信息的掌握不尽充分，对拟定采访对象的把握并不一定全面，书中收录的文章未能全面反映乌龙山抽水蓄能电站项目筹建工作的方方面面，很多项目的亲历者我们都没有安排进行采访，为本书的编辑出版工作留下了些许遗憾，期待以后通过其他途径加以解决。

通力协作是政协文史资料工作的特色。在本书策划、采访、整理稿件和编辑过程中，受到华东勘测设计研究院、协鑫公司、乌龙山抽水蓄能电站建设指挥部等有关部门和各界人士大力支持和协助。指挥部许维元、施树康、姚钟书、辛晓霜等为征稿、组稿、审稿做了大量工作，建德市作家协会沈伟富、陆进、谢建萍、赖晓红、许新宇、蒋秀英、王娟、邵晋辉、杨超、刘小飞、胡文静、鄢俊、宋艳等积极参与采编工作，文中图片由指挥部和摄影家协会洪樟潮、仇裕平、王春涛、杨荣良、陈捷等提供，书稿形成后，严凌云、黄建生等给予认真审阅，提出宝贵意见，在此一并谨致谢意。

因为采访者的时间跨度较长，这些亲历者提供的数据资料随着时间的推移和抽水蓄能事业的发展已经更新，包括抽水蓄能电站项目的名称亦是几易其名，为了尊重这些亲历者和口述者的原意，本书保留了原来的数据和项目名称，请读者理解。

由于专业认知和编辑水平的限制，本书难免存在遗漏和不足之处，尚祈各位读者不吝批评指正。

编委会

2023 年 11 月